외계 문학 걸작선

이갑수 소설집
외계 문학 걸작선

펴낸날 2023년 2월 28일

지은이 이갑수
펴낸이 이광호
주간 이근혜
편집 허단 김필균 이주이 방원경 윤소진 유하은
마케팅 이가은 허황 맹정현
제작 강병석
펴낸곳 ㈜문학과지성사
등록번호 제1993-000098호
주소 04034 서울 마포구 잔다리로7길 18(서교동 377-20)
전화 02)338-7224
팩스 02)323-4180(편집) 02)338-7221(영업)
전자우편 moonji@moonji.com
홈페이지 www.moonji.com

ISBN 978-89-320-4119-3 03810

※이 책은 서울문화재단 '2012 예술창작지원-문학' 지원사업의 지원을 받아 발간되었습니다.

외계 문학 걸작선

이갑수
소설집

문학과지성사

차례

외계 문학 걸작선

칼 세이건

1977년 8월 20일과 9월 5일, NASA(미항공우주국)는 보이저 1, 2호라는 이름을 붙인 두 대의 무인 탐사선을 우주로 쏘아 보냈다. 탐사선의 임무는 태양계의 자기권이 미치는 범위인 헬리오스피어와 그 바깥쪽인 헬리오포즈를 탐사하는 것이었다. 탐사선에는 외계인과 접촉할 경우를 대비해서 지구의 생명체와 문화를 알리기 위한 정보가 기록된 금제 음반이 실려 있었다. 음반에는 115개의 그림과 자연적인 소리, 각 나라의 음악, 당시 미국 대통령이던 지미 카터의 메시지가 담겨 있었다. 그리고 55개의 언어로 된 인사말이 실렸는데, 6천 년 전 수메르에서 쓰였던 아카디아어로 시작해서 현대 중국어의 한 방언인 우어吳語로 끝났다. "안녕하세요"라는 한국어 인사도

녹음되어 있었다. 그 목록을 결정한 것은 최초의 우주생물학자인 칼 세이건이 의장으로 있는 위원회였다.

―어차피 우리가 무엇을 넣든 나중에 비판받을 거야.

레코드에 들어갈 목록을 결정하기 전에 세이건은 그렇게 말했다. 어느 것 하나 쉬운 게 없었지만 가장 난항을 겪은 것은 음악이었다. 세이건과 동료들은 외계인이 금제 음반의 메시지를 해독할 수 없을지도 모른다는 근본적인 두려움을 갖고 있었다. 인류와 전혀 다른 방법으로 외계에서 진화한 지적인 생명체가 레코드판을 재생하는 기계를 가지고 있을 가능성은 너무 적었다. 언어는 더 문제였다. 맥락이나 지표가 없으면 처음 보는 언어를 해석할 수 없다. 이집트문자도 오로지 로제타석을 우연히 발견한 덕분에 해독된 것이다. 유일한 희망은 음악이었다. 세이건은 인류에게 공용어가 있다면 그것은 음악이라고 생각했다.

스무 곡의 음악을 담기로 하고 회의가 시작됐다. 세이건과 동료들은 우주의 고독을 표현하는 곡을 정하기 위해 토론을 했고, 히틀러가 좋아하던 작곡가 리하르트 바그너의 음악을 포함하는 것이 옳으냐를 놓고 진지하게 논쟁을 벌였다. 세이건은 지구 전체의 음악 전통을 대변하고 싶었다. 그래서 세계의 가장 유명한 음악가들에게 의견을 물었다. 정도는 달랐지만 대부분의 음악가들은 질문 자체에 놀랐다. 스미스소니언 연구소의 재즈 큐레이터인 마틴 윌리엄스에게 늦은 밤 전화를 했을 때는 이런 반응이 돌아왔다.

—그럼 내가 제대로 정리했는지 살펴봅시다. 당신은 일요일 새벽 2시에 우리 집으로 전화를 걸어서 어떤 재즈를 별나라로 보내야 하는지 듣고 싶다는 거죠?

세이건은 계속해서 여러 음악가들에게 전화했고 열아홉 곡이 결정됐다.

세이건과 동료들이 전문가를 능가하는 자질을 갖추고 있다고 느끼는 분야는 로큰롤이었다. 많은 전문가들은 보이저 선곡이 록을 포함해서는 안 된다고 말했다. 그것은 록을 좋아하느냐 싫어하느냐의 문제가 아니었다. 음악가들은 록이 너무 새롭고 수명이 짧은 표현형식이라고 반대했다. 그러나 위원회는 자기들이 한 곡은 선택할 수 있다고 생각했다. 단 하나의 록 음악이 들어가야 한다면 비틀스가 되어야 한다고 모두들 동의했다. 많은 곡이 논의되었지만 우주적 상상력을 이유로 「Here Comes the Sun」으로 결정됐다.

비틀스의 멤버 네 사람은 이것이 멋진 아이디어라고 생각했다. 문제는 비틀스가 이 노래의 소유권을 갖고 있지 않다는 것이었다. 노던 송스가 소유권을 갖고 있었는데, 이 회사는 어마어마한 사용료를 요구하는 것으로 악명이 높았다. NASA는 탐사선과 발사 로켓 개발에 돈을 전부 사용해서 저작권자에게 지불할 돈이 없었다. 노던 송스에게는 외계 생명 시장에만 예외를 두라는 설득이 먹히지 않았다. 결국 비틀스의 노래는 우주로 가지 못했다. 누가 비틀스를 대신할 것이냐에 대한 끝없는 논쟁 끝에 척 베리의 「Johnny B. Goode」이 선택되었다. 척 베리가 록 음악계 그리고 부분적으로는 비틀스에게도, 영향을 미쳤다는 주장 때문이었다.

레코드는 알루미늄 커버 안에 들어갔다. 이것은 처음 1광년 동안 레코드 표면이 망가질 확률을 2퍼센트로 낮추어준다. 세이건은 레코드 전체의 수명을 약 10억 년으로 계산했다. 레코드를 실은 보이저호는 무사히 발사됐고 현재도 우주 어딘가를 날고 있다. 그러나 칼 세이건은 보이저 1호와 2호가 외계인과 접촉할 가능성에 회의적이었다. 보이저 계획 전에 시행되었던, 바이킹 우주 비행 계획의 실패 때문이었다.

화성에 직접 무인 탐사선을 착륙시켜 물리적 조사를 하는 것은 칼 세이건의 오랜 꿈이었다. 바이킹 계획의 최대 목적은 '화성에 과연 생물체가 있을까? 혹은 있었을까?'라는 질문의 해답을 찾는 것이었다. 바이킹 1호는 1976년 7월 19일 화성 궤도에 돌입하여 다음 날 크리세 평원 착륙에 성공했다. 착륙과 동시에 카메라가 작동하여 처음에는 흑백으로, 이어서 천연색으로 화성 표면을 촬영했다. 바이킹 1호가 전송한 사진을 본 NASA의 연구원들은 크게 실망했다. 사진 속 화성의 풍경은 붉은 돌로 된 들판이었다.

— 생명의 흔적은 보이지 않았다.

칼 세이건은 그렇게 말했다. 바이킹 1호에서 전송되는 자료가 늘어날수록 실망은 더 커졌다. 화성의 흙에서는 미생물이 검출되지 않았다. 1호를 뒤따라간 2호의 실험에서도 결과는 같았다. 칼 세이건과 NASA는 화성에 생명체가 없다는 결론을 내릴 수밖에 없었다.

—그들은 우리 태양계 바깥에 있어.

바이킹 계획이 끝났을 때, 세이건은 그렇게 말했다. 바이킹 계획은 실패로 기록되었지만, 어떤 의미에서 그것은 하나의 성공이다. 그 실패로 인해 외계의 범위가 확장되었기 때문이다. 세계의 크기와 형태는 인식하는 주체에 따라서 바뀌는 것이다. 당대의 사람들이 인식하는 것만큼이 세계다. 과거에는 지구가 정육면체였던 시절도 있었다. 콜럼버스 이전의 사람들에게 아메리카 대륙은 없는 것이고, 라이트형제 이전의 하늘은 오직 새들의 공간이었다. 인류는 인식의 범위와 대상을 넓혀가면서 발전해왔다. 그런 점에서 쿠베르탱의 문구는 선험적이다. "더 빨리, 더 멀리, 더 높이".

세이건은 외계인과 접촉하기 위한 방법을 바꿔야 한다고 생각했다. 직접 탐사선을 보내는 것보다 외계로 전파를 발사하고 외계에서 오는 전파를 수신해야 한다고 주장했다. 그러나 NASA는 세이건이 제안한 대형 안테나 제작을 승인하지 않았다. 그들은 이미 충분한 크기의 안테나를 가지고 있다고 믿었다. 탐사선들의 성과가 미약해 우주개발에 지원되던 예산이 대폭 삭감된 탓도 있었다.

─보다 많은 사람이 우주에 관심을 가지게 만드세요. 당신이 그렇게 한다면 나도 당신을 도울 수 있습니다.

세이건이 백악관을 찾아가 설득하자 지미 카터는 그렇게 말했다.

─그냥, 각하가 서류에 서명 하나만 하면 될 텐데요.

세이건은 한숨을 쉬면서 연구실로 돌아왔다. 그때부터 그는 다양한 활동을 시작했다. 좀더 적극적으로 저술을 해서 많은 책을 출판하고, TV에도 출연했다. 그의 책들은 과학 서적으로는 이례적으로 많은 판매량을 기록했다. 그리고 그의 TV 시리즈 〈코스모스〉는 전 세계 약 5억 명의 사람들이 시청하면서 그를 위대한 미디어 과학자로 만들었다. 그 활동들을 통해서 세이건은 자신이 계획한 안테나를 제작할 수 있는 충분한 돈을 벌었다. 돈과 함께 명성과 정치적 영향력도 찾아왔다. 우주 탐사와 관련된 모금에서 세이건의 영향력은 누구와도 비교할 수 없었다. NASA의 예산은 다시 증가했고 사람들은 그 어느 때보다 더 외계인에 열광했다.

*

사람들은 왜 외계인의 존재를 믿을까? 어쩌면 외롭기 때문인지도 모른다. 이 넓은 우주에 우리만이 유일한 존재가 아니라고 믿고 싶은 것이다. 외계인이 없다면 인간은 너무나 고독

할 것이다. 그것은 우주의 크기를 제대로 인식하지 못했던 고대인들도 마찬가지였다. 그리스 철학자들은 밤마다 불빛으로 외계인에게 신호를 보냈다. 그들이 아폴론과 아르테미스를 믿었다는 것을 생각하면 이상한 일이다. 하지만 생각해보면 신이라는 존재도 인간의 외로움 때문에 생긴 것인지도 모른다. 인식 범위를 넘어선 존재가 필요했던 것이다. 그래서 사람들은 고해성사를 하고, 기도하고, 외계인에게 신호를 보낸다.

이 글은 앞으로 내가 번역하려는 책들의 서문, 혹은 옮긴이의 글에 해당한다. 그러나 실제로 이 글이 원문 그대로 출판될 가능성은 매우 적다. 옮긴이의 글로는 너무 긴 분량이다. 출판사의 편집자들은 열대우림의 보호를 위해 이 글을 요약해서 실을 것이다. 그러나 글이 꼭 현재를 위해서 존재하는 것은 아니다. 인류가 외계로 쏘아 보낸 메시지들처럼, 혹은 우리가 외계로부터 받은 메시지들처럼 언젠가, 누군가는 읽을지도 모른다.

―우리는 혼자가 아니야.

내 협력자인 이반은 입버릇처럼 그렇게 말한다. 사실 이 말은 그의 할아버지의 말이다. 너무 많이 들었기 때문인지도 모르지만 나는 그 말이 정말 맞다고 생각한다. 우리는 혼자가 아니다.

나

아버지가 죽었을 때, 나는 '나'라는 것의 실체를 인식했다. 라캉과는 무관하다. 엄마는 내가 생후 3개월이 지났을 때 처음으로 거울을 보여줬는데, 나는 그 안에 들어 있는 것이 내 외적 형태의 반사체라는 것을 바로 알았다.

나는 음력 4월 8일에 태어났다. 내 기억은 아니다. 그때는 지구의 공전과 자전을 주기로 1년과 하루를 나누는 달력 체계를 알지 못했다. 유아기를 상세하게 기억하는 사람도 가끔 있지만, 나는 그 시절의 모든 것을 기억하지는 못한다. 생각나는 것은 요람과 그 위에서 빙글빙글 돌던 모빌뿐이다. 모빌은 별과 물고기 모양이었다. 나는 한동안 그 플라스틱 조각들을 신기하게 쳐다봤다. 하지만 곧 지루해졌다. 모빌을 치워달라고, 다른 것을 보여달라고 아무리 울어도 달라지는 것은 없었다. 나는 단조로운 회전을 견딜 수 없어 시간만 나면 잠을 잤다. 모빌만큼이나 나를 괴롭힌 것은 엄마의 '언어'였다. 내 머릿속에는 이미 사고를 위한 하나의 형식이 존재했는데, 그것은 엄마가 사용하는 언어와는 전혀 달랐다. 엄마가 사용하는 말은 내 머릿속에 들어 있는 것을 표현하는 데 적합하지 않았다. 나는 좀더 적합한 형식 체계를 배우기 위해 다른 사람의 말을 유심히 들었다. 경상도 출신인 외할머니의 발화가 조금 다르기는 했지만 큰 차이는 없었다.

기어 다닐 수 있게 되면서 내가 경험할 수 있는 공간은 거실까지 넓어졌다. 거실에는 TV가 있었다. 화면 안에는 수많은 현상과 소리가 들어 있었다. 당연히 내 최대 관심은 새로운 언어를 찾는 것이었다. 그러나 아쉽게도 리모컨은 늘 엄마가 들고 있었고, 가끔 바닥에 있어도 나는 그것을 조작하는 방법을 알지 못했다.

하루는 엄마가 나를 안고 소파에 앉아 있었다. 아버지는 과일을 먹으면서 신문을 읽었다. 드라마 한 편이 끝났을 때, 엄마가 채널을 이리저리 돌렸다. 나는 화면이 바뀌는 것을 무심하게 쳐다보고 있었다. 그러다가 어떤 화면이 눈에 들어왔다. 금발에 푸른 눈을 한 여자가 처음 듣는 언어로 말을 하고 있었다. CNN이었다. 엄마는 곧 채널을 돌렸다. 나는 좀 전의 그 화면을 다시 틀어보라고 말하고 싶었다. 그러나 내가 의사 전달을 위해 할 수 있는 것은 우는 것뿐이었다. 내가 울자 엄마는 스웨터를 풀어 헤치고 젖을 물렸다. 나는 고개를 외로 틀어 유두를 거부하고 계속 울었다. 엄마는 내 울음의 의미를 알아듣지 못했다. 그날 이후로 시간만 나면 TV 앞에 앉아 있었지만 CNN을 다시 볼 수는 없었다.

고민 끝에 일단은 엄마의 말을 배우기로 했다. 최소한의 의사 전달을 위해 엄마의 영역에 들어갈 수밖에 없었다. 말을 하게 되니 새로운 세상에 들어선 기분이었다. 그것은 내게만 해당하는 것은 아니었다. 내가 처음으로 "엄마"라고 말했을 때

의 엄마의 표정을 기억한다. 엄마도 엄마라는 말을 들어본 것
은 처음이었을 것이다.

유아기의 인간은 언어를 습득하는 특별한 능력을 갖추고
있는 것이 틀림없다. 그렇지 않다면 나는 머릿속의 형식과 전
혀 다른 언어를 쉽게 배울 수 없었을 것이다. 나는 일제 치하
의 조선인들 같은 처지였다. 생각하는 언어와 말하는 언어가
달랐다. 나이를 먹을수록 내 머릿속에 있는 형식들은 체계를
갖춰갔다. 처음엔 흐릿하기만 하던 것들이 명확한 형태가 되
었다. 어쩌면 엄마의 언어를 습득하는 과정에서 같이 발전한
것인지도 모른다. 그것은 직육면체와 구체로 이루어져 있었
다. 정확하게 같지는 않지만, 속이 훤히 들여다보이는 주사위
와 농구공 안에 복잡한 선들이 엉켜 있는 것을 상상하면 이해
하기 쉬울 것이다(인류가 사용하는 비유는 형태나 모양을 전달
하는 데 효과적이지 않아서 이 정도가 한계다. 혹시 바슐라르를
읽었다면 잊어라). 내게는 더욱더 새로운 언어가 필요했다. 그
형태들을 어떻게 읽는지 어떤 식으로 조합할 수 있는지 알고
싶었다.

일단은 TV에 의존할 수밖에 없었다. TV를 통해서만 밖을
볼 수 있는 아이에게는 그 안에 있는 것이 현실이고 세계의 전
부다. 화면 안에는 새로운 것들이 많이 들어 있었다. 하지만
엄마는 눈이 나빠진다면서 하루에 두 시간 이상은 보지 못하
게 했다. 기회가 있을 때마다 리모컨을 돌려봤지만 금발에 푸

른 눈을 한 여자를 다시 볼 수는 없었다. 대신 새로운 표현형식을 한 가지 발견했다. 남자들 여러 명이 사이키 조명 속에서 몸을 덜덜 떨면서 회전하는 것이었다. 나는 대체 그 몸짓들이 어떤 의미가 있는지 궁금해서 그것을 따라 해봤다. 요의만 느껴졌을 뿐, 별다른 의미는 찾을 수 없었다.

—여보, 애 좀 봐요. 춤을 따라 해요.

엄마와 아빠는 날 보면서 흐뭇하게 웃었다. 나는 행위 주체에게는 의미가 없지만 수용 주체에게는 의미가 생기는 것인지도 모른다고 생각했다. 가끔 엄마와 아빠를 즐겁게 하기 위해서 의미 없는 그 덜덜 떠는 몸짓을 한 번씩 따라 했다.

CNN에 나왔던 말을 다시 들은 것은 다섯 살 때였다. 그 무렵 나는 숫자와 한글을 배우고 있었다. 나는 기호의 무질서함 속에서 몇 가지 상수를 발견했다. 혼란 속에서 질서를 찾아낸 것이다. 문자와 숫자 들은 일정한 연속된 유형 안에 규칙성을 가지고 있었다. 완전하지는 않았지만 나는 한글과 숫자, 두뇌의 작용에서 몇 가지 패턴을 발견했다.

첫째, 인간은 집중하기 위해서 가장 간단하고 안정적인 형태를 선호한다. 둘째, 뇌는 멀리 떨어져 있는 형태보다는 서로 근접해 있는 형태들을 밀접하게 연관시킨다. 셋째, 뇌는 선의 갑작스럽거나 급격한 움직임을 좋아하지 않는다. 넷째, 공통된 요소를 가진 형태들은 함께 묶여서 지각된다.

나중에 유태계 심리학자가 나와 비슷한 발견을 하고 게슈탈트 이론이라는 것을 만들었다는 것을 알았다. 하지만 누가 먼저 했느냐 하는 것은 중요하지 않다. 일정한 형태와 패턴 그리고 두뇌만 있다면 누구나 할 수 있는 발견이다. 어쨌든 내게는 큰 도움이 됐다. 나는 내 머릿속의 형태들에 패턴들을 적용했다. 하나씩 떨어져 있던 음표들이 연속성을 가지면서 하나의 연주가 되어갔다. 패턴을 이해할수록 나는 내 머릿속에 들어 있는 형태들이 매우 효과적이며 뛰어난 언어라는 것을 확신했다. 그러나 그것을 어떻게 발화해야 하는지는 여전히 알 수 없었다.

　엄마는 매일 밤 내게 동화책을 읽어줬다. 처음 몇 편은 재미있었다. 그러나 곧 동화 속의 이야기들이 유사한 패턴을 가지고 있다는 것을 깨달았다. 그 패턴이 지향하는 것은 공포와 두려움이었다. 아이들을 손쉽게 길들이기 위해 만든 패턴인 것이다. 그리고 동화 속에는 이해할 수 없는 단어가 너무 많았다. 무수하게 많은 관념들이 문제였다. 그것들은 지시 대상이 명확하지가 않았다. 의미를 이해했다고 생각한 순간 전혀 다른 의미로 사용되었다. 가령 '나'라는 것이 특히나 그랬다. 동화 속에서 '나'는 백설공주일 때도 있었고, 인어공주일 때도 있었다. 그리고 가끔은 난쟁이나 마녀, 나무꾼이 되기도 했다. 모두가 '나'라면 대체 '나'는 무엇이란 말인가? '나'의 의미가 개체 수만큼이나 다양한 것일까? 아무리 생각해도 답을 찾을 수 없었다.

　―'나'가 뭐예요?

　나는 엄마에게 물었다.

　―'나'는 너지.

　엄마는 그렇게 대답했다. 그리고 저녁때 아빠에게 내가 철학자가 될 것 같다고 말했다.

　의문을 해결하지 못한 상태에서 쓰는 법을 배웠다. 손으로 글자의 형태를 따라 하는 것은 재미있었다. 가능하면 내 머릿속의 문자도 한번 적어보고 싶었지만, 평면에 그 형태를 재현하는 것은 불가능했다. 아직은 한글도 제대로 적을 수가 없었다. 내 몸은 불완전한 언어처럼 뜻대로 움직이지 않았다.

　안녕 카시오.

　이모와 이모의 남자 친구가 집에 왔다. 이모는 엄마와 열 살차이가 났고 대학생이었다. 이모가 남자 친구를 데려온 것은 외할머니 때문이었다. 어떤 남자를 만나고 있는지 엄마에게 확인해보라고 부탁한 것 같았다.

　이모의 남자 친구는 다른 나라에서 살다가 한국에 왔다고 했다. 모자를 삐딱하게 쓰고 있었고 몸피에 맞지 않는 큰 옷을 입고 있었다. 그리고 쇠사슬 같은 긴 목걸이를 걸고 있었는데 마치 무슨 무기 같아 보였다. 그는 한국말이 익숙하지 않았다.

어떤 말을 하려다가 막히면 처음 듣는 형식의 언어를 섞어서 말했다. 그것은 분명 CNN에서 들었던 말이었다(그것이 영어라는 것은 나중에 알았다). 나는 사고하는 언어와 사용하는 언어가 다를 때의 괴로움을 잘 알았기에 어쩐지 그가 측은하게 느껴졌다. 하지만 엄마는 그가 마음에 들지 않는 것 같았다. 표정 변화는 없었지만 느낌으로 알 수 있었다.

—많이 먹어요.

엄마가 말했다. 같은 말이라도 발화에 따라 의미가 다를 수 있다. 내게는 엄마의 말이 '빨리 먹고 가라'라는 뜻으로 들렸다. 그런 식으로 겉과 속이 다른 말들이 계속 오갔다. 그는 더 듬거리면서 한국어와 영어를 섞어서 이야기했다.

—나는 어프렌티스입니다.

엄마가 무슨 일을 하냐고 묻자 그는 그렇게 대답했다. 그리고 '엔터테인먼트'가 어쩌고 하는 말을 덧붙였다. 계속 듣다 보니 영어는 새롭기는 하지만 내 머릿속에 들어 있는 문자와는 맞지 않았다. 그는 과일과 차를 후식으로 먹은 후에 돌아갔다. 이모는 그를 바래다주려고 했지만 엄마가 할 말이 있다면서 붙잡았다.

—역시 연예인이랑 사귀는 건 힘들까?

이모가 고개를 숙이면서 말했다.

—나는 네가 네 형부 같은 사람을 만났으면 좋겠어.

엄마가 말했다.

22

─형부가 어떤데?

이모가 물었다.

─네 형부는 대한민국 남자들을 평균을 내서 만든 기성복 같은 사람이야.

엄마가 대답했다. 나는 그 어조에서 뭔가 확신 같은 것을 느꼈다. 확실히 아버지에게는 그런 느낌이 있었다. 아버지는 매일 아침 6시에 출근해서 9시에 집에 돌아왔다. 집에 오면 늘 TV를 보거나 신문을 읽었고, 일요일에는 나와 놀거나 잠을 잤다. 모빌처럼 단조로운 회전을 하는 삶이었다. 그러나 나는 엄마의 말에 완전히 동의할 수는 없었다. 아버지에게는 엄마가 모르는 모습이 한 가지 있었다.

아버지는 한 달에 한 번씩 토요일과 일요일을 연속으로 쉬었다. 그 휴무 때마다 낚시를 갔다. 내가 걸어 다닐 수 있게 되자 나도 함께 데리고 갔다. 몇 번인가 엄마가 따라오려고 한 적이 있지만 아버지는 무슨 이유를 만들어서라도 나와 둘이서만 갔다. 우리는 언제나 바다로 갔다. 집에서 멀지 않은 곳에 유료 낚시터가 있었지만 그곳에는 모두 이런 팻말이 붙어 있었다.

※ 당 낚시터는 다음 사항을 금지하고 있습니다.

1. 훌치기낚시 금지.

2. 반짝이 미끼 사용 금지.

3. 이도겸 출입 금지.

　이도겸은 아버지의 이름이다. 너무 많은 고기를 낚기 때문에 붙여진 것이었다. 바닷가에서 나는 아버지를 아는 낚시꾼들을 많이 만났다. 낚시꾼들 사이에서 아버지는 전설 같은 존재였다. 아버지는 흑돔, 부사리, 대구의 최대 어탁 신기록을 가지고 있었고, 아버지가 거대한 물고기와 함께 찍은 사진이 『월간낚시』의 표지로 쓰인 경우도 수십 번이 넘었다. 아버지는 보통 한번 낚시를 갈 때마다 2백 마리의 물고기를 잡았다. 잡은 물고기들은 다른 낚시꾼들에게 조금씩 나눠주고, 돈이 될 만한 것은 근처에 있는 식당에 싼값에 팔았다. 그렇게 생긴 돈은 새로운 낚시 장비를 구입하는 데 썼다. 집에는 언제나 적당한 것으로 몇 마리만 가지고 돌아갔기 때문에 엄마는 아버지가 낚시왕이라는 것을 알 수 없었다. 만약 엄마가 아버지의 낚시하는 모습을 봤다면 절대 평범한 사람이라는 말을 할 수 없었을 것이다. 아버지는 슈퍼맨처럼 기성복 안에 다른 옷을 입고 있었다.
　─생각해볼게.
　이모는 그렇게 말하고 돌아갔다. 며칠 후에 엄마가 통화를 하는 것을 들으니, 그 영어를 사용하던 남자와 헤어진 것 같았다. 수화기에서 이모의 목소리가 새어 나왔다.

—이젠 끝이야.

아버지는 처음 보는 물고기를 먹고 죽었다.

그날은 토요일이었다. 아버지와 나는 낚시를 가기 위해 새벽부터 일어나 준비를 했다. 엄마는 도시락을 싸주면서 물 가까이에 가지 말라고 당부했다. 아버지는 낚시 모자를 쓰고 조끼를 입었다. 한 손에는 장비가 든 가방을 들고 있었다. 엄마의 눈에는 평범한 낚시꾼의 모습으로 보였을 것이다. 그러나 엄마가 낚시에 대해 조금만 알고 있었다면 가방에 들어 있는, 티타늄과 카본으로 만든 낚싯대와 소프트 젤라틴으로 만든 루어낚시용 미끼가 얼마나 비싸고 전문적인 장비인지 알았을 것이다.

그날 우리는 차로 세 시간을 달려 바다에 도착했다. 아버지는 내가 물에 빠지지 않게 하려고 물에서 아주 먼 곳에 의자를 놓고 낚싯대를 던졌다. 어째서 내가 수영을 못할 거라고 단정하는지 이해할 수 없었다. 나는 양수 속에서 이미 수영의 모든 방법을 다 터득하고 있었다. 물의 밀도와 양수의 밀도는 차이가 있겠지만, 나는 부력에 의존하지 않아도 몸을 띄울 자신이 있었다. 하지만 아버지를 걱정시키고 싶지 않아서 물에 뛰어들지는 않았다.

낚시할 때의 아버지는 전혀 다른 사람이었다. 낚싯대를 잡고 있는 아버지는 용왕과의 전투를 위해 선봉에 선 관우신장 같았다. 그리고 마치 해신의 아들처럼 바람과 파도, 기조력까지 모두 읽어서 물고기가 많은 좋은 자리를 찾아냈다.

아버지는 자리를 잡자마자 30여 마리의 물고기를 잡았다. 자연스럽게 주변의 낚시꾼들이 모여들었고, 잡은 물고기로 회를 뜨고 매운탕을 끓여 간단한 술자리가 벌어졌다.

—어떻게 하면 그렇게 잘 잡을 수 있는 거요?

한 낚시꾼이 그렇게 물었다.

—간단해요. 내가 물고기가 됐다고 생각하고 물고기의 움직임을 예상하면 됩니다.

아버지가 대답했다. 낚시꾼들은 큰 소리로 웃었다. 나는 잘 이해가 가지 않았다. 한 개체가 다른 개체가 될 수 있는 걸까? 만약 그렇다면 '나'라는 말의 의미가 매번 바뀌는 이유를 설명할 수 있을 것 같았다. 하지만 한 번도 아버지가 물고기가 된 것을 본 적은 없었다. 술자리가 파하자 아버지는 텐트로 들어가 한동안 잠을 잤다. 밤낚시를 위해서였다.

—사람이 물고기로 변신할 수 있어요?

밤이 되어 아버지가 다시 낚싯대를 들었을 때 나는 그렇게 물었다.

—변신은 못 하지. 그냥 마음을 바꾸는 거야. 사람의 관점이 아니라 물고기의 관점에서 생각하는 거지. 너도 크면 알게 될 거다. 물고기보다 더 이해하기 힘든 사람이 많으니까.

아버지가 말했다. 나는 그 말을 듣고 개체와 개체, 그 사이의 유사성, 그리고 패턴에 대해서 계속 생각했다.

아버지는 아무것도 보이지 않는 어둠 속에서 계속해서 물고기를 낚았다. 나는 하늘을 봤다.

—뭘 하는 거냐?

—별을 보고 있어요.

—심심하니?

나는 고개를 저었다.

—하늘에는 별이 몇 개나 있어요?

내가 물었다.

—셀 수 없을 정도로 많이 있단다. 보이지 않는 별들도 있으니까.

아버지가 대답했다.

—그게 얼마나 많은 건데요? 만 개?

—그보다 훨씬 많아.

—세상에서 제일 큰 숫자가 뭐예요?

—세상에서 제일 큰 숫자 같은 것은 없단다. 언제든지 거기다가 1을 더할 수 있거든.

아버지는 그렇게 말하면서 커다란 물고기 한 마리를 낚아 올렸다. 그 물고기는 희미한 붉은빛을 내고 있었다. 빛을 내는 물고기는 처음이었다.

—이건 이름이 뭐예요?

—어두워서 잘 모르겠구나. 아침에 알려주마.

나는 내가 아는 가장 큰 숫자에 계속해서 1을 더했다. 정말로 끝이 없었다. 나는 그 숫자의 나열에서 행렬의 패턴을 발견했다. 숫자가 커질수록 눈꺼풀이 무거워졌다.

내가 다시 눈을 떴을 때도 아버지는 물고기를 낚고 있었다. 해가 뜨고 있었다. 아버지는 내가 일어난 것을 보고 젖은 수건으로 얼굴을 닦아준 후에 자신도 양치질을 했다. 그리고 낚싯대와 장비들을 정리했다.

—어제 그 물고기 뭐였어요?

내가 물었다. 아버지는 그제야 생각났는지 어망 속에 들어 있는 물고기를 확인했다. 그 물고기는 눈이 없었고 몸 전체가 붉은색이었다. 그리고 지느러미가 투명했다.

—아무래도 심해어인 것 같구나.

아버지는 한참을 그 물고기를 살펴보더니 그렇게 말했다.

—심해어가 뭔데요?

—아주 깊은 바다에 사는 물고기야.

—처음 보는 거예요?

—바다는 아주 넓단다. 그 안에는 우리가 한 번도 본 적 없는 생명체가 아주 많이 살고 있어.

—먹을 수 있어요?

—어디 무슨 맛인지 한번 먹어보자.

아버지는 그렇게 말하고 어망에서 그 물고기를 건져서 손질했다. 그 물고기는 내장과 살까지 모두 붉은색이었다.

—맛은 도미랑 비슷하구나.

아버지는 살을 한 점 잘라서 먹어보고는 그렇게 말했다. 그리고 내게도 한 점을 잘라서 건넸다. 우리는 그 물고기로 어죽을 끓여 먹은 후에 텐트를 정리하고 서울로 향했다. 아버지는 밤을 새운 탓에 얼굴이 거칠었지만 많이 피곤해 보이지는 않았다.

고속도로에 들어섰을 때 차가 휘청거렸다. 아버지는 머리를 좌우로 크게 흔들고 다시 앞을 쳐다봤다. 잠시 후에 차는 다시 휘청거리더니 중앙선을 넘어갔다. 맞은편에서 덤프트럭이 달려오고 있었다. 나는 아버지의 팔을 흔들었다. 아버지는 정신을 차리고 브레이크를 밟았다. 그리고 핸들을 오른쪽으로 크게 틀었다. 나중에 면허를 따면서 알게 된 사실이지만 운전자는 정면에서 사고의 위험이 있을 때, 무의식적으로 자신의 반대쪽 그러니까 왼쪽으로 핸들을 돌린다. 내가 옆자리에 타지 않았더라면 아버지는 죽지 않았을지도 모른다.

고속도로 순찰대의 보고서에는 운전자가 가슴에 충격을 받고 즉사했으며, 옆자리에 어린아이가 기절해 있었다고 적혀 있었다. 사고 원인은 밤샘 낚시의 피로로 인한 졸음운전. 한 가지 틀린 사실이 있다. 나는 기절한 것이 아니라 잠들어 있었다. 차가 부딪친 순간에 미친 듯이 졸음이 왔다. 아버지도 나와 같았을 것이다. 붉은 생선 때문이었다.

나는 장례식이 끝나고 몇 달 동안 말을 하지 않았다. 엄마는 나를 정신과에 데려갔다.

—눈앞에서 아버지가 죽는 모습을 봤으니 충격이 컸을 겁니다.

의사가 말했다. 아주 틀린 말은 아니었다. 나는 분명 커다란 충격을 받았다. 생명, 삶, 죽음에서 어떤 패턴을 발견했기 때문이었다. 그것은 음악과 유사했다. 어떤 리듬이 세상을 움직이고, 또 모든 생명의 근원에 자리 잡고 있었다. 나는 생성과 소멸, '살아 있다'라는 것의 의미…… 그런 것들에 대해서 생각했다. 더 살아봐야 알 수 있을 거라는 것 이외의 별다른 결론을 얻을 수는 없었다.

—엄마, 나 배고파요.

다시 말을 한 순간에, 나는 '나'가 무엇인지 깨달았다. '나'는 인칭대명사일 뿐이었다. 그 이상도 이하도 아니었다.

방언

나는 고등학교 3학년 때까지 접할 수 있는 모든 언어를 조사했다. 어쩌면 내 머릿속에 있는 문자는 인류의 것이 아닐지도 모른다는 생각이 들었다. 과거의 기술로 입체 문자를 사용하는 것은 불가능했다. 원근법이나 조각 같은 방법으로는 이 문자의 총체성을 드러낼 수가 없었다. 현재로서도 그나마 적당한 것은 회전이 가능한 3D 영상이나 홀로그램뿐이었다.

그사이 내 머릿속에 들어 있는 문자는 더욱 발전했다. 이 문자는 새로운 정보와 결합하면 스스로 사고 작용을 했다. 나는 종종 배우지 않은 이론이나 법칙을 찾아냈고 풀이 과정을 이해하지 못하는데도 수학 문제의 답을 알았다. 저장할 수 있는 정보의 양도 늘어났다. 이 문자는 뭔가를 기억하려고 할 경우 하나의 언어소가 수많은 파생어를 수렴했다. 나는 일정 수준까지 문자를 배열하거나 결합할 수 있었다. 여전히 발화하는 방법은 알 수 없었다. 몇 번인가 임의대로 소릿값을 붙여봤지만 효율성이 떨어졌다.

인간이 아니라면 신일지도 모른다는 생각에 종교도 연구 대상에 포함시켰다. 많은 종교가 특수한 형태의 표식이나 상징물을 가지고 있었다. 언어와 관련된 설화도 많았다. 바빌로니아의 탑 때문에 본래 하나였던 인류의 언어가 여러 개로 갈렸다는 이야기는 흥미로웠다. 종교들도 일정한 패턴을 공유하고 있었다. 내 관심을 끄는 것은 두 가지였다.

첫번째는 방언이었다. 주로 기독교에서 많이 사용하는 용어였는데 다른 종교에도 비슷한 개념이 있었다. 『로마서』는 방언을 '말로 표현할 수 없는 깊은 탄식'이라고 정의하고 있다. 신학자들은 그 구절을 다양한 관점에서 해석한다. 내 관심을 끌었던 것은 타국인과 의사소통을 할 수 있는 언어로서의 방언의 기능이었다. 말이 통하지 않는 외국인들에게 선교 활동을 하기 위해 배우지 않은 언어를 사용할 수 있게 된다는 것이다. 성경에 따르면 바울은 외국인들이 많이 오가는 항구도시인 고린도에서 설교를 하기 위해 한 번도 배운 적이 없는 언어들을 사용했다고 한다. 배우지 않은 언어를 안다는 것은 내가 겪고 있는 현상과 비슷했다. 조사를 위해 교회에 가봤지만 방언을 들을 수는 없었다. 울면서 기도하는 사람들의 모습은 물고기 같았다.

두번째는 경전에서 발견한 패턴이었다. 아니, 그것은 종교에만 국한된 것은 아니다. 우리가 흔히 '성인'이라고 부르는 사람들의 기록에는 한 가지 공통점이 있었다.

석가모니, 예수, 소크라테스, 공자의 경우가 가장 확실한 패턴을 공유하고 있다. 그들의 활동 영역이나 출신 성분은 제각각이다. 사상을 전파하는 방식이나 내용도 다르다. 그런데 이네 사람에게는 한 가지 커다란 공통점이 있다. 텍스트를 남기지 않았다는 것이다. 물론 그들에 관한 수많은 문헌이 남아 있다. 하지만 어디에도 그들이 직접 쓴 것은 없다. 그들에 관한 모든 기록은 후세의 사람들이 쓴 것이다. 플라톤이『대화편』을 썼고 12 사도가 〈복음서〉를 썼다.『논어』는 자왈子曰로 불경은 여시아문如是我聞으로 시작한다.

여러 곳을 돌아다니면서 사상을 전파하고 다닌 사람들이 어떠한 저술도 남기지 않았다는 것은 이상한 일이다. 여러 가지 가설을 세워봤지만 결론은 한 가지였다. 그들은 문자를 신뢰하지 않은 것이다. 상대를 직접 마주하고 음성, 어조, 표정, 눈빛, 분위기와 함께 전달하는 것과 오로지 문자로만 전달하는 것은 커다란 차이가 있다. 그들은 자신이 남겨놓은 문자가 잘못 해석될까 봐 두려웠을 것이다. 그래서 그렇게 많은 말을 했으면서도 단 한 줄의 문장도 남겨 놓지 않은 것이다. 아니, 어쩌면 말을 하는 것도 불가피한 선택이었을지도 모른다. 염화미소拈華微笑 같은 일화들은 성인들이 데리다보다도 훨씬 더 언어를 불신했음을 잘 보여준다. 제자들은 스승의 뜻을 알면서도 어쩔 수 없이 기록을 남겼을 것이다. 그 외의 방법이 없으니까.

그들이 문자를 신뢰하지 않은 것은 나처럼 머릿속에 좀더 효과적인 형태의 문자가 들어 있기 때문은 아니었을까? 문득 그런 생각이 들었다. 근거가 미약했지만 가능성은 있는 가설이었다. 인류사에 위대한 인물들이 나와 같은 현상을 경험했을지도 모른다는 것은 큰 위안이었다. 그러나 한편으로는 그런 대단한 사람들조차 제대로 사용하지 못했다는 것이 불안했다.

나는 이모의 결혼식에서 방언을 들었다. 결혼식을 직접 보는 것은 처음이었다. 나는 위화감을 느꼈다. 외할아버지는 양복을, 외할머니는 한복을 입고 있었다. 결혼식은 서양의 절차에 따르고 있었다. 그러나 한쪽에서는 폐백을 위한 한복과 대추를 준비하고 있었다. 여러 개의 언어를 모국어로 사용하는 것처럼 혼란스러웠다. 외할아버지는 신부 입장을 할 때 이모의 손을 잡고 함께 걸었다. 외할아버지는 이모부에게 이모의 손을 넘겨준 후에, 말로 표현할 수 없는 깊은 탄식을 내뱉었다.

스카

나는 엄마의 반대를 무릅쓰고 어문학부에 입학했다. 대학 생활은 생각보다 재미가 없었다. 어문학부가 언어를 연구하는 곳일 거라는 내 기대는 너무 순진한 것이었다. 나는 전공보다는 내 흥미를 끄는 다른 수업들을 더 많이 들었고, 독자적으로 세계의 언어들을 공부했다. 전공 수업이 아주 무의미했던 것은 아니었다. 문법의 체계나 음운학은 새로운 패턴을 찾는 데 도움이 됐다. 내가 예상한 것보다 문자는 많지 않았다. 언어학자들은 전 세계적으로 3천여 개의 서로 다른 언어가 있다고 보고한다. 그러나 이들 중 문자 체계를 갖추고 있는 언어는 겨우 백 개 정도밖에 되지 않는다. 나는 새로운 문자를 볼 수 있다면 기록이든 영상이든, 박물관이든 가리지 않고 찾아다녔다.

　나는 다른 어떤 문자보다도 한글이 내 머릿속의 문자와 유사하다는 것을 깨달았다. 모든 문자는 역사의 흐름에 따라 자연히 형성된다. 그러나 한글은 역사적 흐름에 따라 자연히 형성된 것이 아니다. 왕의 뜻에 따라 인위적으로 만들어졌다. 세계에서 유일한 인공 문자인 것이다. 나는 훈민정음 해례본과 언해본을 여러 번 반복해서 읽었다.

　나랏말ㅆ미 듕귁에 달아 문쭝와로 서르 ᄉ못디 아니ᄒᆞᆯ씨 이런 젼ᄎᆞ로 어린 빅셩이 니르고져 홀 배 이셔도 ᄆᆞᄎᆞᆷ내 제 ᄠᅳ들 시러 펴디 몯ᄒᆞᇙ 노미 하니라······

　어쩌면 세종의 머릿속에도 다른 문자가 들어 있었던 것은 아닐까? 훈민정음 서문의 '말하고자 하는 바가 있어도 제 뜻을 펴지 못하는 자가 많으니'라는 부분은 어쩌면 세종이 자기 자신에게 하는 말인지도 모른다. 나는 한글과 내 머릿속 문자의 패턴을 비교 분석했다. 구체와 정육면체, 그리고 그 안에 얽혀 있는 선들, 그것을 평면에 재현한 것이 한글이었다. 내 머릿속의 문자는 비약적으로 발전했다. 나는 임의대로 문장을 만들 수 있었다. 스스로 회전하면서 의미가 변하는 단어로 문장을 조합하는 것은 아주 어려운 일이었다. 그러나 그 효율성은 다른 어떤 문자와도 비교할 수 없었다. 나는 하루 동안 일어난 일을 여섯 개의 단어로 모두 기억할 수 있었다. 하지만 여전히 쓰거나 발음할 수는 없었다.

그즈음 나는 나 이외에도 이 문자를 알고 있었던 사람이 있었다는 확실한 물리적인 증거를 발견했다. 문장을 조합하는 일에 익숙해지자 자연스럽게 눈에 띄었다. 너무 큰 것은 아주 멀리서만 볼 수 있는 법이다. 인류 최초로 우주에 나가 지구와 교신을 한 우주 비행사의 첫마디는 이것이었다.

─우리가 지구를 발견했다.

내가 발견한 것은 페루 사막에 있는 '나스카 라인'이었다. 나는 TV 광고에서 나스카 라인을 보고 깊은 탄식을 내뱉었다. 이미 몇 번이나 본 적이 있는 광고였다. 아니, 생각해보면 그 광고가 아니더라도 다양한 매체를 통해 나스카 라인을 여러 번 봤다. 그런데 그제야 그것의 의미를 알게 된 것이었다. 인식 수준이 높아졌기 때문이었다. 나는 나스카 라인과 관련된 모든 것을 찾아봤다. 거대한 새 형태의 문양이 가장 많았다. 수학기호를 닮은 문양도 있었고, 사람의 모습처럼 보이는 것도 있었다. 누가, 페루 사막에, 그런 문양들을, 어떻게, 왜 만들었는지는 전혀 알지 못했다. 그러나 그 문양이 무엇인지는 알았다. 그것은 내 머릿속에 있는 것과 같은 문자였다. 나스카 라인은 지구라는 회전하는 구체에 선을 그려 넣은 것이다. 당시로서는 입체 문자를 만드는 유일한 방법이었을 것이다. 사라지거나 끊긴 것들이 있어서 전체를 다 읽을 수는 없었지만, 그 문장들은 모두 비슷한 의미였다.

이곳에는 생명체가 살고 있다.

그것은 분명 하늘 위로 보내는 메시지였다. 그것들은 완전하지는 않았지만, 실제로 쓰인 문장이었다. 내 머릿속의 문자들은 추상적 재현에서 하나의 시각적 이미지로 거듭났다. 나는 지구 자체를 하나의 문장으로 만든 나스카의 고대인들에게 마음속으로 박수를 보냈다. 우리는 문장 위에서 살고 있었던 것이다. 세상을 움직이는 것은 문자라는 생각이 들었다. 나는 나스카 라인이 그려져 있는 작은 지구본을 샀다. 실체를 확인한 덕분인지 머릿속에서 또 하나의 패턴이 생성되었다.

한글과 나스카 라인에서 얻은 패턴 덕분에 문자들을 조합해 새로운 문장을 만드는 일에 점점 익숙해졌다. 그러나 생각보다 정체가 일찍 찾아왔다. 확인할 수 있는 지표는 없었지만, 직감적으로 무엇인가 잘못된 방향으로 가고 있다는 것을 알 수 있었다. 보다 효과적인 방법이 있을 것 같았다. 조금이라도 힌트를 얻으려고 글쓰기에 관련된 자료들을 찾아다녔다. 도움이 된 것은 문학작품이었다.

"소설을 쓴다는 것은 문장을 만드는 것이 아니라, 문장과 문장 사이의 관계를 만드는 것이다. 그리고 그 관계에 의해 생기는 의미가 많으면 많을수록 좋은 작품이 된다". 한 소설가가 작가의 말에 써놓은 말이었다. 그 말은 고요하던 호수에 운석의 파편이 떨어진 것처럼 내게 커다란 파문을 일으켰다. 나는 같은 문장이라도 앞과 뒤에 어떤 문장이 있느냐에 따라서 의미가 달라진다는 것을 놓치고 있었던 것이다. 현대시라는 것을 읽으면서, 익히 알고 있는 문자로 쓴 글을 전혀 이해할 수 없는 경우가 있다는 것도 알았다. 그것은 그들만의 언어 같았다. 하지만 시에서도 많은 패턴을 얻을 수 있었다. 문학작품은 내게 문자를 효과적으로 사용하는 법을 알려줬다. 덕분에 나는 한 단계 위로 올라갈 수 있었다.

나는 문자의 회전 속도와 배열을 조정해서 한 번의 조합으로 수백 개의 정보를 기록할 수 있게 됐다. 문자의 회전과 배열은 추리, 통찰, 계산, 분석, 기억, 공간정향의 모든 능력을 향상시켰다. 하지만 이 문자에 익숙해질수록 알 수 없는 불안감이 커졌다. 아니, 사실은 그 불안의 정체를 알고 있었다. 그동안 애써 외면하고 있었지만, 나는 이 문자가 무가치할 수도 있다는 것을 알고 있었다. 아무리 효율성이 뛰어나고 놀라운 것이라도 사용하는 사람이 한 명뿐이라면 전혀 의미가 없었다. 자신이 쓴 글을 읽을 사람이 자신뿐이라는 것은 두려운 일이었다.

　　—바다에 물고기가 없을 때는 어떻게 해야 돼요?

언젠가 나는 아버지에게 그렇게 물은 적이 있다.

—물고기를 찾아야지.

아버지는 그렇게 대답했다.

이반

1년 넘게 인터넷의 바다를 헤맨 끝에 이반이 유튜브에 올려놓은 동영상을 찾았다. "이것을 읽을 수 있는 사람에게는 10만 달러를 드리겠습니다"라는 제목이 붙어 있었다. 영상을 재생시키자 척 베리의 「Johnny B. Goode」이 흘러나왔다. 곧이어 화면 안에 외국인이 등장했다. 그는 목걸이 형태의 펜던트를 꺼냈다. 나는 외국인의 엄지와 검지 사이에 있는 주사위 모양의 펜던트를 쳐다봤다. 순간적으로 너무 집중해서 음악 소리가 들리지 않았다. 정지 상태였지만 그것은 분명 내 머릿속에 있는 문자였다. 나는 동영상의 마지막에 나와 있는 이메일 주소로 답을 적어 보냈다.

—별. 정확히 말하면 행성이라는 뜻입니다.

이반은 메일을 보자마자 바로 한국으로 날아왔다. 그의 원래 이름이 이반은 아니다. 그의 풀 네임은 열일곱 글자나 된다. 지나치게 긴 데다 발음하는 것도 힘들었다. 어쩌면 러시아어 이름을 읽는 것이 외계인의 문자를 해독하는 것보다 더 힘든 일일지도 모른다. 그래서 나는 그를 "이봐, 이봐" 하고 불렀다.

— 왜 날 '이반'이라고 부르는 거야?

어느 날 그는 그렇게 말했다. 나는 러시아식 이름 중에 '이반'이라는 것이 있다는 것을 알았다. 그때부터 그는 '이반'이 됐다.

이반은 SETI(지구외문명탐사계획) 소속의 천문학자로 알래스카에 있는 전파망원경으로 우주에서 흘러들어오는 전파들을 분석하는 일을 했다. 망원경들은 대부분 칼 세이건이 사비로 사들인 것이었다.

— 할아버지가 칼 세이건의 친구였어.

이반이 외계인의 메시지를 수신한 것은 5년 전이었다. SETI의 다른 과학자들은 냉담한 반응을 보였다. 이반이 수신한 것이 분석 불가능한 전파였기 때문이었다. 하지만 이반은 그것이 외계인들이 보낸 것이라고 확신했다. 전파는 일정한 주기로 발신되고 있었다. 누군가 의도적으로 쏘아 보내고 있다는 증거였다. 전파는 두 종류였다. 하나는 지속적이고 연속적인 형태였다. 나머지 하나는 같은 내용의 반복이었고 아주 짧았다. 이반은 연속성을 가진 전파를 연구했다. 수백만 개의 알고리즘을 대입한 끝에, 이반은 그 전파를 어떤 모양으로 바꿀 수 있다는 것을 알아냈다. 이반은 모양 중 하나가 별을 뜻한다는 것을 알았다. 평생을 천문학을 공부해왔기 때문에 가능했던 직관이었는지도 모른다. 그러나 그것으로 끝이었다.

다른 모양들은 어떤 의미인지 알 수 없었다. 언어학자, 고고학자, 미학 연구가, 조각가, 화가…… 모든 분야의 전문가에게 자문을 구해봤지만 성과는 없었다. 그때부터 이반은 전 세계를 돌아다니면서 문자와 문양을 가진 상징들을 조사했다. 나는 이반이 날 처음 만났을 때 흘린 눈물을 이해할 수 있었다.

—나머지 하나가 교육용 전파였던 것 같아.

이반은 그렇게 말했다. 외계인들은 메시지와 함께 그 메시지를 읽을 수 있는 언어 교육용 전파를 발사했다. 그리고 아주 드물게 나처럼, 혹은 예수나 공자, 세종대왕, 나스카의 고대인들처럼, 그 교육용 전파와 공명을 한 인간이 있었던 것이다.

수학과 물리학에서는 흔히 서른 살을 1급의 성과물을 만들어낼 수 있는 한계 연령으로 생각한다. 그에 비해 천문학은 조금 더 여유가 있다. 시간이 지날수록 관측 도구가 점점 좋아지기 때문이다.

—내가 도구라는 거야?

나는 부러 정색하면서 물었다.

—넌 나한테 꿈같은 존재야. 어쩌면 인류에게도. 우리는 혼자가 아니야.

이반이 말했다. 사실 내게도 이반은 꼭 필요한 존재였다. 우리는 몇 가지 합의를 했다. 일주일에 3일은 이반이 원하는 것을, 나머지 3일은 내가 원하는 것을 번역하기로 했다. 하루는 쉬는 날이었다. 그런 식으로 서로가 원하는 부분에 대해 대체로 원만하게 합의가 이루어졌다.

하지만 곧바로 번역을 시작할 수는 없었다. 인간의 성대 구조로는 발화할 수 없는 외계어의 고유명사에 소릿값을 붙이는 것은 매우 귀찮은 일이었다. 접속사도 문제였다. 그들의 언어는 접속사가 하나뿐이다. 그 하나가 회전하면서 순접과 역접의 기능을 모두 한다. 굳이 따지자면 한자의 而(말이을 이)와 유사하다. 하지만 연결되는 문장이 회전하면서 의미가 변할 때 접속사도 수시로 변하기 때문에 그것을 우리말로 표현하기가 힘들었다. 기술적인 것보다 더 큰 문제는 번역의 본질적인 부분이었다. 단순히 읽는 것과 번역은 전혀 달랐다. 말을 바꾼 순간 의미는 계속해서 미끄러졌다. 나는 절대로 원래 의미를 백 퍼센트 옮길 수는 없다는 것을 깨달았다. 할 수 없이 일정한 범위 안에 의미가 들어가도록 문장을 옮겼다.

내가 번역의 방법과 씨름하는 동안 이반도 치열한 투쟁을 하고 있었다. 상대는 모기였다.

—대체 이 생물은 뭐야? 곤충이 왜 피가 빨갛지?

처음 모기에 물렸을 때 이반은 그렇게 소리쳤다. 알래스카에는 모기가 없나? 너무 추워서 그럴지도 모르겠다는 생각이 들었다.

—그건 사람 피야. 가느다란 빨대를 꽂아서 빨아 먹은 거야.

나는 그렇게 대답했다.

—사람 피를 빨아 먹는단 말야?

이반에게 모기는 최대 최악의 생명체였다. 이반은 모기를 뱀파이어라고 부르면서 퇴치를 위해 온갖 장비를 사들였다. 새벽에도 갑자기 불을 켜고 모기약을 사방에 뿌렸다.

— 대체 뭐 하는 짓이야?

— 귓가에 윙 하는 소리가 들려.

내가 잠에서 깨서 짜증을 내면 이반은 그렇게 말했다.

— 좀 있으면 어때. 그냥 자자.

— 잘 수가 없어. UFO가 날 납치하려고 공중에서 선회하고 있는 기분이야.

이반은 그렇게 말하고 방을 헤집었다. 그것뿐만이 아니라 이반과 함께 생활하는 것은 여러 가지로 힘들었다. 생각보다 문화와 취향 차이가 컸다. 이반은 공간 구분이 명확했다. 의자도 자신의 것과 내 것을 명확히 구분했고, 내가 아무리 피곤해해도 자신의 침대에는 눕지 못하게 했다.

— 러시아 사람들이 소비에트연방의 붕괴를 언제 예감했는지 알아?

이반이 말했다. 나는 언제냐고 반문했다.

— 알래스카가 미국으로 넘어갔을 때야. 영토가 줄어드는 걸 원하는 국민은 없어.

이반은 그렇게 대답했다. 종교도 문제였다. 이반은 러시아 정교회의 독실한 신자였는데, 시도 때도 없이 연구실에서 예배를 드렸다.

─오늘은 또 무슨 날이야?

─러시아에 신의 가호가 내린 날. 988년 오늘, 모스크바공 우라지미르가 세례를 받았거든. 넌 신을 믿지 않나? 우리는 혼자가 아니야.

이반이 말했다.

─신이 날 믿겠지. 자신이 창조한 생명체들을 연결해줄 수 있는 유일한 사람이니까.

내가 말했다. 우리의 대화는 중역을 여러 번 거친 것처럼 헛돌았다. 이반과 내가 유일하게 뜻을 같이한 것은 외계인의 메시지에 답장을 보내야 한다는 것이었다. 메시지를 보낸 외계인들은 인문학적인 성향이 강했다. 보내온 메시지의 대부분이 문학작품이었고, 역사와 사상에 관련된 것들이 다음으로 많았다. 이반이 원하는 과학이나 기술의 영역은 아주 조금밖에 없었다. 나는 그들이 문학작품을 보내온 만큼 우리도 답장에 문학작품을 넣어야 한다고 생각했다. 이반은 기술 교류를 해야 한다고 주장했다. 시간 때문에 이반이 뜻을 굽혔다.

우리가 수신한 메시지는 천 년 전에 발신한 것이었다. 그들은 아주 멀리 있었다. 인류의 기술로 전파를 쏘아 보내면 4천 년 후에나 도착할 수 있는 거리였다. 다행히 우리는 그들이 보낸 메시지에서 전파를 증폭하는 기술을 알아냈지만, 우리의 기계장치로는 시간을 절반밖에 줄이지 못했다. 그러니까 우리의 메시지는 2천 년 후에나 도착할 것이고, 그들이 다시 우리에게 답장을 보내면 천 년이 더 걸리는 것이었다. 무엇보다 오직 문자로만 전달해야 하기 때문에 문학이 가장 적합한 형식이었다.

나는 답장에 간단한 인사말과 지구의 생명체들과 인류에 관한 정보, 행성의 크기와 환경, 문명의 발달 정도와 발전 속도에 관해서 적었다. 읽는 것보다 쓰는 것이 힘들었다. 번역할 때보다 열 배가량 시간이 더 걸렸다. 답장을 모두 외계어로 바꾸려면 적어도 6개월 이상이 걸릴 것 같았다.

어떤 문학작품을 보낼 것인가를 두고 이반과 나는 또 한 차례 토론을 벌였다.

—당연히 러시아 문학이 최고지. 체호프, 고골, 도스토옙스키, 톨스토이, 푸시킨……

이반은 자신이 읽지도 않은 작가와 작품들을 나열했다. 이반이 나열한 작가나 작품 들은 모두 훌륭했다. 하지만 나는 지구 전체의 문학 전통을 대변하고 싶었다. 몇 종류의 세계문학전집을 살펴봤지만, 내가 보기에 그것은 '죽은 백인 남성들의 작품 모음집'일 뿐이었다. 우리는 SETI의 이름으로 국내외의 전문가들에게 설문 조사를 실시했다. 그 결과를 토대로 가장 많이 중복되는 작가와 작품을 선별했다. 그리고 대륙별로 두 작품씩을 골랐다. 그런 식으로 열네 편의 작품을 선정했다. 나머지 여섯 편은 한국 작품을 보내기로 했다. 특별히 한국문학이 위대하다거나 하는 식의 생각은 없었다. 단지 번역의 문제

때문이었다. 무엇이든 번역을 하면 본래의 것이 손실될 수밖에 없다. 어떤 자료에 의하면 백과사전을 번역할 경우 남아 있는 것은 본래의 30퍼센트밖에 안 된다고 한다. 그것은 내가 외계어로 번역할 때도 마찬가지일 것이다. 더구나 한국어로 번역된 외국 작품은 중역을 거친 것도 많았다. 번역의 단계를 최소화하는 것이 손실을 줄일 수 있는 최선의 방법이었다. 여섯 편 중 다섯 편은 앞선 것과 마찬가지로 설문 조사를 통해 선정했다. 그리고 나머지 한 편은 내가 좋아하는 소설로 정했다. 문장의 배치에 관한 작가의 말을 썼던 소설가의 작품이었다. 내가 이 문자를 이해하는 데 그 소설가의 도움이 컸으므로 충분한 자격이 있었다. 그리고 앞서 선택한 열아홉 편의 소설이 모두 죽은 사람의 것이었기 때문에, 지금 현재 살아 있는 작가의 소설을 한 편 넣고 싶은 마음도 있었다.

　—그런데 말야. 그들 말고 또 다른 외계인도 있지 않을까?

　번역할 작품을 선정한 후에 나는 이반에게 그렇게 물었다.

　—있겠지. 드레이크 방정식에 따르면 생명체가 있는 행성이 수억 개가 넘어.

　이반이 말했다.

　—UFO 같은 것도 자주 목격되잖아. 미국에 외계인 연구 시설이 있다는 이야기도 있고.

　—영화를 너무 봤군. 만약 항성 간 이동이 가능한 문명 수준의 외계인이 지구에 온다면, 아주 위험해.

—어째서?

—그건 아메리카 인디언이 유럽인들을 만나는 것과 마찬가지거든.

나는 언젠가 인류가 외계인과 조우하는 순간을 상상했다.

번역가

풍경 소리와 함께 들어온 여자는 정장 차림이었다. 나는 정중하게 일어나 그녀를 맞았다. 여자는 어색하게 웃으면서 자리에 앉았다. 우리는 서로 통성명을 했고 카페를 찾는 게 어렵지 않았느냐는 말을 주고받았다. 여자의 프로필이라면 이미 알고 있었다. 영문학 전공, 어학연수 2년, 무역 회사 비서실 근무, 오빠가 하나 있고, 아버지는 공무원, 166센티미터…… 여자도 내 프로필을 알고 있을 것이다.

나는 엄마의 성화에 못 이겨 두 곳의 결혼 정보 회사에 가입했다. 한 곳은 연회비 120만 원을 받고 연간 일곱 번의 만남을 주선하고, 다른 한 곳은 매달 30만 원씩 받으면서 한 달에 한 번의 만남을 주선한다. 그러니까 나는 한 달에 1.6회의 맞선을 본다. 만남이 이어진 경우는 한 번도 없었다. 나는 여자라는 생물학적 종에 관심이 없었다.

내 머릿속에 들어 있는 문자를 사용하는 외계인들은 암수

의 구별이 없다. 식물에서 진화했기 때문에 꽃과 열매의 방식
으로 생식을 했고 다른 개체의 도움 없이 수정할 수 있었다.
그들에게는 교미나 섹스 같은 성적인 결합에 관련된 말이 존
재하지 않았다. 당연히 결혼과 같은 제도도 갖고 있지 않았다.
그러니까 여자와의 만남은 내 문자로는 표현할 수 없는 행위
였다.

결혼 정보 회사의 회원 가입 양식은 아주 까다롭다. 학력,
직업, 종교 같은 것은 기본이고, 메탈리카의 노래를 어떻게 생
각하는지, 개를 먹는지 혹은 먹지 않는지, 포켓몬스터에서 아
는 몬스터의 수가 몇 개인지까지 써야 한다. 나는 외계인의 존
재를 믿느냐는 질문이 없는 것이 다행이라고 생각하면서 양
식에 성실하게 대답했다. 직업은 맨 마지막에 적었다. 몇 가지
고민을 하다가 '번역가'라고 적었다. 현재로선 그 말이 가장
적당하다고 생각했다.

—어느 나라 말을 주로 번역하세요?

여자가 물었다. 늘 듣는 질문이었다.

—워낙 안 알려진 언어라 말씀드려도 잘 모를 겁니다.

자칫 잘못하면 불쾌하게 들릴 수도 있지만 그렇게 말할 수
밖에 없었다. 외계인의 메시지를 번역하고 있다고 말할 수는
없지 않은가. 유머 감각이 풍부한 남자로 좋게 봐줄 가능성도
있지만 십중팔구는 미친놈이라고 생각할 것이다.

잠시 어색한 정적이 흘렀다. 다행히도 적당한 타이밍에 점

원이 커피를 들고 왔다. 나는 여자의 커피 취향에 대해 물었고 에스프레소에 관한 농담을 했다. 여자는 내가 무안하지 않도록 짧게 웃어줬다. 그런 식으로 우리는 서로의 대화 예절과 교양, 유머 감각을 탐색했다. 물론 겉핥기다. 정장을 입고 카페에 마주 앉아서 알 수 있는 것은 피상적인 것들뿐이다. 그러나 기표를 알아야만 기의를 파악할 수 있다.

영화 이야기를 하던 중에 여자의 눈빛이 크게 동요했다. 나는 내가 혹시 무슨 실수를 했는지 방금 전에 한 말을 점검해봤다. 실수는 없었다. 나는 단지 여자가 말한 영화가 소설을 원작으로 만든 것이라는 사실을 이야기했을 뿐이었다. 나는 화제를 돌렸다. 여자는 좀 전까지와는 다르게 짧은 대답으로 일관하면서 나를 뚫어져라 쳐다봤다. 그리고 가끔 뭔가를 생각해내려는 것처럼 눈동자를 천장 쪽으로 향했다.

맞선 상대를 쳐다보는 것이 이상한 일은 아니다. 하지만 여자는 너무 직접적으로 내 얼굴을 쳐다보고 있었다. 눈에 얼마나 힘을 주고 있는지 슈퍼맨이 레이저를 쏘기 위해 초능력을 모으고 있는 것 같았다.

―저, 혹시 『보이지 않는 별』이라는 소설 쓰시지 않았어요?

여자가 머뭇거리다가 말했다. 전혀 예상하지 못한 질문이었다. 나는 커피를 마시면서 부러 무감동하게 '맞다'라고 대답했다.

―제가 제일 좋아하는 소설이에요.

여자가 말했다. 아니 그 순간부터 여자는 내게 이름으로 기억되었다. 희재. 흔한 이름이었지만 내게는 특별했다. 내 책을 읽어준 사람이기 때문이다.

『보이지 않는 별』은 내가 최초로 번역한 외계인들의 메시지다. 외계인들의 역사와 문화, 환경에 대한 소개서 같은 것이다. 관심이 있어서라기보다는 필요에 의해서 번역한 것이었다. 단지 언어만 알아서는 아무것도 이해할 수가 없기 때문이다. 서얼제도를 모르면 홍길동이 왜 호형호제를 할 수 없는지 알 수 없고, 예수를 모르면 왜 그렇게 많은 사람이 포개놓은 나무토막 앞에서 기도하는지 알 수 없다.

그래서 나는 외계에서 받은 메시지 중에 그들의 역사와 문화, 환경에 관련된 것들을 가장 먼저 읽었다. 우리의 코덱스 형태의 책으로 백 권 정도 되는 분량이었다. 나는 중요한 내용을 한국어로 요약, 정리했다. 인류와 비슷한 부분은 과감히 생략했다. 어차피 모든 것을 다 알 수는 없었다. 그들의 역사는 너무 오래되었고 문화는 범접할 수 없었으며 환경은 너무 낯설었다. 다 읽는 데 1년 정도가 걸렸다. 요약한 내용을 적은 노트가 세 권쯤 됐다. 나는 그 노트들을 다듬었다. 완성한 원고의 제목은 원래 "또 다른 지적 생명체의 역사와 문화"였다. 그 원고를 출판사에 보냈다. 보다 많은 사람이 그들에 대해 알았으면 좋겠다는 생각 때문이었다. 몇 달 후에 전화가 왔다.

─○○문학상에 응모하셨죠? 당선되셨습니다.

출판사에서는 내 원고를 소설이라고 생각했다. 나는 3천만 원의 상금을 받았고 중견 평론가라는 심사 위원이 "보이지 않는 별"이라는 제목을 권유했다. 그렇게 나는 뜻하지 않게 소설가라는 것이 되어버렸다. 내가 어문학부를 졸업한 것도 하나의 이유일지도 모른다. 사람들은 과 이름에 '문학'이라는 단어가 들어가면 모두 글을 쓸 거라고 생각한다. 나는 굳이 그것이 소설이 아니라고 항변하지 않았다. 말해도 믿어주지 않을 것 같았고 따지고 보면 선택과 결합을 통해 내가 만든 문장들이 많았다. 어쩌면 소설을 쓰는 일과 번역의 본질은 같은 것인지도 모른다. 아니, 뭔가를 읽거나 쓰는 행위 자체가 번역일 수밖에 없다. 그리고 어떤 형태로 발표되든 사람들이 읽어만 준다면 그만이었다. 상금도 적지 않은 금액이었다(솔직히 말하면 책이 잘 팔려서 인세를 더 받을지 모른다는 생각도 했다). 소설을 읽으면서 공부를 한 탓인지 소설가라고 불리는 것도 나쁘지는 않을 것 같았다. 아쉽게도 책은 많이 팔리지 않았다. 1천 부 정도를 찍었다고 들었는데, 내가 산 백여 권과 도서관과 마을문고로 들어간 것을 제외하면 실제로 팔린 것은 몇 권 되지 않았다. 나는 요즘도 가끔 광화문의 대형 서점에 가면 내 책을 확인한다. 『보이지 않는 별』은 테드 창, 앨프리드 베스터, 아서 C. 클라크, 아이작 아시모프의 작품들이 있는 책장의 가장 아래에 꽂혀 있다. 몇 년째 그대로다. 내가 쓴 것이 소설로, 그중에서도 SF로 분류된 것이 크게 불만스럽지는 않았다.

범주는 언젠가 깨어지게 마련이니까. 어떤 평론가는 한국은 SF의 불모지라면서 나를 위로했다.

―SF는 너무 새롭고 수명이 짧은 표현형식인가요?

나는 그 평론가에게 그렇게 물었다. 그는 그럴지도 모르겠다면서 내 잔에 술을 따라줬다.

―소설가랑 이야기하는 건 처음이에요. 신기해요.

희재가 말했다. E.T.를 처음 만난 엘리엇 같은 표정을 짓고 있었다. 문득 한국에 소설가가 몇 명이나 있을까 하는 의문이 들었다. 매년 많은 사람이 이런저런 경로로 등단하지만, 계속해서 꾸준히 활동하는 사람은 많지 않았다. 그리고 대중이 아는 작가는 대체로 교과서에 실린 죽은 작가들이거나, 몇 명의 베스트셀러를 쓰는 사람들뿐이었다. 나도 모르는 작가가 수도 없이 많았다. 확실히 일반인에게 시인이나 소설가는 아주 먼 세계의 존재로 보일 수도 있을 것 같았다.

―어떻게 그런 놀라운 세계를 만드셨어요? 충격적이었어요.

희재가 물었다. 나는 대답하지 않고 천천히 고개를 끄덕였다. 그들의 모든 것은 내게도 충격적이었다. 평균수명이 4천 년이나 되는 광합성을 하는 생명체는 놀라운 것이다. 열세 번이나 멸종 위기를 겪었다는 것도 그랬고, 하나의 행성에 서로 다른 진화 과정을 거친 지적인 생명체가 두 종류 있다는 것도 신기했다. 그리고 그들의 문화와 기술은 경이 그 자체였다. 태양이 여섯 개인 것이나 행성 크기가 지구의 세 배 정도 되는 것은 상대적으로 별것 아닌 것처럼 느껴졌다.

—하늘 아래 새로운 것은 없다.

'낯설게 하기'에 관한 책에서 읽은 문장이다. 익숙한 것들을 어떻게 낯설게 만드느냐가 중요하다는 게 그 책의 요점이었다. 내게는 그다지 필요하지 않은 말이었는지도 모른다. 『보이지 않는 별』은 굳이 뭘 어떻게 해서 낯설게 만들지 않아도 새로울 수밖에 없었다. 그것은 하늘 위의 이야기니까.

—어딘가에 정말 그런 행성이 있을까요?

희재가 다시 물었다.

—드레이크 방정식이라고 들어봤어요?

나는 대답 대신 그렇게 되물었다. 희재는 고개를 저었다.

—우주에 인류 이외의 지적인 생명체가 존재할 가능성이 얼마나 되는지 수학적으로 분석한 거예요. 그 공식에 따르면 우주에는 생명체가 있는 행성이 수억 개가 넘는대요.

내가 말했다. 무턱대고 외계인이 있다고 말하는 것보다는 그런 식으로 돌려서 말하는 것이 좋다.

—정말 있었으면 좋겠어요.

희재가 고개를 끄덕이면서 말했다. 한동안 우리는 우주와 소설에 관한 이야기를 계속했다.

—소설도 쓰시고 번역 일도 하시니까 역시 취미는 독서이신가요?

희재가 물었다.

―설마요. 좋아하기는 하지만 이제는 순수하게 즐길 수는 없어요. 일하는 기분이 들거든요.

내가 말했다.

―그럼 다른 취미는 없으세요?

―가끔 바다에 가요. 낚시하러. 언제 한번 같이 가죠. 희재 씨는 취미가?

―딱히 뭘 하는 건 없고, 비비원숭이를 키워요. 보신 적 있으세요?

―뭐, 동물원에서.

―언제 저희 집에 놀러 오세요.

우리는 그런 식으로 다음 만남을 전제하고 이야기를 하고 있었다. 그녀도 내가 싫지는 않은 것 같았다. 희재는 한동안 원숭이를 처음 만난 순간, 원숭이와 함께한 추억에 대해 이야기했다. 원숭이 이름이 '미르'라고 했다.

―미르는 우주 같아요. 이젠 다 알았다고 생각한 순간에 새로운 모습을 보여주거든요.

희재가 말했다. 그녀의 표정은 사랑하는 남자에 대해 말하는 여자 같았다. 나는 기분이 좋지 않았다. 암컷은 우수한 유전자를 가진 수컷과 교미하기 위해 최선을 다한다는 피셔의 가설이 떠올랐다. 나는 비비원숭이보다 우수한 유전자를 갖고 있을까? 민첩성도, 근력도 원숭이보다 못했다. 성적인 능력에서도 완벽한 패배였다. 하지만 내게는 언어가 있다. 원숭이는 꿈도 꾸지 못하는 효율적인 문자를 알고 있었다. 언어는 지성과 동의어다. 마음 한구석에서 은근한 자랑과 우쭐함이 솟아올랐다.

우리는 저녁을 먹고 헤어졌다. 나는 그녀를 바래다주고 싶었지만 첫 만남부터 집 앞까지 바래다주는 것은 부담스러울 수도 있다는 결혼 정보 회사 직원의 충고가 생각나서 택시를 잡아주는 것으로 만족했다.

나는 바로 작업실로 향했다. 이반은 입체 영상을 만들고 있었다.

— 아직도 하고 있는 거야?

내가 말했다. 이반은 정말이지 숫자를 입력하고 선을 긋는 반복적인 작업을 잘도 견뎌냈다. 모빌을 좋아하는 아기였을 것이다.

— 빨리 이거나 해석해봐. 전파 증폭 기술 말고는 제대로 얻은 게 없잖아.

이반이 신경질적으로 말했다. 무리도 아니었다. 과학자인 그에게 외계인의 역사나 문화, 문학 같은 것은 관심거리가 아니었다. 그는 그들의 기술을 알고 싶어 했다.

나는 이반의 옆자리에 앉아서 모니터를 쳐다봤다. 그것은 이반이 특히나 관심을 기울이고 있는 반물질의 제조법에 관련된 것이었다. 당연한 이야기지만 나는 그 개념을 전혀 몰랐다. 어차피 인문학도인 내가 과학을 이해하는 데는 한계가 있었다. 글자를 읽을 수 있다고 해서 내용까지 알 수 있는 것은 아니니까. 이반의 설명으로는 이 기술만 있으면 1억 톤의 석유를 1그램으로 줄일 수 있다고 했다. 나는 물리학 용어 사전을 뒤져가면서 세 페이지를 번역했다.

—빨리 다음 장 해봐.

이반은 다 읽고 그렇게 말했다. 여덟 시간이나 걸려서 쓴 것을 고작 30분 만에 읽는 것을 보자 왠지 맥이 빠졌다.

—피곤해. 좀 쉬었다 해야겠어.

내가 말했다. 이반도 시계를 보더니 기지개를 켜고 자리에서 일어났다. 나는 커피포트에 물을 올렸다.

—오늘 만난 여자는 어땠어?

이반이 말했다.

—무난했어. 비비원숭이를 키운다더군.

내가 말했다.

—비비원숭이? 수컷이면 조심하는 게 좋을걸.

—원숭이에 대해서 잘 알아?

—우주 항공의 모든 장비와 기술은 인간이 타기 전에 먼저 원숭이한테 실험하니까. 로켓을 타고 대기권 밖으로 가장 먼저 나갔다가 생환한 것도 원숭이야.

이반이 말했다. 나는 커피포트에서 커피를 따랐다.

—그런데 뭘 조심해야 하는데?

—절대로 성인이 된 수컷 비비원숭이의 눈을 들여다보면 안 된다는 거야.

—어째서?

—내 사촌이 그것 때문에 죽었어.

이반이 이야기를 시작했다.

이반의 사촌인 아냐스타샤는 소련과학아카데미에 소속된 연구실에서 일했다. 그녀가 하는 일은 로켓이 대기권을 통과할 때 발생하는 열과 압력을 생명체가 어디까지 견딜 수 있는지 실험하는 것이었다. 연구실에는 개와 원숭이를 비롯한 다양한 포유류가 많았다. 그녀는 지능이 높고 다루기가 편한 원숭이들을 좋아했다. 실험실의 원숭이들은 대부분 비비원숭이였다. 인간과 가장 비슷한 체형을 가진 종이기 때문이었다. 새끼 때부터 키워서 정이 많이 든 원숭이가 한 마리 있었다. 이름이 '카카'였다.

—비비원숭이는 성인이 되면 오줌을 벽에 바르지. 영역 표시를 하는 거야.

아냐스타샤는 카카가 다 자랐다는 것을 눈치채지 못하고 평소처럼 눈을 들여다봤다. 그녀는 그놈에게 강간당했다. 며칠 후에 그녀는 중력 가속기 속에서 죽은 채로 발견됐다. 그녀가 설정한 속도는 20G였다.

—거짓말.

내가 말했다.

— 내가 거짓말을 할 이유가 없잖아. 사실 죽을 필요까지는 없었는데, 어차피 원숭이는 인간의 사촌이잖아.

이반은 그렇게 말하면서 커피 잔을 내려놨다. 나는 희재에게 전화를 걸려다가 그만뒀다. 뭐라고 말을 해야 좋을지 알 수가 없었다.

슈클로프스키

사람들은 우주개발 하면, NASA를 먼저 떠올리지만 사실 먼저 시작한 것은 소련과학아카데미다. 1957년 10월 4일에 소련은 최초의 인공위성인 스푸트니크호를 발사했다.

— 소비에트연방은 더 이상 농업 국가가 아니다.

발사가 끝난 후 소련 서기장 니키타 흐루쇼프는 그렇게 선언했다. 미국인들은 하늘을 바라보면서 스푸트니크호를 궤도에 올려놓은 로켓이 소련 땅에서 원자폭탄을 실었다면 16분 만에 백악관에 도착할 것이라는 우울한 계산을 하고 있었다. 그것을 기점으로 미국과 소련의 본격적인 우주 경쟁이 시작됐다. 냉전 시대였던 만큼 두 나라는 무엇이든 경쟁적으로 진행했지만, 우주개발에 관련된 사업들은 특히나 과열되어 있었다. 그것을 잘 보여주는 일화가 하나 있다.

우주에서는 펜을 사용할 수가 없다. 잉크를 밑으로 잡아끄는 중력이 존재하지 않기 때문이다. NASA와 소련과학아카데미는 우주에서도 사용할 수 있는 펜을 개발하기 위해 경쟁을 벌였다. 수백만 달러의 연구비가 사용되었다. NASA는 펜 뒤에 실린더를 달아서 잉크를 압력으로 밀어내는 방법을 사용했고, 소련과학아카데미는 자기장을 이용해 잉크가 종이가 있는 방향으로 쏠리도록 하는 방법을 사용했다. 먼저 완성한 것은 NASA였다. 하지만 기자회견은 소련과학아카데미가 빨랐다. 누가 먼저 실제 우주에서 사용하느냐를 두고 두 나라는 또 한 번 경쟁을 벌였다. 소유주 9호와 아폴로 11호의 발사 목적은 펜을 사용하기 위한 것이었다. 이번에도 NASA가 조금 빨랐지만, 펜의 성능은 소련과학아카데미의 판정승이었다. NASA에서 만든 우주용 펜은 우리가 흔히 '볼펜똥'이라고 부르는 잉크의 끊김 현상이 있었다. 좀더 나은 우주용 펜을 만들기 위한 연구는 계속 진행되었다. 우주용 펜은 중국이 선저우 5호를 발사한 2003년까지 사용되었다. 중국 최초의 우주인 양리저우가 지구로 보낸 영상을 보고 우주용 펜의 생산은 중단되었다. 그는 연필을 사용했다.

그러나 NASA와 소련과학아카데미가 늘 경쟁만 한 것은 아니었다. 제한적이기는 했지만 공동으로 연구를 하기도 했고, 다양한 경로를 통해 교류하고 협력했다. 국가와 국가의 관계야 어찌 됐든 소속된 사람들이 대부분 학자였기 때문이다. 양국의 학자들은 주로 유럽에서 열리는 학술 대회에서 만났다. 이반의 할아버지가 칼 세이건을 만난 것도 폴란드에서 열린 학회에서였다. 두 사람은 취미가 같아서 만나자마자 친해졌다. 그리고 각자의 연구에 대한 대화를 나누면서 서로에게 깊은 감명을 받았다.

요시프 슈무엘로비치 슈클로프스키는 러시아혁명이 일어나기 1년 전에 태어났다. 태생 때문인지는 몰라도 그는 순수한 공산주의자였다. 그러나 너무나 순수한 공산주의를 지향했기 때문에 소련의 제도나 체제를 자주 비판했다. 당시 소련의 정치적 분위기로 봤을 때 아주 위험한 발언도 서슴지 않았다. 그러나 슈클로프스키는 어떤 처벌도 받지 않고 상당히 자유롭게 비판을 계속했다. 아마도 군사적 중요성을 가진 어떤 기술이나 장치를 만드는 데 큰 역할을 했던 것 같다(이반의 짐작으로는 레이더 시스템이었다). 그가 무엇을 만들었든 간에 그것은 매우 중요한 것이었음이 분명하다. 그 중요한 장치 덕분에 처벌은 없었지만, 여러 가지 제한은 많았다. 슈클로프스키는 20년 동안 동유럽 너머로 여행 허가를 받지 못했다. 그리고 그가 소비에트연방 밖으로 여행을 하게 될 때는 통역관이라 불리는 감시자들이 따라다녔다. 그들은 슈클로프스키보다 영어를 더 못했다. 세이건과 만난 폴란드 학회에도 어김없이 통역관들이 동행하고 있었다.

—어째서 다음번 프랑스 학회에 참석할 수 없는 겁니까?

발사 로켓과 우주선의 살균에 대해 열띤 토론을 마치고 학회가 끝났을 때, 작별 인사를 하다가 세이건은 약간 흥분한 어조로 그렇게 물었다.

—이 개자식들이 내가 한번 가면 다시는 돌아오지 않으리라는 것을 알고 있기 때문이지.

슈클로프스키는 작게 한숨을 쉰 후에 자신의 통역관들을 돌아보면서 그렇게 대답했다.

—우리는 다시 만날 수 없는 겁니까?

세이건이 물었다.

—글쎄. 그래도 우리가 다시 만날 확률이 인류가 외계인과 접촉할 가능성보다 적지는 않을 거야.

슈클로프스키가 대답했다. 슈클로프스키의 예상은 정확했다. 그들은 몇 년 뒤에 만날 수 있었다. 세이건이 소련으로 왔다. 그들은 만나자마자 1천 피트 안테나로 은하계에서 외계인의 신호를 찾는 작업을 했다. 슈클로프스키의 냉혹한 분석에서 외계 문명의 수명은 짧았다.

—기술을 갖춘 모든 문명은 스스로를 파괴하기 때문이야.

세이건의 생각은 달랐다. 그는 인류와 문명과 기술에 대한 관점이 전혀 다른 외계 문명이 존재할 거라고 믿었다. 이반은 누구의 말이 맞는지 확인하는 것이 우리의 몫이라고 했다.

슈클로프스키는 다리의 색전증 때문에 죽었다고 알려졌다. 하지만 이반의 말로는 KGB의 고문 후유증 때문이었다. 슈클로프스키는 아레시보에 있는 지하 감옥에 석 달 동안 갇혀 있었다. 이반도 자신의 할아버지가 왜 잡혀갔는지, 그 안에서 정확히 무슨 조사를 받았는지는 알지 못했다. 이반이 기억하는 것은 독방에 갇혀 있다 나온 할아버지의 유언뿐이었다.

—우리는 혼자가 아니야.

슈클로프스키는 1985년 3월 5일 모스크바에서 죽었다. 평생을 외계 생명체와 문명을 찾아 헤맨 천문학자는 결국 외계 문명의 존재를 확인하지 못했다. 이반은 할아버지의 추천서를 가지고 칼 세이건을 찾아갔다.

—두 사람의 같은 취미가 뭐였는데? 천체관측?

내가 물었다. 나는 두 사람의 취미가 낚시였으면 좋겠다고 생각했다.

—두 사람 다 어릴 때부터 DC 코믹스에서 나온 슈퍼맨 시리즈를 모았어.

이반이 대답했다.

—외계생물학자와 천문학자의 공통 취미가 만화책 수집이라는 건 뭔가 안 어울리는걸.

내가 말했다.

—그렇지도 않아. 슈퍼맨도 외계인이잖아.

이반이 말했다.

$$\int_0^0$$

0과 0 사이에 있는 수를 모두 더한다고 가정하면, 수직선의 실수 체계에서는 답이 0이다. 그러나 평면의 복소수 체계에서는 전혀 다른 답이 나온다. 더 나아가 입체의 복소수의 극형식에서는 답이 무한히 변화한다. 인류의 문자는 수직선의 실수 체계 안에 있다. 이미 한계에 달한 나머지 사용자의 진보를 가로막는다.

우리가 번역한 메시지를 전송하기 위해서는 SETI의 장비를 사용해야 했다. 이반은 그들과 연락을 취했다.

―장비를 사용하는 대신 전파 증폭 기술을 넘겨주기로 했어.

이반이 말했다. 나는 고개를 끄덕였다. 이미 세계에서 가장 많은 핵무기를 가지고 있는 나라가 외계인의 기술 하나쯤 더 갖는다고 해도 큰 문제는 없을 것 같았다.

우리는 바로 자료를 챙겨서 알래스카로 갔다. 전파를 발신하는 일은 기술적인 문제였기 때문에 내가 할 일은 전혀 없었다. 나는 그저 안테나 기지 근처를 돌아다니면서 시간을 보냈다. 알래스카는 생각보다 춥지 않았다. 그리고 에스키모도 보이지 않았다. 전파는 무사히 발사됐다. SETI는 앞으로 3년간 보름마다 한 번씩 그 전파들을 발신하겠다고 약속했다.

작업실에 돌아온 것은 2주 만이었다. 먼지가 많이 쌓여 있었다. 우리는 여행의 피로 때문에 도착하자마자 짐도 풀지 않고 침대에 누웠다. '윙' 소리가 들렸다. 하지만 이반은 움직이지 않았다.

—웬일이야?

—전에 찾아봤는데, 저거 한 달밖에 못 산대.

—그런데?

—우리 2주 만에 온 거잖아. 저 녀석은 평생의 절반을 우리를 기다린 거야. 한 번 물려주지, 뭐.

이반은 그렇게 말하면서 불을 껐다. 피곤했지만 잠은 오지 않았다.

—외계인들이 우리 메시지를 받으면 뭐라고 말할까?

어둠 속에서 이반의 목소리가 들렸다.

칼 세이건은 1996년 12월 20일 이른 아침에 백혈병으로 죽었다. 세이건이 모든 재산을 안테나 기지를 만드는 데 썼기 때문에 가족들은 장례식을 치를 돈도 없었다. 하지만 세이건의 장례식은 성대하게 치러졌다. 비용은 낸 사람은 앨 고어라는 편집자였다.

—브리태니커 백과사전의 "생명" 항목을 쓴 사람에게 우리는 당연히 이 비용을 지불해야 합니다.

그가 보낸 편지에는 그렇게 적혀 있었다. 칼 세이건이 죽기 전 한 언론은 그와 마지막 인터뷰를 했다. 기자는 칼 세이건에게 외계인을 만난다면 하고 싶은 한 가지 질문이 무엇인지 물었다.

― 왜 이렇게 오래 걸렸나?

*

처음 하는 번역이라 어려움이 많았다. 스포일러가 될까 봐 서문에는 되도록 번역한 작품에 대한 언급은 하지 않았다. 이 책에 실린 소설들은 개체 수가 6백억이나 되는 종족이 30만 년 동안 쓴 문학의 정수, 걸작 중의 걸작이다. 그러나 걱정이다. 독자들의 눈에, 이것이 어떻게 보일까? 그들에게도 좋은 작품일까? 아니, 무엇보다 궁금한 것은 실제 소설을 쓰는 소설가들의 생각이다. 과연 그들의 눈에 이 소설들은 어떻게 보일까? 판단은 그들의 몫이다. 다만 개인적으로 이 책이 언젠가 누군가에게 인식의 대상과 범위를 확장시켜줄 수 있는 작은 계기가 되기를 소망한다.

끝으로 이 책이 나오기까지 여러 가지 도움을 주신 분들과 이 책의 출간에 선뜻 동의해준 출판사에 감사드린다.

이해학 개론

$$mg = G\frac{Mm}{r^2}$$

질량을 가진 모든 물체는, 두 물체 사이의 질량의 곱에 비례
하고 두 물체의 질점 사이 거리의 제곱에 반비례하는 인력이
작용한다. 유럽과 아시아 일부 국가에서는 뉴턴이 나무에서
사과가 떨어지는 것을 보고 이 법칙을 생각해냈다는 낭설이
돌고 있다. 아마도 북유럽의 세계수 신화와 관련이 있는 소문
일 것이다. 그러나 뉴턴은 사과나무 근처에도 가지 않는 사람
이었다. 일곱 살 때 벌레 먹은 사과를 먹은 적이 있기 때문이
다. 그때 그 사과에는 쐐기밤나비의 유충이 들어 있었는데, 그
로 인해 뉴턴은 사흘 밤낮을 고열에 시달리다 겨우 깨어났다.
일부 뉴턴 연구가들은 그때의 열병이 뉴턴의 뇌에 어떤 영향

을 줘서 독특한 사고 체계를 만들었다고 주장하기도 한다. 그들의 주장을 받아들이면 뉴턴이 만든 모든 법칙은 결국 사과 때문에 만들어졌다고 볼 수도 있다.

나는 공식에 적용해서 사물과 현상을 생각하는 버릇이 있다. 교육 환경 탓이다. 아버지는 외교관이었다. 20년 넘게 나를 데리고 전 세계의 반을 돌았다. 4년간 머문 나라도 있었고 네 시간 만에 추방당한 나라도 있었다. 덕분에 나는 서른다섯 곳의 학교를 다녔다. 대부분 사용하는 언어와 교육과정이 상이했다. 국어, 역사, 사회 같은 것들이 나라마다 전부 달라서 수업을 따라갈 수가 없었다. 법과 문화도 제각각이었다. 같은 반 여자아이의 머리카락을 만지면 매를 맞는 곳도 있었다. 자연스럽게 나는 가능한 대사관 밖으로 나가지 않았고 최소한의 관계만 맺으면서 살았다. 주로 수학과 과학 문제를 풀면서 시간을 보냈다. 내가 다른 아이들보다 잘하는 것은 그것뿐이었다. 공식의 세계는 무엇보다 명징했다. 이치에 합당한 과정을 거치면 답을 얻을 수 있었다.

논리적으로 이치를 따져보면 세상의 모든 일을 이해할 수 있다. 물론 세상에는 도무지 논리로는 설명할 수 없을 것 같은 일이 많이 일어난다.

언젠가 조간신문의 '지구촌 이모저모' 코너에는 아기 엄마가 5톤짜리 트럭을 들어 올리고 아기를 꺼냈다는 기사가 나왔다. 베네수엘라의 도심 한복판에서 벌어진 일이었다. 교차 신호 때문에 복잡한 사거리에서 사고가 있었고 아기가 탄 유모차가 트럭 밑에 깔렸다. 3단 쿠션 유모차 덕분에 아기는 큰 충격을 받지는 않았다. 그대로 구급차와 트럭을 들어 올릴 수 있는 장비를 기다렸어도 아기는 무사했을 것이다. 하지만 아기 엄마는 트럭 밑에서 우는 아기를 두고 볼 수가 없었다. 찌그러진 차체 사이로 보이는 아기의 얼굴에 피 같은 게 묻어 있는 것을 본 것이 결정적이었다. 나중에 그것은 사고가 나면서 새어 나온 엔진오일이었다는 것이 밝혀졌다. 아기 엄마는 사람들이 말리는 것을 뿌리치고 트럭을 들어 올렸다. 그 아기 엄마의 나이는 39세였으며 체중은 46킬로그램이었다. 여자 역도 인상 세계신기록이 140킬로그램이라는 것을 생각하면 이것은 정말 말도 안 되는 일이다. 그러나 그런 일이 실제로 일어난다.

초자연적인 존재를 만나는 사람들도 있다. 작년에 헤어진 내 여자 친구는 외숙모의 유령 때문에 한 달이나 잠을 못 잤다. 그녀는 부모님이 맞벌이를 해서 학창 시절을 외숙모 밑에서 보냈는데, 일본으로 유학을 온 후로 5년 동안 한 번도 외숙모에게 연락을 하지 않았다. 그녀의 외숙모는 젊었을 때 사별하고 요리 배우는 것을 유일한 낙으로 삼는 사람이었다. 외숙모는 계란쿠키를 먹다가 죽었다. 외숙모의 시체를 발견한 사람은 요구르트 배달을 하는 여자였는데, 호밀에 계란을 섞어

구운 쿠키와 모락모락 김이 올라오는 홍차가 시체 옆에 있었다고 증언했다. 사인은 질식사였다. 쿠키 조각이 기도를 막고 있었다. 젊은 나이에 어이없이 죽은 것이 억울했기 때문인지 밤마다 외숙모의 유령이 여자 친구를 찾아왔다.

—매일 밤 찾아와. 십자가, 염주는 물론이고 달마대사 사진도 소용이 없더라니까. 무서워서 잠을 못 자겠어. 내가 외숙모한테 무슨 큰 잘못을 한 건가?

희재는 그렇게 말했다. 눈꺼풀이 반쯤 감겨 있었고 피곤과 불안에 시달려서 오랜 시간 피랍당했다가 석방된 인질 같은 얼굴이었다.

—찾아와서 뭘 어떻게 하는데? 널 위협해?

—아니, 차를 같이 마시자고 해서.

나는 그 얘기를 듣는 순간 눈동자가 심연에 닿아 있는 존재가 따라주는 차의 검붉은빛이 떠올라 팔에 오소소 소름이 돋았다. 나는 진심으로 그녀가 걱정돼서 퇴마술에 관련된 책을 몇 권이나 읽었다. 하지만 다음 주에 만난 그녀는 말끔한 모습으로 여자애들과 지망지망 떠들고 있었다. 내가 어떻게 됐냐고 묻자, 도저히 견딜 수 없어서 같이 차를 한잔 마셨더니 사라졌다고 했다.

—맛있더라.

그녀는 그렇게 말했다.

이해할 수 없는 사물들도 있다. 최초의 세계지도는 1570년에 만들어진 오르텔리우스 세계지도다. 그리고 1597년에 코르넬리우스 워트프리트의 세계지도가 만들어졌고 1660년에는 W. J. 불라우의 세계지도가 제작되었다. 이 세 개의 지도에는 공통점이 있다. 모두 남극대륙이 그려져 있다는 것이다. 그런데 남극대륙은 1772년 J. 쿡이 항해하던 도중 처음 발견했다. 남극을 최초로 정복한 사람은 아문센으로 1910년의 일이다.

 우리가 이런 것들을 설명하거나 이해할 수 없는 것은 단지 그것을 설명하거나 이해할 수 있는 논리와 이치를 모르기 때문이다. 우리는 만유인력이라는 것을 알기 전에는 사과가 왜 떨어지는지도 몰랐다. 결국 인간의 역사란 그렇게 하나씩 이치를 쌓아가는 과정이다. 수많은 이치들이 존재하고 그것으로 세계를 이해할 수 있다. 예는 얼마든지 들 수 있다. 일반 상대성이론의 예견대로 빛은 태양 주위에서 휜다. 전자와 자기의 장은 맥스웰 방정식의 설명대로 상호작용을 한다. 베타 방사선 붕괴는 약핵력 이론의 설명대로 발생하고 가속기 내부의 양자는 강핵력 이론의 설명대로 움직인다. 모든 현상, 물체, 심지어 관념조차 그에 합당한 이치를 알고 있으면 이해할 수 있다. 현재는 설명할 수 없는 현상이나 사물도 그것을 이해하기 위해 요구되는 자료를 수집하거나 좀더 높은 수준의 이론을 발견하면 그것이 필연적인 것임을 입증할 수 있다.

$$\Delta t \Delta E \geq \frac{h}{4\pi}$$

입자의 위치를 측정하려고 하면 운동량을 알 수 없고, 운동량을 측정하려고 하면 위치를 알 수 없다. 그런데 사실 여기에는 심각한 오해가 있다. 그것 때문에 하이젠부르크는 요즘 니체와 함께 술독에 빠져 있다. 니체는 예전에 한 말실수 탓에 신에게 미움을 받고 있기 때문이고, 하이젠부르크는 답답하기 때문이다. 그는 이건 어쩔 수 없으니까 그냥 그렇게 살자고 공식을 만든 게 아니다. 자신의 시대에는 두 가지를 동시에 측정할 수 있는 방법이 없지만 후대에는 측정해주기를 원했다. 그러나 과학도들은 저 공식만을 믿고 측정할 방법을 찾는 것조차 포기하고 있다.

나는 1년 전까지만 해도 한국인이 아니었다. 사실 지금도 미국 영주권을 갖고 있고 마음만 먹으면 캐나다와 브라질 국적을 취득할 수 있다. 아버지는 마지막 순간에 내가 한국 사람이 되길 원했다. 직접적으로 그렇게 말하지는 않았지만 죽기 직전 아버지의 눈을 보고 나는 그것을 알 수 있었다. 아버지는 일생의 반을 외국에서 보낸 사람답게 아프리카의 탄자니아에서 죽었다. 나는 그때 와세다 대학에서 박사과정을 밟고 있었다.

내 전공은 고분자화학이었다. 주로 합금을 만드는 실험을 했다. 내 지도 교수는 몇 년째 같은 연구를 하고 있었다. 의료용으로 쓰는 형상기억합금을 만드는 일이었다. 나는 석사 마지막 학기 때부터 연구에 참여했다. 일본 굴지의 거대 유통 회사 회장이 거의 무한이라고 해도 될 정도로 연구비를 지원했다. 회장의 손녀가 심장병을 앓고 있었다. 그녀는 선천적인 기형 심장으로 보통 사람보다 혈관이 두 개 많았다. 그래서 약간만 움직여도 숨이 가쁘고 심한 빈혈을 앓았다. 보통은 혈관을 제거하는 수술을 받으면 되지만 그녀는 마취 알레르기 때문에 수술을 받을 수 없었다.

작은 금속이 동맥의 흐름을 따라 심장에 도착했을 때 일정한 온도의 수용액을 흘려보내 금속을 혈관을 막을 수 있는 크기로 팽창시키는 것이 연구의 요지였다. 공식은 완벽했고 원숭이를 대상으로 한 임상 시험도 성공적이었다. 그러나 회장의 손녀에게 시술을 하면 번번이 실패였다. 금속이 너무 팽창하는 바람에 혈관이 찢어져 위험했던 적도 있었다.

— 대체 어디가 잘못된 거야?

교수는 매일 그렇게 소리를 질렀다. 무엇이 문제인지 누구도 알지 못했다. 슈퍼컴퓨터까지 써서 몇 번이고 다시 확인했지만 교수의 계산은 정확했다. 합금의 재질을 바꾸고 기억 온도를 다르게 해도 결과는 마찬가지였다. 실험에 진전이 없어 고민하고 있을 때, 아버지가 죽었다. 테러였다. 아버지는 삼계탕 때문에 죽은 것인지도 모른다.

아버지는 어느 나라에 가든 복날에 맞춰 삼계탕을 해 먹었다. 대사관 직원들은 그것을 아버지의 배려라고 생각해서 좋아했다. 아버지는 어느 나라로 발령을 받든 인삼과 대추, 찹쌀을 가지고 갔다. 세계 어느 나라에 가도 닭은 있었다. 그러나 조류독감이 돌거나 수해로 교통이 끊겨 닭을 구할 수 없는 상황이 되어도 아버지는 삼계탕 비슷한 것을 만들었다. 도요새, 칠면조, 청둥오리 같은 새의 배에다 인삼과 대추, 찹쌀을 넣고 끓였다. 그런 것마저도 없을 때는 무엇이든 새를 구해 왔다. 독수리와 올빼미의 맛은 정말 독특했다. 몽골에서는 두루미를 먹은 적도 있다. 만약 아버지가 남극의 세종기지 같은 곳에서 일했다면 펭귄이라도 잡아 왔을 것이다.

—이건 대사관 같은 거야. 평소엔 있으나 없으나 신경도 쓰지 않지만 어떤 때가 되면 필요하거든.

복날이 되면 아버지는 삼계탕을 먹으면서 그렇게 말했다. 그러나 겨울에도 평균기온이 30도가 넘는 적도 국가에서 특별히 복날이 의미가 있는지는 아직도 잘 모르겠다.

그날도 닭을 한가득 실은 차가 대사관 안으로 들어왔다. 경비는 식당에서 또 삼계탕을 하려는 모양이라고 생각하고 별다른 검문 없이 차를 통과시켰다. 하지만 닭이 배 속에 품고 있는 것은 계란이 아니라, C4였다. 베개 싸움을 할 때처럼 닭털이 사방으로 날렸고 아버지와 대사관 직원들은 전신 화상을 입었다. 테러범들은 한 시간 후에『더 타임스』와의 인터뷰에서 소니와 도요타는 아프리카 노동자들을 착취하지 말라는 성명을 발표했다.

나는 사고 소식을 듣자마자 열네 시간을 날아 아버지가 있는 병원으로 갔다.

─원망하지 마라.

죽기 전에 하는 마지막 말이 유언이라면 아버지의 유언은 그렇게 시작했다. 그 나라에 일본 대사관이 없으니 이웃 나라의 대사인 자신이 대신할 수도 있다고 생각한 모양이었다.

─내 유골은 네 엄마 무덤에 뿌려다오.

─어머니 무덤이 어딘데요?

아버지 대신 심전도 측정기가 "삐─"하고 대답했다. 유언은 그렇게 끝났다.

의사는 유품이 담긴 상자를 건네주면서 내가 아들이라 놀랐다고 말했다. 아버지가 새카맣게 탄 바람에 현지인이라고 생각한 모양이었다. 피부색을 기준으로 인종을 구분한 것은 독일의 인류학자 블루멘바흐의 이론에서 비롯된 것이다. 지금은 수많은 종류의 인종 구분표가 만들어졌지만 아직도 흑색인, 황색인, 백색인을 주축으로 하는 3인종 계주는 공통으로 사용된다. 아버지의 죽음을 겪으면서 나는 멜라닌 색소의 많고 적음으로 인간을 분류하는 것이 무의미하다고 생각했다.

상자에는 폭발 때 아버지가 입고 있던 옷과 구두가 들어 있었다. 구두는 열에 녹아 고무신 같았고 넥타이는 불에 타서 목 부분만 남아 있었다. 양복 상의와 와이셔츠는 수술을 하기 위해 잘랐는지 여러 개로 조각나 있었다. 그나마 형체를 알아볼 수 있는 것은 바지뿐이었다. 바지는 몸에서 흘러나온 피와 체액이 말라붙어서 뻣뻣했다. 바지를 들어 올리자 상자 안쪽에는 넥타이핀과 시계가 들어 있었다. 시계와 넥타이핀은 언젠가 내가 생일 선물로 보냈던 것이었다. 학교 앞 매장에서 산 것이었는데, 꽤 유명한 일본 브랜드였다. 어쩌면 그것들도 오해에 한몫했을 것이다. 원망 같은 것은 하지 않았다. 다만 아버지가 죽어야 하는 이유를 납득할 수 없어서, 불쾌했다. 지금까지도 나는 삼계탕을 이해할 수 없다. 무엇보다 아쉬운 것은 그 후에도 소니와 도요타의 아프리카 노동자에 대한 대우는 달라진 것이 없었다는 점이다.

$$c = \frac{Q}{m\Delta t}$$

물질의 온도를 높이는 데 필요한 열량으로 열을 가하거나 빼앗을 때 물체의 온도가 얼마나 쉽게 변하는지 알려준다. 그런데 1963년 탄자니아에서 당시 중학교 3학년이던 에라스토 음펨바에 의해 이상한 현상이 발견된다. 음펨바는 가정 수업에서 아이스크림을 만들다가 뜨거운 액체를 냉동고에 넣었는데, 차가운 액체보다 뜨거운 액체가 더 빨리 얼었다. 열용량 공식으로는 이 현상을 설명할 수가 없다. 하지만 과학자들은 새로운 공식을 만드는 대신, 특정한 조건에서만 그런 일이 일어난다고 예외로 규정해버렸다. 때문에 에라스토 음펨바는 냉동고에서 무슨 일이 일어났는지 모른 채로 살고 있다. 2011년 현재, 그는 FAO(국제연합식량농업기구)의 아프리카 삼림 및 야생동물 위원회에서 일하고 있다.

내가 대사관에 있는 아버지의 물건들을 정리하는 동안 외무부는 내 동의도 없이 시신 운구 절차를 밟았다. 나는 아버지의 시신을 쫓아 바로 한국으로 왔다. 세 살 때 떠났으므로 추억은 전혀 없었다. 내가 삼계탕의 나라에 와서 느낀 것은 고향의 익숙함이 아니라 한 번도 가보지 않은 나라를 여행할 때의 낯설음이었다. 그러나 그것은 감정이었을 뿐, 눈에 보이는 것들은 크게 다르지 않았다. 나라와 나라의 문 역할을 하는 공항이 어디나 같은 모습이기 때문인지도 모른다. 한국에 대한 첫인상은 나쁘지 않았다. 좀더 돌아다니고 싶었지만 나중으로 미뤘다. 만나고 싶은 사람과 가야 할 곳이 있었다. 만나고 싶은 사람은 작년에 헤어진 여자 친구였고, 가야 할 곳은 어머니의 무덤이 있다는 아버지의 고향이었다. 일단은 서울로 올라와 호텔에 숙소를 정했다.

짐을 풀고 있을 때 외무부에서 전화가 왔다. 입국하기 전에 부탁해둔 것이 준비됐다고 했다. 엄마의 무덤 위치에 관한 것이었다. 퀵 서비스로 서류를 보내줄 수 있다고 했지만 내가 직접 가지러 가겠다고 말했다. 아는 얼굴이 많을 것 같아서 인사라도 할 생각이었다.

생각보다 아는 사람은 별로 없었다. 아버지는 격오지의 지사장 같은 처지였으니 아버지 밑에 있던 사람들이 본사에 근무할 리가 없다. 그래도 몇 명쯤 나를 알아보는 사람이 있었다.

— 자네 아버지는 용감한 분이셨어.

아버지의 외무 고시 동기가 서류를 전해주면서 말했다. 용기라는 것은 많은 경우에 죽음과 결부된다. 인류사의 수많은 부분이 전쟁으로 얼룩져 있기 때문일 것이다. 광화문에 서 있는 사나이가 용감한 사람의 대표인 것은, 그가 나라를 구했다는 것보다도 장렬하게 전사했기 때문이 아닐까. 나는 아버지가 용감한 사람이라는 것에는 동의할 수가 없었다. 그래서 아버지의 유골을 국립묘지에 안치하는 데 반대했다. 유언을 따르고 싶은 마음도 있었다.

아버지의 고향은 경주였다. 누가 조사를 했는지 모르지만 친절하게도 경주의 관광 안내 책자가 같이 들어 있었다. 그 옛날 세계지도를 만들었던 사람들처럼 나도 가본 적은 없지만 경주를 알고 있었다. 천년고도, 불국사, 다보탑, 안압지, 석굴

암. 아버지가 유골을 뿌려달라던 어머니의 무덤도 경주에 있었다.

호텔로 돌아와 희재에게 전화를 걸었다. 받지 않으면 어쩔 수 없지만 만약 받는다면 경주에 함께 가자고 말할 생각이었다. 희재가 승낙할 가능성은 적었다. 그녀는 아무 말도 없이 갑자기 떠났고 나는 그녀에게 한 번도 연락을 한 적이 없었다. 신호가 세 번 갔고 목소리가 들렸다. 희재의 목소리는 죽은 외숙모를 다시 만난 것처럼 가늘게 떨렸다.

— 차나 한잔 마시자.

내가 말했다.

— 알았어.

희재가 말했다. 어쩌면 희재는 차를 같이 마시고 나면 내가 다시 일본으로 돌아갈 것이라고 기대했는지도 모른다.

나는 희재를 만나기 전에 외환은행에 들러서 탄자니아 동전을 몇 개 구했다. 오랜만이라 어색했다. 나는 곧바로 경주행 버스표를 꺼내고 용건을 말했다. 희재는 빨대로 홍차를 마실 뿐 한동안 대답이 없었다. 하지만 차를 마시면서 희재의 머리가 가로로 흔들렸기 때문에 거절할 거라는 것을 알았다. 인종과 문화를 초월해서 머리를 가로젓는 것은 대체로 '싫다'라는 의미를 갖고 있다. 다윈은 이 현상을, 아기가 어머니의 젖을 먹다가 배가 부르면 고개를 외로 틀어 그만 먹는 데서 비롯된 것이라고 설명했다. 타당한 말이라고 생각한다.

—같이 가주면 이거 줄게.

나는 백 실링짜리 탄자니아 동전 세 개가 담겨 있는 비닐봉
지를 꺼내면서 그렇게 말했다. 그리고 아버지의 죽음에 대해
이야기했다. 희재의 눈빛이 조금씩 변했다.

희재는 동전을 모았다. 나는 변화하는 여성들의 취미 문화
에 대해 언젠가 연구해볼 가치가 있다고 생각한다. 여자들은
남자들처럼 자주 술을 마시는 것도 아니고 축구나 농구 같은
운동을 즐기지도 않는다. 컴퓨터게임을 하는 여자도 많지 않
다. 그렇다고 독서를 하거나 딱히 어떤 공부를 더 하는 것 같
지도 않다. 요즘 여자들에게는 요리, 자수, 뜨개질, 꽃꽂이 같
은 것 말고 뭔가 다른 취미들이 있다. 시대가 변해도 뭔가를
하면서 시간을 보내야 한다는 것은 변하지 않는다. 인간은 근
본적으로 유희하는 주체니까. 하지만 그렇다고 해도 희재의
취미는 좀 별난 것이기는 했다.

희재는 세계 각국에서 사용되는 동전들과 발행이 중지된
주화들을 스크랩북에 넣어서 보관했는데, 백과사전 두께의
스크랩북이 열한 권이나 됐다. 나는 뭔가를 수집하는 행위는
변형된 방식의 부의 축적 욕망이라고 생각했다. 나는 여러 나
라에서 사귄 친구들에게 부탁해서 희재가 갖고 있지 못한 동
전들을 구해 줬다. 아버지에게 전화를 걸어 아프리카의 동전
들도 받았다. 내 덕분에 그녀는 박물관에 있는 희귀한 것들을

제외하면 거의 모든 종류의 동전을 모을 수 있었다. 희재는 아주 기뻐했다. 하지만 그녀는 몇 달 만에 아주 시무룩해졌다. 어떤 나라가 화폐개혁을 하지 않는 한 희재는 자신의 스크랩북을 더 늘릴 수가 없었다. 나는 희재가 수집 대상을 지폐나 우표 같은 것으로 바꿀 거라고 생각했다.

그런데 희재는 계속해서 동전을 모았다. 대신 사연이 있는 동전들을 모으기 시작했다. 제1차세계대전 때 독일 병사의 목숨을 구했다는 탄환이 박혀 있는 금 마르크, 피천득 선생의 수필에 나왔다는 은전 한 닢, 홍콩에서 삼합회에게 살해된 남자가 쥐고 있었다는 5마오 따위를 인터넷 경매로 샀다. 희재는 새로 스크랩북을 만들어서 동전을 넣고 그 밑에 동전의 사연을 만년필로 적었다. 그런 것들은 내가 생각하는 것보다 훨씬 가격이 비쌌다. 희재는 한국에서 보내오는 용돈과 아르바이트로 번 돈을 전부 동전을 사는 데 썼다. 급하게 매물이 나왔을 때는 나한테 돈을 빌리기도 했다. 빌려준 돈을 돌려받을 생각은 없었고 돈이 부족한 것도 아니어서 크게 아깝다는 생각은 하지 않았다. 그러나 수집이 부의 축적 욕망에서 비롯된다는 내 가설은 틀린 것이 되었다. 빚까지 내며 동전을 모으는 것은 불합리했다.

우리가 헤어진 것도 어쩌면 동전 때문이었다. 그때도 희재는 내게 30만 엔을 빌렸다. 미국의 오파츠 동전을 사기 위해서였다. 토머스 제퍼슨의 얼굴이 새겨진 5센트짜리 동전이었다.

그것은 1967년에 발견된 켄트로사우루스 화석에 붙어 있었다고 했다. 탄소 연대 측정 결과 동전은 화석과 동일한 시대의 물건으로 판명되었다. 희재는 그것을 꼭 갖고 싶다고 말했다.

—난 이해할 수가 없어. 그렇게 동전을 모으는 이유가 뭐야?

나는 돈이 든 봉투를 테이블 위에 올려놨다.

—이유 같은 건 없어.

희재는 봉투를 손가방 안에 집어넣었다.

—아니, 모든 일에는 이유가 있어. 우리가 이렇게 카페에 마주 앉아 있는 이유, 네가 카페에 오면 홍차를 자주 먹는 이유. 동전을 모으는 이유.

내가 말했다.

—그렇게 모든 것이 당위적이진 않아. 그냥 하고 싶은 것도 있어. 이유를 잘 모르지만 한 사람을 사랑하기도 하고.

희재가 말했다.

—지금 당장은 모르더라도 나중에는 알게 될 거야. 내용을 볼 수 있는 형식을 찾지 못했을 뿐이야.

희재는 나의 논리를 받아들이지 못했다. 얼마 후에, 그녀는 말도 없이 한국으로 돌아갔다. 나는 동전을 이해할 수 없었다.

$$\frac{h}{i}\frac{\partial \Psi(x,t)}{\partial t} = -\frac{h^2}{2m}\partial^2\frac{\Psi(x,t)}{\partial x^2} + V(x)\Psi(x,t)$$

전자를 파동으로 다루면 전자의 상태를 나타낼 수 있다. 그러나 슈뢰딩거는 본인이 만든 이 방정식을 믿지 않았다. 양자역학에서는 어떤 일의 발생을 확률적으로 기술 — 붕괴된 핵과 붕괴되지 않은 핵이 열 개 중 다섯 개 있다는 식으로 — 한다. 슈뢰딩거가 양자역학을 신뢰하지 않으면서도 이런 방정식을 만든 까닭은 그의 삶을 살펴보면 쉽게 알 수 있다. 1927년 그는 나치를 피해 영국으로 갔다. 그런데 영국 사회는 그를 받아주지 않았다. 왜냐하면 그는 두 아내와 같은 집에 살면서 두 아내가 낳은 아이들을 키우고 있었기 때문이다. 후에 아일랜드의 더블린에서 사는 동안에도 그는 아내들이 아닌 각기 다른 두 여인으로부터 두 명의 아이를 낳기도 했다.

모든 현상과 사물에는 기원과 유래가 있다. 그것이 발전되거나 변형되어서 현재에 이른 것이다. 그러므로 기원과 유래를 따라가보는 것은 현재 일어나고 있는 일을 이해하는 데 도움이 된다. 그리고 유사성을 가진 다른 현상이나 사물과 비교해보면 현실의 모양새가 더 분명해진다.

경주는 닭의 도시다. 사람들은 대부분 관광을 목적으로 경주에 가기 때문에 그것을 알지 못한다. 하지만 한국에서 유통되는 계란과 닭고기의 35퍼센트가 경주에서 생산된다. 안압지를 거쳐 석굴암 불국사로 가는 코스가 아니라 경주시 외곽으로 나가는 길을 따라가면 거대한 양계장들이 경주 전체를 감싸고 있는 것을 알 수 있다. 처음엔 나도 조금 놀랐지만 사실 그것에 대한 암시는 대사관에서 준 관광안내 책자에도 나와 있었다. 경주는 신라의 수도였고, 신라의 옛 이름은 계림鷄林이다. 그리고 심지어 신라를 세웠다는 박혁거세는 알에서 태어났다고 한다.

우리는 고속버스를 타고 갔다. 버스는 예정 시간보다 10분 늦게 출발했다.

—왜 묻지 않아?

버스가 서울을 벗어났을 때 희재가 말했다. 나는 창밖을 보고 있다가 무슨 말인지 이해할 수 없어서 그녀를 향해 고개를 돌렸다.

—내가 왜 떠났는지.

희재가 말을 이었다.

—알고 있으니까.

내가 말했다. 희재의 눈빛이 날카롭게 변했다. 알고 있으면 어디 한번 말해 봐, 하고 압박을 주는 것 같았다.

—인간관계에서 파생되는 분노의 많은 부분은 자기가 상대에게 소비한 에너지와 상대로부터 돌아오는 에너지의 균형이 맞지 않아서 발생하는 거야. 네가 떠난 건 그 균형의 차이 때문이겠지.

내가 말했다.

—사람은 이론만으로는 전부 설명할 수 없어.

희재는 입술을 일자로 다물고 눈을 감았다. 다시는 말하지 않겠다는 의지가 느껴지는 결연한 표정이었다. 희재를 다시 만나서 느낀 것은 내가 아직도 그녀를 사랑하고 있다는 사실 이었다. 그리고 그것은 그녀도 마찬가지인 것 같았다. 하지만 희재는 나를 이해하지 못했고 나도 희재를 이해할 수 없었다. 당연한 일인지도 모른다. 사랑은 나의 안에 있는 것이 아니라, 나와 너 사이에 있는 것이기 때문이다. 우리는 자신의 내부를 들여다보는 것도 힘겨워서 사이에 있는 것에는 눈을 돌릴 수 가 없다. 하지만 시간이 지나면 가능할 것이다. 고속도로의 경 치는 그런대로 괜찮았다. 나는 창밖으로 보이는 풍경을 보면 서 무한한 변화가 생기는 프랙털 기하학을 떠올렸다.

$$G_{\alpha\beta} + \Lambda g_{\alpha\beta} = \frac{8\pi G}{c^4} T_{\alpha\beta}$$

중력과 시공간의 관계를 맺어주는 식이다. 이것으로 공간 이 휘어지는 것을 설명할 수 있다. 사람들은 아인슈타인 하면 $E=mc^2$을 떠올리지만, 사실, 특수상대성이론보다는 일반상대 성이론이 훨씬 뛰어난 업적이다. 이 식의 Λ(람다 함수)가 바 로 유명한 우주 상수다. 일반상대성이론을 우주의 전반에 대 입하면, 우주가 매우 불안정하다는 것을 알 수 있다. 은하와 물질들이 서로의 인력에 이끌려 축소하거나 팽창하기 때문이다. 그러나 아인슈타인은 그 사실을 인정하고 싶지 않았다. 유대인인 그에게 우주의 탄생은 천지창조의 6일로 끝나고, 종말은 예수의 재림이어야만 했다. 그래서 정적인 우주를 만들기위해 방정식에 집어넣은 것이 바로 우주 상수다. 하지만 이후허블이 우주가 팽창하고 있다는 사실을 공표했다(아인슈타인은 이미 알고 있었지만 숨겼다). 한 잡지와의 인터뷰에서 아인슈타인은 "우주 상수는 내 일생일대의 큰 실수였다"라고 말했지만, 집에 돌아와서는 아내인 밀레바 마라비치에게 "허블 이자식이 유다보다 더 큰 배신을 한 거야"라고 말했다. 그런데현재는, 우주의 팽창 속도가 줄지 않고 계속 가속되고 있다는것이 발견되면서, 아인슈타인이 억지로 끼워 넣었던 '보이지않는 힘'이 정말로 존재한다는 것이 정설이 되어버렸다.

경주가 관광 명소라는 것은 터미널에서부터 쉽게 알 수 있었다. 양산을 든 아주머니들과 교복을 입은 학생들이 많이 눈에 띄었다. 드문드문 외국인들도 보였다. 신기하게도 교복을입은 여학생들은 모두 같은 머리띠를 하고 있었다. 머리 모양도 똑같았다. 다들 앞머리가 있는 단발이었고 정수리 부분에한 갈래 정도를 묶고 있었다. 머리띠는 연분홍색의 얇은 고무소재였다. 내가 신기하다고 말하자 희재가 사과머리라고 이름을 알려줬다. 가운데 머리를 잡아 묶으면 사과 모양과 비슷하게 보여서 그런 이름이 붙여졌다고 했다. 확실히 꼭지 부분에 잎이 달린 사과와 그 형태가 비슷해 보이긴 했지만 그것은 파파야, 체리, 코코멜론 같은 다른 과일들도 그렇기 때문에 반드시 사과머리라고 불러야 할 이유는 없는 것 같았다. 그리고 이름이 그렇다는 것을 인정하더라도 그 현상 자체를 이해할 수가 없었다. 단순히 유행이라고 부를 수는 없었다. 본래 유행이란 달라지고 싶은 자들의 체제이기 때문이다.

—그냥 우연이야.

내 말을 들은 희재는 그렇게 일축했다. 하지만 전국 각지에서 수학여행을 온 여고생들이 모두 같은 머리띠로 같은 머리 모양을 하고 있다는 것을 단지 우연으로 치부할 수는 없었다. 모든 현상에는 반드시 이유가 있다. 그러나 나는 설명할 방법이 없었다.

—공원묘지 가시게요?

내가 주소가 적힌 종이를 건네자 택시 기사는 그렇게 물었다. 나는 초행이라 길을 모르니 그냥 주소대로 가달라고 대답했다. 택시는 서울 방향으로 나가더니 버스가 들어왔던 길에서 옆으로 빠져나갔다. 경주 외곽을 도는 순환도로인 것 같았다. 커다란 트럭들만 오갈 뿐 다른 차는 보이지 않았다. 거대한 양계장들이 늘어선 길을 계속 지나 어머니의 무덤이 있는 산 입구에 도착했다. 그곳에서도 닭을 키우고 있었다. 규모가 작지는 않았지만 오면서 너무 큰 건물들을 많이 본 탓에 상대적으로 아담해 보였다. 풀이 드문드문 자란 운동장에 닭들이 방치되어 있었다. 운동장 전체를 그물 같은 것이 감싸고 있었다. 그물은 내가 손을 뻗어도 닿지 않을 만큼 높았다. 하지만 그물코는 아주 넓었다. 그물 사이로 병아리들과 아직 덜 자란 닭들이 마음대로 드나들었다. 그러니까 다 자란 닭만 구속하는 그물이었다. 나는 그 광경이 꽤 재미있어서 한동안 닭들을 지켜봤다. 한 마리, 벼슬이 유난히 붉은 닭이 날아서 그물을 뛰어넘었다. 닭이 날 수 있다는 것은 한 번도 생각해보지 않았다. 그동안 나는 닭의 날개를 그저 루트 기호를 닮은 음식으로만 여겼다. 아주 오래전에는 닭도 날았을 것이다. 어느 나라에 가도 닭이 있는 이유를 알 것 같았다. 나는 태평양과 대서양을 횡단하는 닭의 모습을 떠올렸다. 희재는 가방에서 과자를 꺼내 병아리들한테 던졌다.

$$m + 1 = m'$$

1+1=2라는 것을 증명한 공식은 많다. 버트런드 러셀의 『수학 원리』가 대표적이다. 그 책은 360페이지로 되어 있는데, 수학자들도 난해한 기호와 방법으로 되어 있어서, 하루에 1페이지를 읽는 것도 힘들다. 그러니까 1+1=2라는 것을 증명하거나, 이해하기 위해서는 1년—5일을 쉴 수 있으므로, 휴식을 언제 할 것인지 적절히 배분해야 한다—이 필요했다. 이 불

합리함을 해결하기 위해 이탈리아의 수학자 주세페 페아노가 만든 것이 페아노 공리계다. 그러나 이것은 엄밀히 말하면 증명이 아니라 설명이라고 볼 수도 있다. 단지 1과 2, +가 무엇인지 명확히 정리한 것일뿐이기 때문이다. 어쨌든 러셀과 페아노 같은 수학자들의 노력으로 1+1=2라는 것은 확실하게 증명되었을 뿐만 아니라, 수학을 깊이 연구하지 않은 사람들도 쉽게 이해할 수 있다(이해할 생각이 없는 사람들은 어쩔 수 없다). 그러나 1+3=4, 2+7=9라는 것은 아무도 증명할 수도 설명할 수도 없다.

관리 사무소의 노인은 내가 못마땅한 것 같았다. 산을 오르는 동안 한 마디도 하지 않았다. 안내를 하는 게 아니라 나와 달리기 시합을 하려는 것 같았다. 그나마 그 달리기 시합도 끝까지 이어지지 않았다.

— 계속 올라가기만 하면 돼.

갈래 길을 벗어나 언덕이 나오자 노인은 그렇게 말하고 먼저 내려가버렸다. 노인의 빠른 걸음을 따라잡기 위해 무리를 한 탓인지 다리가 떨렸다. 희재는 땀을 많이 흘리기는 했지만 크게 힘들어하지는 않았다. 노인을 원망할 생각은 없었다. 자기 어머니의 묘지가 어디 있는지도 모르는 사람한테 친절히 대해주지 않는 건 당연한 일인지도 모른다. 대사관에서 준 자료에 따르면 아버지도 50년 치 관리비를 선불로 내고는 한 번도 무덤을 찾지 않았다.

　무덤은 잘 손질되어 있었다. 그런데 봉분이 세 개였다. 비석은 보이지 않았다. 5미터씩 떨어져 있는 것으로 봐서 가족묘는 아닌 것 같았다.

　─어느 게 어머님 무덤이야?

　희재가 입구에서 사 온 과일과 어포를 내려놓으면서 물었다. 나는 대답할 수 없었다. 할 수 없이 세 개의 무덤의 중간 지점에 상을 차리고 여섯 번 절을 했다. 나는 어머니를 알아볼수 없지만, 어머니는 나를 알아볼 수 있을 거라고 생각했다. 젊은 시절의 아버지와 지금의 나는 유사성을 갖고 있으니까. 눈물이 나려는 것을 참았다. 눈앞에서 아버지가 죽었을 때보다 더 슬펐다. 유골은 뿌리지 못하고 다시 들고 내려왔다.

　노인은 어느 게 어머니의 무덤인지 알 수 없다고 말했다. 보통은 번호를 붙여서 묘지를 관리하지만, 30년이 넘게 아무도 찾아오지 않아서 기록이 없어졌다고 했다. 노인을 탓할 수는 없었다. 산 사람도 잊히는데 죽은 사람을 기억하지 않는 것은 당연한 일인지도 모른다. 나는 관리 사무소에 있는 자료들을 하나씩 검토했다. 봉분을 만든 시기, 이장한 무덤들, 폭우와 산사태로 보수한 무덤들에 대한 기록을 살펴봤다. 공원묘지의 무덤 중 10퍼센트 정도가 사실상 유실된 것이었다. 대략적인 위치라도 남아 있는 것이 다행이었다. 어쨌든 세 개 중 하나가 어머니의 무덤이라는 것은 확실했다. 방법이 아주 없는 것은 아니었다. 세 개의 봉분을 모두 파헤치고 유전자 감식을 하면 어느 게 어머니의 무덤인지 찾을 수 있었다. 그러나 그것은 다른 두 사람에게도 어머니에게도 예의가 아니었다. 아버지도 그런 극단적인 방법을 바라지는 않을 것이다. 세 개의 봉분에 골고루 유골을 뿌릴 수도 있었다. 그러나 그것도 최선책은 아니었다. 어쩌면 아버지가 어머니의 무덤에 대해 뭔가를 적어놨을지도 모른다. 어머니의 친구나 아버지의 지인 중 누군가가 알고 있을 가능성도 있었다. 생각할 시간이 필요했다.

—하룻밤 정도는 우리 집에서 묵어도 괜찮아.

내가 근처에 여관이나 숙박 시설이 없느냐고 묻자, 노인이 그렇게 말했다. 시내를 오가는 것보다는 그게 나을 것 같았다. 희재도 별말 하지 않았다.

관리 사무소 뒤에 노인의 집이 있었다. 단층으로 된 한옥이었다. 나는 입식 생활에 익숙했지만, 일본에서 다다미방에 살았던 적도 있어서 바닥에 앉는 것이 크게 불편하지는 않았다. 노인은 손녀와 함께 살고 있었다. 노인의 손녀는 초등학생인 것 같았다. 노인과 희재가 저녁을 준비하는 동안 나는 노인의 손녀와 함께 방에 있었다. 창문으로 들어오던 햇빛이 약해졌다.

—6시다. 지금부터 내 생일이야. 축하해줘.

아이가 벽에 걸린 시계를 보면서 말했다.

—생일 축하해.

나는 그렇게 말했다. 그리고 왜 6시부터 생일인지 물었다.

—내가 태어난 날이랑 엄마가 죽은 날이 똑같거든. 그래서 낮 12시부터 6시까지는 엄마 제삿날로, 저녁 6시부터 12시까지는 내 생일로 하기로 했어.

—엄마가 널 낳고 돌아가셨니?

—아니, 엄마가 죽은 후에, 내가 태어났어.

아이가 말했다. 아이의 엄마는 예정일을 며칠 안 남긴 상태에서 죽었다고 했다. 아마 심장 질환이 있었던 모양이었다. 그때 집에는 아무도 없었다. 아이는 죽은 엄마의 배 속에서 여섯 시간 동안 있었다. 저녁때, 일을 마치고 돌아온 노인이 닭의 배를 가르는 칼로 아이를 꺼냈다. 아이는 자신이 하고 있는 이야기의 의미를 잘 모르는지 어제 학교에서 일어난 일을 말하는 것처럼 유쾌한 표정을 짓고 있었다. 나는 죽은 산모의 배 속에 있는 태아가 여섯 시간 동안 어떻게 숨을 쉴 수 있었는지 궁금했다. 의학적으로 가능한 일인지는 잘 모르겠지만 어쨌든 눈앞에 있는 아이는 살아 있었다.

그때 노인과 희재가 상을 들고 들어왔다. 나는 일어나서 상을 받았다. 상 위에는 삼계탕 네 그릇과 깍두기가 있었다. 희재가 수저통에서 숟가락과 젓가락을 꺼내서 상 위에 올려놨다.

우리는 어색한 침묵 속에서 밥을 먹었다. 희재와 아이만 가끔씩 말을 주고받았다. 나는 국물만 떠먹고 있었다. 노인이 나를 쳐다봤다. 먹지 않으면 다음 날부터 아버지의 유령이 찾아와서 같이 삼계탕을 먹자고 할 것 같았다. 할 수 없이 젓가락으로 닭의 배를 열었다. 찹쌀 사이에 묻혀 있는 인삼과 대추가 시한폭탄에 연결된 뇌관과 전선처럼 보였다. 나는 폭발물 제거반 요원처럼 조심스럽게 인삼을 꺼내 그릇 위에 올려놨다. 썼다. 도저히 먹을 수 없을 정도는 아니었지만 또 먹기는 싫은 그런 맛이었다. 나는 쓴맛을 상쇄하려고 대추를 집었다. 맛있었다. 정말로 그랬다.

—삼계탕에 들어 있는 대추는 먹는 거 아니야.

희재가 말했다.

—어째서?

나는 음식에 먹는 게 아닌 것이 들어 있을 리가 없다고 생각했다.

—닭에서 우러난 나쁜 것들을 빨아들이려고 대추를 넣는 거야.

노인이 말했다. 하지만 나는 그냥 대추를 먹었다.

—먹는 거 아니라니까.

희재가 신경질적으로 말했다.

—괜찮아.

나는 또 하나의 대추를 먹었다. 적당히 남아 있는 단맛과 혀만 대도 스르르 녹아버리는 식감이 마음에 들었다. 희재가 또 신경질을 부릴 것 같아서 서울로 돌아갈 때 주려고 했던 탄자니아 동전 세 개를 미리 줬다. 희재는 동전에 정신이 팔려서 내가 뭘 먹든 상관하지 않았다. 아이가 내 그릇에 대추를 옮겨 줬다. 나는 요즘도 삼계탕에 들어 있는 대추를 먹는다. 내가 대추를 먹는 이유는 설명할 수 없다.

노인과 희재는 설거지를 하러 갔고 나는 담배를 한 대 피웠다. 방으로 돌아오니 아이는 책상 앞에 앉아서 수학 문제를 풀고 있었다.

─산수가 정말 싫어.

아이가 말했다.

─이리 줘봐.

나는 아이에게 인도에서 배운 베다 수학을 알려줬다. 베다 수학은 티르타지라는 인도의 수학자가 인도의 고대 경전에 바탕을 두고 만든 것인데 수학의 모든 것을 열여섯 개의 수드라로 바꿔서 생각한다. 보통 사용하는 계산 방법과 전혀 다른 체계라서 익숙해지는 것이 힘들지만 한번 익히고 나면 아주 유용하다. 이것의 장점은 무엇보다 계산이 빠르다는 것이다. 나는 베다 수학 덕분에 미국에서 학교에 다닐 때 수학 천재로 불린 적도 있었다. 나는 아이에게 베다 수학의 원리를 설명했다. 아이가 풀고 있는 문제는 '85×98'이었다.

$$85 + 15 = 100$$
$$- \times$$
$$\times 98 + 2 = 100$$
$$83 \qquad 30 \ 83$$

—이런 식으로 백이 되기 위해서 필요한 보수끼리 곱하면 뒤의 두 자리가 나오고 그 보수를 대각선으로 빼면 앞의 두 자리가 나와. 그래서 답은 8330이 되는 거야.

　—선생님이 알려준 거랑 다른데?

　—외국에서 쓰는 거야.

　아이는 고개를 끄덕이면서 나를 신기하게 쳐다봤다.

　—그냥 선생님이 알려준 대로 할래.

　아이는 그렇게 말하고 다음 문제를 풀었다. 78 곱하기 97이었다. 나는 잠시 아이가 문제를 푸는 것을 지켜봤다. 7566. 정답이었다.

　해가 지고 있었다. 나는 창밖의 일몰을 바라보면서 지동설과 천동설을 떠올렸다. 하나의 형식 체계는 결과로 가는 무한한 가능성 중 단지 한 가지 길을 발견한 것일 뿐, 결과 자체에는 아무런 영향도 미치지 못한다. 코페르니쿠스 이전 시대의 사람들이나 이후의 사람들이나 해가 뜨고 지는 것은 똑같은 것이다.

　어떤 생각이 났다. 수식이나 문장으로는 환원될 수 없는 영감 같은 것이었다. 어쩌면 유통 회사 회장 손녀의 병을 치료할 수 있을 것 같았다.

　노인은 우리가 묵을 방을 청소하러 갔다. 희재는 방에 들어오자마자 스크랩북에 탄자니아 동전을 넣고 사연을 적었다.

다양한 사연들과 나란히 놓이니 아버지의 죽음이 평범해 보였다. 길게 닭이 우는 소리가 들렸다.

—닭은 새벽에 우는 거 아냐?

희재가 물었다.

—자기가 울고 싶을 때 아무 때나 울어.

아이가 대답했다. 나는 한동안 아버지의 유골을 가지고 있어야겠다고 생각했다. 아버지는 어머니의 무덤에 유골을 뿌려달라고 말했을 뿐, 지금 당장 뿌려달라거나 언제까지 뿌려달라고 말하지는 않았다. 몇 년쯤 후에는 뼈나 머리카락이 없어도, 엑스레이나 스캔 같은 것으로 유전자를 감식할 수 있는 기술이 개발될지도 모른다.

아이가 엎드려 있는 책상다리에 10원짜리 동전이 고임목처럼 끼워져 있었다. 책상의 수평을 맞추기 위해 임시로 받쳐놓은 것 같았다.

Q.E.D.

유클리드와 아르키메데스가 자주 쓰던 라틴어 문장의 약자다. 주로 수학에서 많이 사용한다. '이상이 내가 증명하려는 내용이었다'라는 뜻이다.

수문장

당신은 2년 만에 처음으로 지각을 한다. 버스가 사고가 난 탓이다. 승합차와의 가벼운 접촉 사고였는데, 아프다고 목과 허리를 붙잡고 드러누운 승객이 많아서 구급차가 여섯 대나 왔다.

당신은 자동차 충돌 테스트 드라이버로 일한 적이 있어서 교통사고에 대해서는 남들보다 자세히 안다. 특히 속도와 각도에 따라 어디를 얼마나 다치는가에 관한 데이터를 많이 갖고 있다. 당신이 느낀 충격은 브레이크를 급하게 밟았을 때의 덜컹거림 정도였다. 다친 사람은 없어야 정상이다. 아마 구급차를 부른 사람들은 이런저런 실비 보험에 가입한 사람들일 것이다. 아니면 출근을 하기 싫거나.

당신도 소장에게 전화를 걸어 사정을 설명하고 늦을 것 같다고 말한다.

─날아와.

소장은 아직 시간이 남았다며 그렇게 말한다. 확실히 날아
가면 제시간에 출근할 수 있다.

─저, 허가받지 않은 비행은 불법입니다만.

당신이 말한다. 모든 로봇은 정부의 허가를 받아야만 비행
할 수 있다. 정부가 평상시에도 계속 당신을 체크하고 있는지
는 모른다. 당신은 한 번도 비행을 한 적이 없다. 3개월에 한
번씩 담당자한테 전화는 온다. 몸에 이상은 없는지, 근황은 어
떤지, 직장 생활은 할 만한지 같은 것들을 묻는다.

─책임감이 없구먼, 융통성도.

소장은 그렇게 뇌까리고 전화를 끊는다.

다음 버스가 승객들을 태우러 왔지만, 당신은 택시를 탄다.
그래도 30분 지각이다. 당신이 도착하자 소장은 별말 없이 혀
를 두 번 찬다. 고작 이런 일로 해고를 당하지는 않겠지만, 걱
정은 된다. 상사에게 미움받아서 좋을 건 없다.

여섯번째 직장이다. 당신이 먼저 그만둔 적은 한 번도 없다.
회사가 망하거나, 당신이 하는 업무가 없어지거나 통합, 대체
되어서 어쩔 수 없이 계속 옮겨 다녔다. 당신은 이번 일이 마
음에 든다. 가능하면 계속 다니고 싶다.

당신은 어린이대공원의 수문장이다. 1975년부터 1983년
까지 존재했던 직업인데, 오랜 시간 없어졌다가 2년 전에 다

시 생겼다. 처음에 이 일을 한 건 '성남 거인'이라고 불리던 사람이다. 성남 거인은 키가 2미터 70센티미터고 괴력의 소유자로 일주일에 쌀을 20킬로그램씩 먹었다. 식비를 감당할 수 없어서 어렵게 사는 그를 정부에서 도와주려고 어린이대공원 수문장 자리를 만들었다. 월급 대신 쌀을 지급했다는 이야기도 있는데, 워낙 기록이 없어서 사실인지는 모른다.

당신은 성남 거인이 입던 옷을 입고, 그가 신던 신발을 신고 일한다. 그가 들었다는 청룡언월도를 든다. 옷을 입을 때마다 당신은 성남 거인이 얼마나 큰 사람이었는지 새삼 깨닫는다. 당신은 키와 몸피를 조절할 수 있는데, 최대치로 늘려야 수문장의 유니폼을 입을 수 있다. 청룡언월도를 들면 성남 거인의 힘을 짐작할 수 있다. 탁상행정의 결과로 이 칼은 삼국지연의에 나오는 대로 만들어졌다. 82근(18킬로그램)짜리 무쇠 덩어리다. 사람이 이걸 휘두를 수 있다는 게 상상이 가지 않는다. 관우도 실제로는 청룡언월도를 들고 싸우지 않았다. 네이버에 따르면 언월도는 송나라 때 처음 만들어진 것으로 삼국시대에는 없었다.

성남 거인은 청룡언월도 손잡이에 '숟가락'이라는 글자를 새겨놨다. 정자로 음각해놓은 걸 보면 단순한 낙서가 아니라 이름을 붙인 것 같다.

성남 거인은 이제 세상에 존재하지 않을 것이다. 세월이 많이 흘렀고, 사람은 숟가락을 놓으면 죽는 법이니까.

당신은 손잡이의 반대편에 새 이름을 붙였다. 당신이 정한 이름은 '신호등'이다. 신호등은 기계가 인간과 함께 공존할 수 있는 최소한의 안전장치다. 인간은 항상 기계가 자신들을 죽일까 봐 불안해한다. 하지만, 언제나 사람을 죽이는 것은 사람이다.

숟가락과 신호등은 무게가 같다.

당신은 어린이대공원의 2대 수문장인 셈이다. 물론, 로봇으로서는 처음이다. 사람이 하던 일을 로봇이 하게 되는 것은 시대의 자연스러운 흐름이다.

수문장이 하는 일은 말 그대로 문을 지키는 것이다. 누구로부터 무엇을 지키는지는 당신도 잘 모른다. 근무 수칙에 그런 내용은 없다. 어차피 누구나 뭔가를 지키며 살아간다. 그것이 신념이든, 생활이든, 사람이든. 모든 존재의 등 뒤에는 항상 문이 있는지도 모른다.

어린이대공원은 시민들에게 무료로 개방되어서 아무나 들어갈 수 있다. 그러니까 실제로 당신이 하는 일은 그냥 문 앞에 서 있는 것이다. 법에 따라 45분을 서 있은 다음에는 15분간 앉거나 누워서 휴식을 취해야 한다. 알람을 맞춰놓지만, 소장이 눈치를 줘서 좀처럼 쉴 수가 없다.

—휴식 시간 지키는 건 좋은데, 사람들이 들어갈 때는 눈치껏 일어나 있어. 최소한 아이들이 입장할 때라도.

소장의 말에 따르면 2족 보행 로봇은 아이들의 꿈같은 존재라서 휴식 시간이라 당신이 보이지 않으면 아이들이 크게 실망할 거라고 한다.

당신은 아이들을 위해 언제나 어린이대공원 문 앞에 서 있다. 실제로 아이들은 당신을 보면 신기해하고 좋아한다. 가끔 무서워하는 애들도 있기는 하다.

아이는 법을 모른다. 그래서 아이다. 어른은 법을 알지만, 지키지 않는다. 그래서 어른이다. 아이도 어른도 아닌 존재는 당신처럼 로봇이 된다.

당신이 지키는 문을 통과해 안으로 들어가면 소파 방정환 선생의 동상이 서 있다. 선생이 서 있는 발판 밑에는 이런 문장이 적혀 있다.

어린이는 우리의 희망이다.

선생이 과거에 했던 말이다. 요즘 선생은 조금 생각이 달라졌다. 당신은 퇴근 전에 공원 안에 남아 있는 사람이 있는지 한 바퀴 살펴보는데, 달이 없는 밤이면 가끔 선생이 말을 건다.

— 요즘 아이들은 생기가 없어.

선생이 말한다.

— 저, 그건 우리한테 생기가 없어서 그런 게 아닐까 합니다만.

당신이 말한다.

―역시 그런가. 혹시 이 공원에서 날 철거할 계획은 없다던
가? 이제 아이들을 보는 데 지쳤어.

선생이 묻는다.

―저, 아직은 좀더 서 계셔야 할 것 같습니다만.

당신이 대답한다.

선생은 늘 같은 자리에 서 있다.

너무 오래 서 있어서 지쳐버렸지만, 서 있을 자리가 없어 배
회하는 사람들보다는 처지가 나은 편이다.

―고얀 놈.

언젠가 지팡이를 짚고 공원 안으로 들어가던 할머니가 신
호등을 지지대 삼아 서 있는 당신을 보고 그렇게 호통을 친 적
이 있다. 스스로 설 수 있는 당신이 뭔가에 기대는 게 마음에
들지 않은 모양이다. 그 뒤로 당신은 신호등을 어깨 위에 걸쳐
멘다.

어린이대공원에는 어린이보다 어른이 더 많이 온다. 보통
아이 한 명과 두 명 이상의 어른이 오기 때문이다. 아주 간혹
어린이 무리를 몰고 다니는 교회나 유치원, 학교의 선생들이
방문할 때도 있지만, 그걸 계산에 넣어도 압도적으로 어린이
보다는 어른이 많다.

아이들끼리 오거나 아이 혼자 오는 경우는 뭔가 문제가 있
을 때가 많다.

퇴근 시간이 다가오고 있는데, 아이 세 명이 입구를 지나간다. 키 차이를 보니 상급생 두 명과 하급생 한 명이다. 상급생 두 명은 모자를 쓰고 있다. 상급생들은 모자 때문인지 부러 피하는 건지 당신과 시선을 마주치지 않는다. 반면 하급생은 당신과 계속 눈을 맞추려고 노력한다. 당신이 정면으로 시선을 맞춰주자 아이는 고개를 왼쪽으로 조금씩 까닥거리면서 눈동자를 위아래로 굴린다. 상급생 두 명이 하급생을 재촉해 안으로 들어간다. 당신은 무슨 상황인지 대충 파악했지만, 내버려둔다.

다음 날, 하급생 아이가 혼자서 당신을 찾아온다.

— 왜 도와주지 않았죠? 아저씨 때문에 새로 산 신발을 뺏겼어요.

아이가 말한다.

— 저, 나는 경찰이 아닙니다만.

당신이 말한다.

— 그래도 도와달라는 신호를 감지했으면 도와줬어야죠.

아이가 말한다. 크게 억울한 모양이다.

난감한 일이다. 아이의 신호는 명확하지 않았다. 도와주면 도와준 대로 또 다른 원망을 들었을지도 모른다. 당신은 여섯 번이나 직장을 옮기면서 인간에게는 결정적으로 한 가지가 결여되어 있다는 것을 깨달았다.

일관성.

분명 책임지고 맡아서 일하라고 해놓고, 며칠 후에는 그렇게 마음대로 할 거면 당장 그만두라고 소리친다.

　─ 저, 무엇보다 전투력 측정을 해보니, 네가 그 두 명보다 강해서 도와줄 필요가 없다고 생각했습니다만.

　당신이 말한다.

　─ 말도 안 돼요.

　아이가 말한다.

　─ 저, 나는 거짓말을 할 수 없습니다만.

　당신이 말하자, 아이가 고개를 끄덕인다.

　로봇은 거짓말을 할 수 없다. 다만, 정보를 생략하거나, 전달 순서를 바꿀 수 있을 뿐이다. 당신의 전투력이 100이라고 했을 때, 권총을 들고 있는 경관의 전투력이 5 정도 된다. 초등학생 아이들의 전투력은 0.25 정도라서 유의미한 차이가 없다. 그리고 당신이 정보를 전달했기 때문에 그 정보는 사실이 될 가능성이 크다. 아이는 자신이 더 강하다는 믿음을 갖고 상급생 두 명을 때려눕힐 테니까.

　어린이대공원에는 동물원과 식물원, 미술관이 있다. 한 번도 들어가 본 적이 없어서 내부가 어떤지는 모른다. 당신이 들어가기에는 입구가 너무 작다. 그리고 유료다. 가장 인기 있는 것은 동물원이다.

　사자와 사슴, 호랑이, 코끼리, 기린, 원숭이, 코알라 등속이 있다. 당신은 가끔 동물들의 울음소리를 듣는데, 그들이 가장 많이 하는 말은 두 가지다.

—배고파.

—집에 가고 싶어.

어린이대공원에 방문하는 어린아이들이 가장 많이 하는 말이기도 하다. 동물들의 울음소리 때문인지 몰라도 가끔 동물 보호단체에서 시위를 하러 온다.

해가 지고 있다. 곧 퇴근이다. 공원 안을 돌아보고 옷을 갈아입으려고 했는데, 승합차와 승용차가 줄지어 주차장으로 들어가는 게 보인다. 차에서 운동복과 양복을 입은 남자들이 내린다. 60명이나 된다. 그들은 커다란 가방을 여러 개 들고 있다. 당신은 재빨리 가방 안을 스캔한다. 모든 방문객의 가방을 스캔하는 것은 아니다. 기준은 없다. 위험해 보이는 사람을 예의 주시하라는 근무 지침이 있을 뿐이다. 편견일 수도 있지만, 조용히 스캔하고 기록을 삭제하기 때문에 누구에게 피해가 가지는 않는다. 무엇보다 한 번도 틀린 적이 없다. 지금 내린 남자들의 가방에도 쇠파이프와 쇠사슬, 각목, 회칼, 갈고리, 너클, 그 밖에도 무기인 것이 분명한 물건들이 잔뜩 들어 있었다. 로봇의 직감이다.

—저, 무기를 들고는 들어갈 수 없습니다만.

당신은 신호등을 가로로 눕혀서 남자들의 입장을 막는다. 일단 멈춤.

―뭐야. 지금 우리 가방을 훔쳐본 거야? 이거 인권침해 아니야?

남자들 중 하나가 말한다.

―저, 어디나 입구에서는 최소한의 절차가 있습니다만.

당신은 그들에게 위협을 주기 위해 다리를 약간 벌리고 가슴을 펴서 언제든 신호등의 주황색이 빨간색으로 변할 수 있음을 보여준다. 남자들이 겁을 먹고 뒤로 물러선다.

―인간을 해칠 수 없을 텐데?

몇 명이 그렇게 소리친다.

―저, 근무 중에는 근무 수칙이 우선합니다만.

당신이 말한다. 사실이다. 로봇 3원칙은 업무에 따라 예외가 있다. 로보캅도 그래서 범죄자를 제압할 수 있는 것이다. 군용 로봇은 인간을 죽이기도 한다.

남자들은 당신한테서 멀리 떨어진다. 대표로 보이는 사람이 나와서 그럼 어떻게 하면 되느냐고 묻는다. 당신은 무기를 두고 가면 입장할 수 있다고 대답한다.

―그건 어렵지 않은데, 후문에서도 무기를 들고 잔뜩 들어올 건데, 그쪽 무기도 뺏어줘야 공평하지.

남자가 간단히 사정을 설명한다.

그들은 어린이대공원 건너편 먹자골목을 관리하는 폭력 조직의 일원이다. 다른 조직이 그들의 구역을 계속 침범해와 크고 작은 다툼을 벌이다가 오늘 최종 결전을 벌이기로 한 것이다. 말하자면, 결투다.

당신은 이야기를 들은 후에 천천히 고개를 끄덕이고 남자들의 등 뒤를 응시한다. 그곳에는 어린이대공원의 입구만큼이나 큰 문이 있다.

당신은 남자들과 함께 공원 안으로 들어간다. 후문에서 들어온 남자들도 차림이 비슷하다. 숫자를 맞춘 건지 그들도 정확히 60명이다. 당신은 간단히 경위를 설명하고, 후문에서 들어온 남자들의 무기를 빼앗는다. 약간의 저항이 있어 허공에 빨간불을 몇 번 껐다 켰다.

결투가 시작된다. 어쩌다 보니 당신이 심판이다. 60명 대 60명이 싸우는 모습은 버스와 버스가 교통사고가 난 현장 같다. 아사리판이다. 자기편이 이기고 있는지 지고 있는지도 모르고 무조건 주먹을 휘두른다. 자기편을 발로 차는 경우도 많다. 그러고 보니 당신은 이 싸움의 결판이 어떤 방식인지 알지 못한다. 한쪽이 모두 쓰러져야 끝나는 건가. 아니면 장기처럼 상대편 대장을 잡으면 승리하는 건가.

의도한 것은 아니지만, 싸움을 끝낸 것은 당신이다. 후문에서 들어온 사람들이 돌멩이를 집어 들었기 때문이다. 돌멩이를 무기로 볼 것인가는 생각해볼 여지가 있다. 어린이대공원의 곳곳에 돌멩이가 떨어져 있다. 나무와 흙이 있는 곳에 돌멩이가 있는 것은 당연하다. 자연은 돌멩이를 무기로 보지 않는다. 로봇의 관점에서 봐도 돌멩이는 무기가 아니다. 로봇이 전투할 때 돌멩이를 사용하면, 전투력이 낮아진다.

사람이 돌멩이를 들면 얘기가 조금 달라진다. 돌을 던지거나 돌로 내리치면 인간은 쉽게 부서진다. 당신은 눈 밑에 달린 레이저로 돌멩이를 가루로 만든다. 그저 무기 없이 싸우라는 주의였지만, 후문에서 들어온 사람들에게는 당신이 정문에서 들어온 사람들을 돕는 것처럼 보인 모양이다. 그들은 갑자기 손을 들고 무릎을 꿇는다. 계속해도 한번 상실한 전의는 쉽게 돌아오지 않을 테니, 결과는 정해졌다.

―저, 다음부터 결투는 다른 데서 했으면 합니다만.

당신은 승자와 패자 모두에게 말한다.

자기 구역을 지키기 위한 결투를 본 탓인지 요즘 당신은 무엇을 지키고 있는지 생각할 때가 많다. 당신 등 뒤의 문 안에는 무엇이 있는 걸까. 문 안에는 항상 뭔가가 있다. 그게 당신 자신일 때도 있다. 당신도 문을 통해 안에 들어가니까.

어린이대공원에는 평일보다 주말에 방문객이 많다. 정기적으로 오는 단골들도 있다. 주로 근처에 사는 주민들이지만, 멀리서 오는 사람도 있다. 수험번호 2478번이 그런 경우다.

어린이대공원은 분기별로 채용 공고를 낸다. 3개월이나 6개월짜리 일자리가 대부분이다. 공원 청소나 동물원과 식물원의 관리 보조 같은 일이다. 딱 하나 정규직을 모집하는 공고가 있다. 후문의 수문장 자리다. 편의상 정문과 후문이 나뉘어 있을 뿐, 입구와 출구의 개념은 아니다. 정문으로 입장하는 입장객 수와 후문으로 입장하는 입장객 수는 비슷하다. 정문에 수문장이 있으면 후문에도 있는 게 당연하다.

지금까지 여섯 번의 공개 채용이 있었지만, 합격자는 없다. 수험 번호 2478번은 두 번이나 최종 면접에서 탈락했다.

—뭐가 문제일까요?

2478번은 늘 당신에게 같은 질문을 한다.

—저, 면접을 잘 보면 될 것 같습니다만.

당신도 늘 같은 대답을 한다.

2478의 서류는 완벽하다. 그는 MIT에서 위상수학을 석사까지 공부했고, 해병대 특수수색대에서 군 복무를 마쳤고, 1년 동안 아프리카에서 봉사 활동을 했고, 영어, 불어, 독일어에 능통하고, 컴퓨터 관련 자격증 스물세 개, 그 외에도 산림관리사, 잠수기능사, 탄소관리사, 응급구조사, 조경기능사 같은 다양한 자격증을 소유하고 있다.

—당신은 얼마나 오랫동안 한자리에 서 있을 수 있습니까?

최종 면접의 마지막 질문은 항상 같다.

첫번째 면접에서 2478은 45분이라고 대답했다. 관련 법률을 알고 있다는 것을 은연중에 드러내고 싶었는지도 모른다. 두번째 면접에서는 두 시간이라고 대답했다. 몇 번인가 실제로 도전해봤더니 두 시간이 한계였다고 한다. 2478은 세번째 면접을 앞두고 있다.

2478은 주말마다 어린이대공원에 와서 당신을 관찰한다. 당신한테 답이 있다고 생각하는 모양이다.

— 형은 뭐라고 대답했어요?

2478이 묻는다.

— 저, 나한테 그건 가능성의 문제가 아니라 정당성의 문제입니다만.

당신이 대답한다. 2478은 수문장에 어울리지 않는다. 그는 지나치게 활동적이다. 당신을 관찰하러 와서도 가만히 있지 못하고 계속 돌아다닌다. 궁금한 것도 많다. 이건 뭐예요? 저건 왜 그래요? 끊임없이 질문하고 답을 찾는다.

작년까지 2478은 연구소에서 일했다. 자세히 말해주지는 않았지만, 기후와 대기오염에 관련된 곳인 것 같다. 그가 연구소를 그만둔 이유는 새로 들어온 후배가 수석 연구자의 데이터 오류를 지적했기 때문이었다. 후배의 지적은 타당한 것이었고, 2478은 후배의 의견에 동조했다. 후배는 뭘 잘 몰라서 실수한 게 되어버렸고, 2478은 무능한 사람 취급을 받았다. 2478은 억울해서, 대학의 교수들과 외부의 연구자들에게 도움을 청했다. 2478의 편을 들어주는 사람은 한 명도 없었다.

— 이 나라에는 이제 지식인이 없는 걸까요?

2478은 한숨을 쉬면서 말한다.

— 저, 네이버에 있습니다만.

당신이 그렇게 말하자 그는 헛웃음을 짓는다.

─진실을 지킬 힘이 없었어요.

─저, 왜 힘이 필요한지 모르겠습니다만. 결국, 힘으로 지키면 똑같은 것 같습니다만.

─그런 게 아니에요.

2478은 바닥에 자리를 잡고 앉는다. 다리를 모으고 옹송그리고 있는 모습을 보니 당신은 어쩐지 조금 미안하다.

─저, 저쪽을 한번 봤으면 합니다만.

당신은 2478에게 위로를 건넬 방법을 찾다가 맞은편 횡단보도를 가리킨다. 유치원 모자를 쓴 아이가 엄마의 손을 잡고 길을 건너오고 있다. 아이는 엄마의 손을 잡지 않은 다른 한 손을 높이 들고 뭔가 중얼거리면서 걷는다.

─주희가 건너갑니다. 주희가 건너갑니다. 주희가 건너갑니다.

당신은 아이의 목소리를 증폭시키고 주변의 차량 소음을 제거한 후에 스피커로 2478에게 아이의 목소리를 들려준다.

─귀엽네요. 어차피 차 안에서는 들리지도 않을 텐데.

2478의 말처럼 아이의 외침은 효과가 없다. 아이의 목소리를 들을 수 있는 운전자는 없을 테니까. 하지만, 손을 드는 것은 다르다. 보행자가 길을 건널 때 손을 들면 운전자가 더 멀리서부터 인지할 수 있다. 서로의 안전에 도움이 되는 좋은 방법이다. 아이들은 곧잘 손을 들고 길을 건너는데, 어른들은 단한 명도 손을 들지 않는다. 어른이라고 해서 모두 키가 큰 것도 아니고, 키가 큰 사람도 손을 들면 사고 예방에 더 도움이 된다. 몰라서 안 하는 게 아니다. 귀찮아서, 창피해서, 튀기 싫어서, 남들도 안 하니까…… 온갖 이유를 대면서 아는 대로 안 하는 게 인간이다.

2478은 손을 들었고, 손을 들지 않은 사람들은 그가 불편해서 쫓아냈다. 그가 손을 든 것은 잘한 일이다. 모든 인간이 여섯 살 때 배운 대로 살아간다면, 세상은 지금과는 다른 모습일 것이다.

―어릴 때, 할머니랑 여기 자주 왔어요. 그때는 수문장이 없었어요. 세상에 내 자리가 없는 것 같아요. 그래서 지원했어요.

2478이 말한다.

―저, 어디에 내 자리가 있는 게 아니라 지금 내가 있는 곳이 내 자리입니다만.

당신의 위로가 도움이 됐는지, 2478은 자리에서 일어나 공원 안으로 들어갔다. 당신은 2478이 세번째 면접에서 합격하기를 바란다.

어린이날은 어린이대공원의 존재 이유 중 하나다. 가장 많은 방문객이 오는 날이기도 하고, 이런저런 행사도 많다. 당신은 새벽부터 출근해 물 분사기로 방정환 선생의 묵은 때를 벗겨낸다.

—됐어, 됐어. 그만해. 요즘 애들이 날 알기나 하겠나.

선생은 계속 손사래를 친다. 요즘 선생은 매사에 의욕이 없다.

—저, 모르면 오늘 알려주면 되는 것 같습니다만.

당신은 레이저로 비와 바람에 팬 흔적들을 매끈하게 다듬는다. 오늘의 주인공은 어린이지만, 선생을 기념하는 날이기도 하니까.

아침부터 공원 입구가 혼잡하다. 주차장은 이미 가득 찼고, 방문객의 행렬도 끊김이 없다. 공원 전체에 어린이날 노래가 울려 퍼지고, 아이들이 따라 부른다. 어린이날 풍경을 찍으러 온 방송국 카메라들도 눈에 띈다. 기자 한 명이 수문장의 인터뷰를 요청했는데, 소장이 안전상의 이유로 거절했다. 당신이 인터뷰하는 게 누구의 안전에 영향을 미치는지는 잘 모르겠다. 당신이 손을 들까 봐 두려운 모양이다.

언제 왔는지 2478도 한쪽에 자리를 잡고 선다. 평소 같으면 당신에게 다가와 말을 걸고 인사를 했을 텐데, 사람들 이목 때문인지 가볍게 눈인사만 한다. 2478은 오늘은 반드시 면접의 힌트를 얻어가겠다고 결심했는지 신중한 표정으로 당신을 관찰한다. 가능할 수도 있다. 어쩌면 오늘은 당신도 문 안에 무엇이 있는지 알게 될지도 모른다. 특별한 날에는 특별한 일이 일어나는 법이니까. 평소와는 다른 기대감 같은 것이 있다.

소장은 의전 준비로 정신없이 바쁘다. 시장과 국회의원이 방문할 예정이다. 당신도 아이들과 놀아주느라 정신이 없다.

아이들은 가만히 서 있는 로봇에게 환호하지 않는다. 당신은 끊임없이 움직여야 하고, 말도 해야 한다. 간혹 안아달라거나 목말을 태워달라는 아이들도 있는데, 그건 안 된다. 당신은 너무 차갑고, 딱딱하다. 당신은 예전에 성남 거인은 이럴 때 어떻게 했을지 자주 생각한다.

머리를 양 갈래로 딴 여자아이 하나가 당신의 옷을 잡고 매달리다가 넘어진다. 무릎이 찢어져 피가 난다. 아이는 넘어졌을 때는 웃으면서 일어났는데, 피를 확인하자 울음을 터뜨린다. 부모가 달려온다. 엄마는 아이를 챙기고, 아빠는 당신에게 삿대질하며 항의한다. 책임자를 불러오란다. 누구를 말하는 건지 모르겠다. 이곳을 책임지는 것은 당신이다. 당신을 책임지는 것은 소장이다. 아이를 책임지는 건 부모 아닌가.

2478이 아이 엄마에게 반창고를 건넨다. 상처와 피가 가려지자 아이가 울음을 그친다.

—우리가 자라면 나라의 일꾼, 손잡고 나가자 서로 정답게.

아이는 스피커에서 나오는 노래를 따라부르며 친구들이 있는 곳으로 달려간다.

어린이날 노래는 방정환 선생의 뒤를 이어 잡지 『어린이』의 주간을 맡았던 윤석중 선생이 작사했다. 한국 최초의 창작 동요집을 만든 사람이기도 하다. 당신은 1절은 좋은데, 2절 가사가 마음에 안 든다. 아이들이 자라서 나라의 일꾼이 된다는 것은 아이들이 아직은 몰랐으면 하는 슬픈 진실이다. 일부는 일꾼이 되지 못하고, 정답게 잡고 있던 손을 놓치고, 5월의 푸른 하늘을 원망하며 계속 자라야 한다는 것도.

아이의 아빠가 앞으로 조심하라며 돌아선다. 훌륭한 조언이다. 인간을 상대하려면 더 조심해야 한다. 2478은 반창고를 주러 왔던 탓에 서 있던 자리를 뺏겨 배회하다가 사람들의 흐름에 떠밀려 공원 안으로 들어간다.

2478의 모습이 당신의 시야에서 완전히 사라졌을 때쯤, 폭발음이 들린다. 동물원 쪽이다. 놀란 사람들이 귀를 막고 몸을 숙인다. 잠시 정적이 흐르더니, 누군가 밖으로 나가라고 외친다. 아이들이 울음을 터뜨린다. 어린이대공원의 입구는 넓지만 아무리 큰 문이라도 한계가 있다. 공포에 전염된 사람들이 서로를 밀고 부딪치고 넘어뜨리면서 문을 계속 좁게 만든다. 당신은 사람들을 진정시키기 위해 레이저와 사이렌, 신호등을 사용해 반복적으로 신호를 보낸다. 이곳은 안전하다고, 천천히 나오는 게 더 빠르다고, 아이들이 보고 있다고. 소요가 조금 가라앉는가 싶더니 두번째 폭발음에 다시 아수라장이 된다.

이렇게 되면 이곳에서 당신이 할 수 있는 일은 없다. 공포의 원인을 제거하는 게 더 현명한 판단이다. 하지만, 밖으로 밀려나오는 사람들을 헤집고 동물원까지 갈 방법이 없다.

―어린이대공원 긴급 상황 발생. 폭발음 2회 감지. 테러 및 사고 가능성 있음.

당신은 비상 통신망으로 정부에 비행 허가를 요청한다.

―불가. 확실히 상황 파악 후에 재요청 바람.

바로 답변이 온다.

―저, 오늘 어린이대공원에 시장과 국회의원들 방문 일정이 있습니다만.

다시 요청한다.

―비행 허가. 시민 안전을 최우선에 두기 바람.

답변이 온다.

어쩌면 한결같이 일관성이 없는 게 인간성인지도 모른다.

당신은 바로 몸을 띄운다. 최초의 비행이다. 출발하기 전에 마지막으로 사람들을 한 번 더 진정시킨다. 공중에 뜬 채로 말하니 조금 더 효과가 있다.

하늘을 나는 기분은 뭐랄까. 평생 출근을 안 해도 되는 존재가 된 것 같다. 정부가 쉽게 비행 허가를 해주지 않는 게 이해가 된다. 당신은 13초 만에 동물원 앞에 도착했는데, 내려가기가 싫다. 이대로 계속 어딘가로 날아가고 싶다. 그럴 수 없다. 당신은 월급을 받았고, 항상 받은 것보다 더 많은 일을 한다.

당신은 신호등의 무게를 느끼며 착륙한다. 동물원의 한쪽 벽면이 무너져 있다. 흙먼지가 피어오르기는 하지만 화재는 없다. 무너진 벽의 잔해 옆으로 '자유'라는 글씨가 적힌 피켓들이 몇 개 보인다. 무너진 벽면으로 동물들이 뛰쳐나온다. 이미 절반 정도는 밖에 나와 있다. 다들 놀라고 겁에 질려 있다.

동물들도, 사람들도.

당신은 급한 대로 나무를 베어 무너진 벽을 막는다. 동물원 밖으로만 나가지 않으면 사육사들이 진정시킬 수 있을 것이다. 문제는 이미 밖으로 나온 녀석들이다. 원숭이들이 제일 소란스럽다. 숫자도 제일 많고, 여기저기 흩어져서 사람들의 음식을 뺏어 먹고 있다. 한두 마리는 포획할 수 있겠지만, 당신이 상대하기에 원숭이는 너무 작고 민첩하다. 무엇보다 원숭이는 크게 위험하지 않다. 폭발 소리 때문에 흥분하기는 했지만, 오랜만의 외출에 신난 것처럼 보인다. 음식을 손에 쥐었으니 배가 부르면 진정될 것이다. 어린이대공원 밖에는 나무가 거의 없으니 나가지도 않을 것이다. 나중에 어느 정도 정리가 되면 한 마리씩 우리로 돌려보내면 된다.

동물들이 밥을 먹는 모습을 아이들에게 보여주기 위해, 그리고 아이들이 직접 먹이를 주는 체험을 할 수 있도록, 어제 하루 동안 동물원 안의 모든 동물을 굶겼다. 당신은 소장이 그런 내용의 통화를 하는 것을 들었다. 특별한 날이 모두에게 좋은 것은 아니다.

배가 고픈 맹수는 위험하다. 훈련을 받고 길들여지기는 했어도 본능은 남아 있다. 동물원이라는 시스템과 철창이 없으면, 맹수에게 인간은 먹이일 뿐이다.

당신은 신호등을 거꾸로 잡고 손잡이 부분으로 스라소니와 여우, 살쾡이를 차례로 기절시킨다. 다치지 않게 제압하고 싶지만 다른 방법이 없다. 자기보다 큰 동물은 공격하지 않는 맹수들이지만, 사방에 어린아이들이 있으니 어쩔 수 없다.

사자들은 흥분하지 않았다. 햇볕이 잘 드는 잔디밭에 무리를 지어 배를 깔고 누워 있다. 자극하지만 않으면 그대로 누워 낮잠이라도 잘 것 같다.

—저, 입구 쪽으로 조용히 이동했으면 합니다만.

당신은 사자 무리 주변에 있던 사람들에게 말한다.

당신의 말이 끝나기도 전에 반대편에서 비명이 들린다. 나무에 시야가 가려 무슨 일인지 확인할 수가 없다. 아직 비행허가는 유효하다. 바로 몸을 띄운다. 익숙해진 탓인지 첫번째 비행보다 낫다. 속도가 빨라진 것은 아니지만, 균형을 잘 잡으면서 날 수 있다. 착지도 더 안정적이다.

비명의 원인은 호랑이다. 당신은 그렇지 않아도 호랑이의 행방을 찾고 있었다. 지식인의 조언에 따르면 맹수 중에 가장 길들이기 힘든 게 호랑이다.

남자와 여자, 아이가 호랑이의 시선을 받고 있다. 온몸을 떨면서도 서로 떨어지지 않고 보호하는 것을 보니 가족인 것 같다. 남자는 허리띠를 풀어 손에 감고 있다. 허리띠가 사육사의 채찍을 상기시켜 몇 초 정도는 호랑이의 움직임을 막아줬는지도 모른다.

당신은 호랑이의 앞발에 레이저를 쏴서 시선을 돌린다. 그 틈에 가족의 앞을 막아선다. 허공에 크게 정지신호를 만든다.

공기를 가르는 파열음은 묵직한 주황색이다. 호랑이는 신호를 알지 못한다. 다만, 당신의 몸집에서 위험을 감지했는지 사냥감을 바꾼다. 10미터 뒤쪽에 달아나고 있는 사람들 쪽으로 달려든다. 당신은 할 수 없이 신호등의 측면으로 호랑이의 머리를 쳐서 기절시킨다. 호랑이는 뇌진탕이 와서 초점이 풀린 채로 허공에 발을 휘젓는다. 호랑이의 회복력에 대해서는 지식인도 아는 바가 없다. 당신은 국기 게양대의 밧줄을 잘라 호랑이의 다리를 묶는다.

당신은 순식간에 맹수들을 전부 기절시키거나 포획했다. 사자 무리만 주시하면 된다. 다행인지 불행인지 시장과 국회의원들은 차를 돌린 것 같다. 사람들이 천천히 어린이대공원 밖으로 빠져나간다. 당신은 길을 안내하면서 남아 있는 동물들을 분리하는 것을 돕는다.

— 어디 간 거야? 빨리 와.

소장의 호출이다. 당신은 질문을 그대로 돌려주고 싶다. 위치도 말해주지 않고 무조건 오라는 걸 보니 문 근처인 모양이다. 당신은 소장을 찾기 쉽도록 더 높이 날아오른다.

하늘에서 당신은 생각한다. 비행 허가는 언제까지 유효한 걸까. 이 소란이 끝나면 지시가 내려오는 건가. 보고해야 하는 건가. 이대로 계속 유지되면 좋을 것 같다. 잠깐씩이라도 날 수 있다면 더 오래 서 있을 수 있을 텐데.

소장이 보인다. 사람들의 웅성거림과 소장의 고함이 뒤섞여 있다.

　―빨리 막아. 잡아.

　어쩌면 당신은 10만 명의 함성 속에서도 소장의 목소리를 들을 수 있을지도 모른다.

　코끼리 한 마리가 주차장에서 날뛰고 있다. 여러 대의 차가 반파되었고, 지금도 계속 부서지고 있다. 차 주인들의 탄식이 이어진다. 코끼리는 원래 순한 동물이다. 여간해서는 공격성을 드러내지 않는다. 저렇게 흥분해서 몸부림칠 때는 뭔가 이유가 있다. 예상대로 옆구리에 철근이 박혀 있다. 일단 코끼리를 다시 공원 안으로 들어가게 해야 한다. 더이상 차가 부서지게 놔뒀다가는 당신은 물론이고 소장도 해고다.

　당신은 부딪치고, 밀고, 당기는 과정을 몇 번 반복해 겨우 코끼리의 진행 방향을 돌린다. 소장이 안도의 한숨을 쉰다. 그냥 뒀으면 다음에 부서졌을 차는 소장의 월급으로는 감당 불가능한, 문이 위로 열리는 스포츠카였다.

　코끼리의 몸부림은 점점 심해진다. 안에 들어가서도 사방을 뛰어다니며 나무를 들이박는다. 고통이 심한 모양이다. 당신은 바로 철근을 뽑아주고 싶지만, 진정시키는 게 쉽지 않다. 얼마나 깊이 박혀 있는지도 가늠할 수가 없다.

　아직 공원 안에 남아 있는 관람객들의 안전이 우선이다. 당신은 사람들을 대피시키면서 사람이 없는 쪽으로 코끼리를 몰아넣는다. 코끼리가 속도를 높인다. 다음 목표는 방정환 선생의 동상이다.

─드디어 해방이군.

선생은 그렇게 말하고는 눈을 감으면서 미소 짓는다. 선생의 미소가 너무 평온해서 당신은 순간 그대로 지켜볼까 고민한다. 하지만, 고개를 젓는다. 언젠가 선생은 쉬어야 한다. 그래도 어린이날에 이런 방식으로는 안 된다. 당신은 선생이 아니라 코끼리를 고통에서 해방시켜주기로 한다.

신호등이 커다란 호를 그린다. 한 번의 멈춤도, 정지도 없이 하늘로 이어진 파란불이다.

─왜 그랬나?

선생이 묻는다.

─저, 이게 제 일입니다만.

당신이 대답한다.

뒤늦게 따라온 소장이 선생과 같은 질문을 반복한다.

─호랑이는 천만 원밖에 안 해. 코끼리는 3억이 넘어. 이깟 동상이야 부서지면, 새로 만들면 되지. 뭐가 중요한지 모르겠어?

소장이 말한다.

어쩌면 당신이 지키는 것은 문 안의 무엇이 아니라 문 자체인지도 모른다.

당신은 마지막 비행을 한다. 오늘이 지나면 비행 허가는 취소될 가능성이 크다. 하늘에서 아직 공원을 빠져나가지 못한 관람객들과 흩어져 있는 동물들을 가만히 내려다본다. 위험도 소란도 없다. 다들 지친 표정이다.

인파 속에 2478이 보인다. 다리를 절고 있다. 보지는 못했지만, 왠지 다른 사람을 돕다가 다쳤을 것 같다.

―저, 부축해주러 왔습니다만.

2478은 당신이 내민 신호등을 목발처럼 의지한다.

―형도 원래 사람이었죠? 인간이기를 포기해서 형이 얻은 건 뭐였나요?

문에 다다랐을 때, 2478이 묻는다.

너무 당연한 것을 물어서 당신은 잠시 대답을 머뭇거린다.

―저, 일자리를 얻었습니다만.

당신이 대답한다.

대답을 듣자마자 2478은 눈을 크게 뜨고 다친 다리를 끌며 버스 정류장으로 뛰어간다.

이제 후문에도 수문장이 생길지도 모른다. 세계는 안정될 것이다.

시간의 문법

반복되는 시간 속에 갇히면, 어디로 가겠는가?

— 일단 출근해야지.

내 친구는 그렇게 대답할 것이다. 그는 올해 대리가 되었다.

— 성당 가서 기도할래.

이틀 전에 헤어진 전 여자 친구는 그렇게 말할 것이다. 그녀
의 세례명은 브리지다Brigid다.

— 룸살롱.

이모부는 그렇게 말할 가능성이 높다. 회사가 부도나기 전
까지 이모부는 유흥의 황제였다.

사람마다 대답이 다를 것이다. 일상을 반복하는 사람, 만사
를 제쳐두고 애인을 만나러 가는 사람, NASA에 이메일을 보
내는 사람, 어쩌면 누군가는 옥상으로 올라가 뛰어내릴지도
모른다. 어떤 시간이 어떻게 반복되는가에 따라 선택이 다를

수도 있다.

한 가지 확실한 것은 나처럼 평범한 사람은 타임 루프에 갇혀도 놀라거나 당황하지 않는다는 것이다. 이유는 간단하다. 이런 종류의 텍스트를 많이 알고 있으니까. 그레고리 잠자는 벌레가 되었을 때 무기력하게 당했지만, 이미 카프카의 『변신』을 읽은 사람은 갑자기 벌레가 되어도 아버지가 던진 사과에 맞지 않는다.

나는 도서관에 갔다.

나를 가둔 시간은 일주일이다. 화요일에 시작해서 다시 화요일로 돌아온다. 시작은 전화벨 소리다. 나는 잠에서 깨서 전화를 받는다. 전화를 건 사람은 주식회사 금호웰빙의 인사 담당자다. 1차 서류 심사에 합격했으니, 면접을 보러 오라는 내용이다.

―수요일 오후 2시까지 8층으로 오시면 됩니다.

그 말을 두번째 들었을 때, 나는 뭔가 잘못된 것을 깨닫고 핸드폰으로 날짜를 확인했다. 시간이 일주일 전으로 되돌아와 있었다.

―아! 식상해.

나도 모르게 그런 말이 흘러나왔다.

똑같이 반복된다면, 나는

(가) 화요일 내내 면접을 준비한다. 미용실에 가서 머리를 다듬고, 와이셔츠를 다림질하고, 구두를 닦고, 면접 연습을 한다.

(나) 수요일에는 면접을 보러 간다. 서류 심사에 합격한 사람은 생각보다 적다. 대기실에는 열두 명밖에 없다. 면접은 생각보다 까다롭다. 과학기술부의 정책을 묻기도 하고, 빅데이터를 근거로 고객 수요를 추리해보라는 질문도 있다. 나는 몇 군데서 버벅대지만 아는 대로 성실히 답변한다.

(다) 그리고 혹시나 하는 마음으로 목요일 내내 기다린다.

(라) 금요일에 문자로 불합격 통보를 받는다. 그날 밤에 친구를 불러 새벽까지 술을 마신다. 술에 취해 전 여자 친구에게 전화를 건다. 집으로 오는 길에 택시 안에서 구토를 하는 바람에 세차비로 10만 원을 뺏긴다.

(마) 주말에는 숙취를 핑계로 계속 잔다.

(바) 월요일에는 채용 정보 사이트를 돌아다니며 이력서를 쓴다.

(가)—수요일 오후 2시까지 8층으로 오시면 됩니다.

말했듯이 나는 같은 일을 반복하지 않고 도서관에 갔다.

시간에 관련된 텍스트는 엄청나게 많다. 타임 루프, 타임 리프, 타임 슬립, 타임 워프, 타임 터널, 타임 패러독스, 미래를 보는 사람…… 매체도 가리지 않는다. 소설, 만화, 애니메이션, 영화, 드라마, 게임. 마블의 히어로 중에도 '닥터 스트레인지'라는 시간 능력자가 있다. 조금씩 설정은 다르지만, 한 발자국만 떨어져서 보면 결국 다 비슷하다.

— 장르 자체가 하나의 공해가 되었다.

어떤 비평가는 그것들은 통틀어서 그렇게 평했다. 무분별하게 복제되는 작품들에 대한 비판이었다. 하지만, 상업적으로 성공한 작품도 있고, 마니아층도 있고, 몇 편은 명작으로 분류되기도 한다. 누군가 성공한 길을 따라가는 것은 어느 분야나 마찬가지다. 그리고 시간의 속성을 생각하면 당연한 일이다.

지속성과 편재성.

나는 이 공해를 우연한 기회에 몇 번 들이마셨는데, 의외로 상쾌한 적이 많았다. 무엇보다 재미있었다. 돈이 되고, 즐기는 사람이 있다면 그것은 이미 공해가 아닌지도 모른다.

— 말도 안 돼.

환상적이거나 초현실적인 일이 벌어지면 텍스트 안의 인물은 그렇게 말한다. 그러나 텍스트를 아는 사람은 비현실적인 가능성이라도 그것이 비현실적이라는 이유만으로 부정하지는 않는다.

— 그거 뭔지 알아. 드라마에서 봤어.

실제로 엄마와 이모는 내가 타임 루프에 갇혔다고 하자 그렇게 말했다. 그리고 각각 이렇게 덧붙였다.

— 열심히 해봐.

— 힘들겠구나.

그러니까 내가 도서관에 간 이유는 무엇이 힘든지, 뭘 열심히 해야 하는지 알아보기 위해서였다.

도서관에 간 것은 3년 만이었다. 기본적으로 나는 책 읽는 것을 좋아하지 않는다. 불편한 자세로 귀찮게 한 장씩 책장을 넘겨야 하고, 곳곳에 모르는 어휘가 나오고, 결정적으로 재미가 없다. 하지만, 나는 상당히 많은 책을 읽었다. 우리 세대는 일정량 이상의 독서를 할 수밖에 없는 구조 속에 살고 있다.

우선 어느 집에나 책장이 가구로 있다. 그리고 거기에는 으레 세계문학 전집 따위가 꽂혀 있다. 친구, 친척, 회사 동료들 집, 어디나 마찬가지였다. 어쩌면 집이란 책장이 있고 그곳에 세계문학 전집이 꽂혀 있는 공간을 뜻하는지도 모른다.

우리 집에도 마흔두 권짜리 세계문학 전집이 있었다. 아버지가 고향 후배에게 속아서 산 거였다. 엄마한테 비싸게 샀다고 핀잔을 들으면서도 별다른 반응이 없었던 것을 보면, 아마도 아버지는 알면서도 속아준 모양이었다. 나는 마흔두 권을 다 읽었다. 책이 좋아서는 절대로 아니다. 다만, 수학 문제를 풀거나 영어 단어를 외우는 것보다는 책 읽는 게 나았다. 엄마는 신기하게도 내가 책을 읽고 있으면, 공부를 한다고 생각했다.

고등학교 교육과정과 대학 입시 제도를 만든 사람들도 엄마와 비슷한 생각을 갖고 있을 것이다. 방학 숙제, 독후감, 논술, 언어 영역, 책을 읽지 않고는 성적을 유지하고 대학에 갈 수가 없었다. 대학에 가서도 사정은 변하지 않았다.

나는 컴퓨터 공학을 전공했다. 알고리즘과 수학의 세계다. 그런데, 공학교육인증ABEEK이라는 것이 있다. 그 인증을 받으려면 작문 수업과 고전 읽기 수업을 네 학기 동안 들어야 한다.

— 텍스트 바깥은 없다.

고전 읽기 수업 시간에 그 말을 들었을 때, 나는 모종의 공포와 절망 같은 것을 느꼈다. 그 말을 한 사람을 데려다가 어퍼컷을 한 대 때리고 싶었다. 수업을 더 들어보니 텍스트는 오히려 책에 대립하는 용어였지만, 정의가 무엇이든 내가 거기에서 벗어날 수 없다는 것은 마찬가지였다.

취업 준비를 할 때는 더 심했다. 때마침 인문학 열풍이 불었다. 프로그래머를 뽑을 때도, 경영지원 팀 직원을 뽑을 때도, 면접에는 언제나 인문학적 소양을 요구하는 질문이 나왔다. 나는 그것이 내가 하려는 일과 무슨 연관이 있는지도 모른 채, 문학과 역사와 철학을 읽었다.

중학교와 고등학교를 거쳐 입시를 하고, 대학에 다니고 취직을 하려면 적어도 5백 권에서 천 권의 책을 읽어야 한다.

그런 시스템으로 설계가 되어 있다.

내가 책을 읽으면 공부를 한다고 엄마가 생각한 것은, 본인이 전혀 책을 읽지 않았기 때문이다.

　—그런 책은 여기 수백 권도 넘게 있어요.

　무턱대고 찾을 수가 없어서 사서에게 도움을 요청했더니, 다소 신경질적인 반응이 돌아왔다. 사서는 작게 한숨을 내쉬면서 시선으로 검색 전용 컴퓨터를 가리켰다.

　사서의 말은 사실이었다. 키워드 검색을 했더니, 수백 개가 넘는 제목이 쏟아져 나왔다.

　우리 동네 구립도서관은 국가별로 책을 분류해놨다. 나는 미국에서 시작해서, 러시아를 돌아 영국, 이탈리아, 프랑스에 들렀다가, 일본과 중국, 베트남을 거쳐, 한국으로 왔다. 기분 탓이겠지만, 베트남에 갔을 때는 조금 더웠고, 러시아에 갔을 때는 약간 한기가 느껴졌다.

　빠르게 내용만 살펴본 탓에 정확하지는 않았지만, 지금 내 상황과 완전히 같은 설정의 작품은 없었다. 어느새 밖은 어두워졌고, 곧 도서관이 닫는다는 안내 방송이 나왔다. 할 수 없이 나는 아직 확인하지 않는 몇 권의 책을 대여했다. 로버트 A. 하인라인의 『당신들은 모두 좀비다』, 켄 그림우드의 『다시 한번 리플레이』, 티엔 외 17인의 『타임 루프 단편 걸작선』이었다. 한 층 위의 사회과학실에 들러 시간에 대한 물리학 책도 두 권 빌려왔다.

　다섯 권의 책은 생각보다 무거웠다.

다섯 권을 다 읽는 데 정확히 일주일이 걸렸다.

─수요일 오후 2시까지 8층으로 오시면 됩니다.

나는 도서관에 갔다.

─수요일 오후 2시까지 8층으로 오시면 됩니다.

나는 다시 도서관에 갔다.

─수요일 오후 2시까지 8층으로 오시면 됩니다.

나는 계속 도서관에 갔다. 타임 루프가 아니더라도 시간과 관련된 것은 닥치는 대로 읽었다. 활자를 읽는 속도와 내용 파악이 점점 빨라졌다.

'크로노스'라는 인터넷 블로거가 있다. 그는 이 장르의 마니아인 모양인지, 자신만만하게 국내에 들어와 있는 작품은 전부 봤다고 공언하고 있었다. 나는 계속해서 한 주를 반복하면서, 크로노스가 소개한 목록의 작품을 전부 다 읽었다.

텍스트가 쌓이면 유형을 나눌 수 있다.

현대물리학은 기본적으로 시간의 가역성을 인정하지 않는다. 미래에는 가능할지도 모르지만, 지금은 어떤 형태로든 현재가 아닌 다른 시간으로 이동하는 것이 불가능하다. 불가능한 이야기를 할 때, 텍스트가 취하는 방식은 두 가지다.

첫째, 아무리 환상적이거나 초현실적인 일이 일어나도 의미만 확실하면 괜찮다.

앨프리드 베스터의『므두셀라를 죽인 사나이』라는 작품이 있다. 젊은 물리학자가 주인공이다. 연구소에서 퇴근을 한 그는 자기 집 소파에서, 자기 아내와 친구가 키스를 하고 있는 것을 본다. 그는 곧바로 지하 실험실로 내려가서 15분 만에 타임머신을 만든다. 그는 44구경 매그넘을 챙겨서 과거로 간다. 그리고 어느 집 앞에서 문을 두드린다.

똑똑똑,

— 실례지만, 스미스 씨 되십니까?

— 전데요. 누구시죠?

— 저는 불행히도 당신 아들의 딸과 결혼하게 될 남자입니다.

탕. 탕. 탕.

물리학자는 아내의 할아버지를 쏴 죽이고 다시 현재로 돌아온다. 하지만 여전히 아내는 소파에서 친구와 키스를 하고 있다.

— 바람피우는 것은 모계의 혈통인 모양이군.

물리학자는 다시 과거로 가서 아내의 할머니도 쏴 죽인다. 그러나 여전히 현재는 그대로다. 물리학자는 시간을 전문적으로 연구하는 동료에게 조언을 구한다.

— 뭔가 의미 있는 일을 해야 미래가 변해. 사소한 일로는 안 돼.

동료가 말한다. 물리학자는 다시 44구경 매그넘을 챙겨서 과거로 간다.

똑똑똑,

— 실례지만, 워싱턴 씨 되십니까?

탕. 탕. 탕.

아내는 여전히 키스를 하고 있다.

똑똑똑,

─실례지만, 콜럼버스 씨 되십니까?

탕. 탕. 탕.

아내는 여전히 키스를 하고 있다.

물리학자는 계속해서 과거로 돌아가 케네디, 존 레넌, 링컨, 아인슈타인, 오드리 헵번, 루이 암스트롱을 쏴 죽인다. 퀴리 부인에게 핵무기 제조법을 알려주고 오기도 한다. 중국에는 쥐라기 시대로 돌아가 기관총으로 공룡을 몰살시킨다. 하지만 아내는 여전히 키스를 하고 있다.

한마디로 말도 안 되는 이야기다. 그런데 여기에서 물리학자가 어떻게 15분 만에 타임머신을 만들었는지, 어떤 원리로 시간 여행을 하는지, 총으로 누굴 쏴 죽이는지는 전혀 중요하지가 않다. 단지, 그 정도로 아내의 외도에 화가 났다는 의미만 있을 뿐이다.

둘째, 의미가 확실하지 않을 때는 필연적인 이유를 만들어준다.

타임 루프를 필연적으로 만드는 가장 손쉬운 방법은 게임이다. 게임의 캐릭터는 주어진 미션을 성공할 때까지, 계속해서 같은 시간을 반복한다. 미션에 실패하면 다시 처음부터 리셋. 숙련도는 증가한다.

기우치 카즈마사의 『엠블럼 Take2』, 탐 크루즈 주연의 『엣지 오브 투모로우』같은 작품이 그런 설정이다.

게임이라면 온갖 말도 안 되는 일이 일어나도 납득하고 넘어갈 수 있다. 실제로 『엠블럼 Take2』에는 야쿠자들이 M60 기관총으로 무장을 한다거나, 폭동을 일으켜 형무소를 점거한다거나 하는 식의 과한 장면이 많다. 마지막에 가서는 프랑스 용병들이 쳐들어와서 도쿄타워를 폭파하고, 사람들을 학살하고, 자위대까지 제압한다. 그 말도 안 되는 장면들을 중학생 두 명이 『엠블럼, 올라서라 조폭의 정점』이라는 롤플레잉 게임을 하고 있는 것으로 설명한다. 게임이라면 모든 것이 말이 되니까.

비슷한 방식으로 병을 이용하는 것도 있다. 신비한 향을 피워 20년 전으로 돌아가 아버지의 죽음을 막으려는 주인공은 뇌종양 말기 환자다. 그가 겪는 모든 일은 뇌종양으로 인한 착각일 수도 있다.

꿈은 허무하긴 하지만 더할 나위 없이 편한 방식이다. 모든 게 꿈이라는데 어쩌겠는가. 다만, 부끄러움은 읽는 사람 몫이다.

나는 도서관에서 얻은 위와 같은 분석을 바탕으로 지금 내 상황을 들여다봤다.

우선 내가 혹시 게임의 캐릭터가 아닌지 자문해봤다. 꽤 존재론적인 질문이었지만, 의외로 쉽게 아니라는 결론을 내릴 수 있었다. 도서관 덕분이었다. 어떤 게임 개발자도 수만 권이 나 되는 책을 게임 속에 입력해놓을 수는 없었다. 비슷한 질문을 했다는 철학자식으로 말하자면, 이렇게 된다.

나는 도서관에 간다. 고로 존재한다.

남은 것은 이 반복에 뭔가 의미가 있다는 거였다. 그리고 그 의미는 내가 타임 루프를 탈출하는 방법과도 직결될 터였다. 두 가지 정도로 압축할 수 있었다.

연애와 취업.

전자는 주로 일본의 라이트 노벨과 흥행을 목적으로 하는 작품에서 많이 등장한다. 감정이 메말랐거나, 바람둥이인 주인공이 진정한 사랑을 찾으면 타임 루프에서 벗어날 수 있다는 식이다.

나는 전 여자 친구에게 전화를 걸었다. 실제 시간으로 우리는 이틀 전에 헤어졌지만, 수십 주나 루프를 반복하며 도서관에 다닌 탓에 오랜만에 목소리를 듣는 거였다. 반가웠고, 저절로 애틋함이 생겼다. 나는 서툴지만, 진정성 있게 다시 시작하고 싶다고 말했다. 드디어 진짜 사랑을 깨달았다고, 네가 나의 평생의 짝이라고.

—오빠 미래가 없어. 다신 연락하지 마.

그녀는 그렇게 말하고 매몰차게 전화를 끊었다. 다시 화요일이 되면 그녀는 아무것도 기억하지 못할 테니, 몇 번 더 시도할 수도 있었다. 하지만, 그럴 엄두가 나지 않았다. 내가 어떤 말을 해도, 찾아가서 촛불과 꽃으로 이벤트를 해도 그녀의 대답은 절대 변하지 않을 것 같았다.

— 저런 애가 내 진정한 사랑일 리가 없어.

나는 자위했다.

남은 것은 취업이었다. 애초에 면접 통보 전화로 시작하는 타임 루프니 그쪽이 개연성이 높았다. 엄밀한 의미에서 말하면, 재취업이다. 1년 전까지는 나도 회사원이었다. 6개월만 더 다녔으면, 대리가 됐을 것이다.

졸업을 앞둔 학기에 학교 대강당에서 취업 박람회가 열렸다. 나는 성적이 우수했고, 공학교육인증을 받았고, 다양한 종류의 자격증도 있었고, 토익 점수도 높았다. 박람회장에는 도서관의 책장처럼 수백 개가 넘는 회사의 부스가 있었다. 나는 어떤 책을 읽어야 할지 모르고 도서관 안을 돌아다니는 사람처럼 책장 사이를 돌아다녔다. 그러다가 구석에 있는 '베스트 파이프라인'의 부스 안으로 들어갔다. 회사 소개란의 문구가 마음에 들었다.

함께 세상의 혈관을 만들어갈 인재를 찾습니다.

안내 책자에 규칙적으로 배열된 파이프 사진이 안정적이라고 생각했다. 면접관이 장점을 물었을 때, 나는 성실함이라고 대답했다. 초등학교, 중학교, 고등학교 때 모두 개근상을 받왔고, 대학에 와서도 버스가 교통사고가 났던 한 번을 제외하면 결강한 적이 없었다. 연수 기간에 내 성실함은 바로 인정받았다.

베스트 파이프라인은 그 이름처럼 파이프와 관련된 일을 하는 회사였다. 아파트와 주택에 수도관과 가스관이 지나가도록 설계와 시공을 했고, 공장의 공업용수 유입, 배출관을 만들기도 했다. 몇 년 전에는 리비아의 송유관 공사를 따내서 4백 퍼센트 성장을 이뤄냈다. 나는 6년을 일했지만 실제로 파이프를 본 적은 없었다. 설계는 설계 팀에서 했고, 공사를 따오는 것은 이사진이 했고, 공사는 시공 팀에서, 시공 후 관리는 관리 팀에서 했다.

내가 하는 일은 설계 팀이 만든 설계도를 컴퓨터에 입력해서 입체로 만드는 것이었다. 설계도면으로 공사를 할 수는 있지만, 고객들은 2차원으로 된 설계도를 볼 줄 모르기 때문에, 3차원의 모형으로 보여줘야 했다. 일은 쉬웠다. 도면의 숫자들을 입력하고, 건물과 파이프의 선을 긋는 것이 다였다. 나머지는 2천만 원이 넘는 프로그램이 알아서 해줬다.

생각해보면 회사 생활도 지금과 별로 다를 게 없었다.

출근 카드를 긁으면 팀장이 도면을 준다. 나는 도면을 보면서 컴퓨터를 켠다. 광학 펜과 함수 전용 계산기, 제도기 세트를 꺼내 순서대로 정리한다. 도면 왼쪽 상단에는 파이프 모양의 로고가 찍혀 있다. 도면을 보면서 광학 펜을 움직인다. 광학 펜의 움직임을 따라 화면에 파이프가 생긴다. 파이프를 그릴 때는 한글의 자음과 모음을 연상한다. 전체를 보면 미로처럼 아무런 규칙이 없는 것 같지만 나눠서 보면 ㄱ, ㄴ, ㄷ, ㄹ, ㅏ, ㅓ, ㅣ, ㅗ의 글자들을 이어 붙여놓은 것처럼 보인다. 보통 하루에 기역을 마흔 번, 니은을 서른여덟 번, 디귿을 네 번, 아를 열세 번, 어를 열한 번, 이를 스물세 번, 오를 열여섯 번 정도 그린다. 미음 모양은 나오지 않는다. 당연한 일이다. 파이프가 미음 모양이면 그 안에 든 것이 무엇이든 입구도 출구도 없이 제자리를 맴돌 뿐이다.

매일 새로운 도면이 왔고, 도면엔 항상 다른 숫자가 씌어져 있었다. 나는 그것이 마음에 들었지만, 이상하다고 생각했다. 똑같은 건설 회사에서 만든 똑같은 16층 아파트인데도 가스관과 수도관은 전혀 다르게 지나갔다. 혹시나 하는 마음에 3년 전에 작업했던 공장의 영상을 새로 짓는 공장의 영상에 덧붙여본 적이 있었다. 아무 문제도 없었다.

—그래야 우리가 돈을 벌지.

모든 건물의 파이프라인 설계가 다른 이유를 묻자, 설계 팀에 있는 입사 동기는 그렇게 대답했다. 나는 고개를 끄덕였다.

—꿈자리가 사나우니 조심해.

내가 사직 권고를 받은 날 아침에 엄마는 그렇게 말했다. 나는 대수롭지 않게 생각하고 출근했다.

출근 카드를 긁자 팀장이 도면을 건넸다. 나는 도면을 보면서 컴퓨터를 켰다. 그리고 광학 펜과 함수 전용 계산기, 제도기 세트를 꺼내 순서대로 정리한 후에 일을 시작했다. 그날은 이상하게도 미음 모양이 세 번이나 나왔다. 나는 도면을 다시 확인했다. 무슨 정부 기관 건물의 설계도였다. 파이프가 무슨 용도인지는 나와 있지 않았다. 설계 팀에 전화를 걸어 알아보려다가 그만뒀다. 내 역할은 설계를 검증하는 것이 아니라 도면에 있는 것을 그대로 그리는 것이었다.

점심시간을 알리는 방송이 나왔다. 도면을 넘겨보니 반 정도가 남아 있었다. 나는 나머지 분량에는 미음 모양이 없었으면 좋겠다고 생각하면서 파일을 저장했다. 점심시간에는 컴퓨터가 자동으로 꺼지게 되어 있었다. 사장은 자수성가한 사람이었는데, 젊어서 많이 굶고 자랐는지 '밥을 제때 먹자'가 생활신조였다.

—어제 점심이 뭐였지?

국을 먹다가 나는 동료들에게 그렇게 물었다.

—순두부 백반이었잖아요.

—김치찌개.

—아냐. 미역국이었잖아.

의견이 분분했다. 나는 식기를 반납하고 먼저 사무실로 올라왔다. 휴게실에 가서 커피를 뽑은 후에 담배를 피웠다. 점심시간이 끝났음을 알리는 방송이 나왔다. 나는 자리로 돌아와 컴퓨터를 켰다. 광학 펜을 들고 다시 파이프를 그리려는데, 방금 저장한 파일을 찾을 수가 없었다. 하나하나 자세히 살펴봤다. 도면이 모두 비슷해서 어떤 게 방금 작업한 것인지 알 수가 없었다. 파일을 수정한 날짜별로 정돈한 후에야 찾을 수 있었다.

부장이 나를 쳐다봤기 때문에 다시 일을 시작했다. 오전보다 속도가 많이 떨어졌다. 집중이 되지 않았다. 같은 부분을 두 번 반복해서 그리기도 했고 파이프가 건물 밖으로 빠져나오기도 했다. 세상에 혈관이 너무 많은 게 아닌가 하는 생각이 들었다. 아니, 파이프는 과대평가되고 있었다. 그것은 세상의 혈관이 아니라, 건물의 식도와 항문일 뿐이었다. 지겨웠다. 정말로 그랬다.

겨우 일을 마무리하고 퇴근을 하려는데, 부장이 나를 불렀다. 부장의 이야기는 "요즘 회사가 어려워"로 시작해서 "더 좋은 곳을 찾을 수 있을 거야"로 끝났다.

—아! 식상해.

나는 그렇게 말했다.

권고를 받아들여 사직을 하면, 퇴직금과 함께 6개월 치 월급을 더 주겠다고 했고, 나는 알았다고 했다. 나는 그 자리에서 바로 사직서를 냈다. 사직서는 미음 모양이었다. 부장은 괜찮은 회사를 몇 군데 소개를 해주겠다고 했고, 나는 괜찮다고 했다. 부장은 특별히 인수인계는 필요 없다고 했고, 나는 그럴 거라고 했다. 나는 개인 사물은 나중에 찾아가겠다고 했고, 부장은 그러라고 했다.

6년을 일한 회사를 그만두는 과정치고는 싱거웠다. 의외로 담담했다. 사실 내가 사장이라도 나를 자르고 신입 사원이나 파견 업체 직원을 썼을 것이다. 내 업무는 컴퓨터공학을 전공한 사람이면 누구나 할 수 있는 일이었다. 그런데 파견 업체 직원이나 신입 사원에 비해 나는 호봉이 쌓여서 더 많은 월급을 받았다. 대리를 달면, 연봉이 더 올라갈 예정이었다. 기업이 이윤을 추구하는 영리단체라는 것을 생각하면 나를 자르는 것은 지극히 당연한 일이었다.

나는 수요일 오후 2시에 8층으로 면접을 보러 갔다.

나름 완벽하게 준비했다고 생각했는데, 결과는 좋지 않았다. 내가 첫번째 질문에 막힘없이 완벽하게 답변하면, 두번째 질문이 달라졌다. 두번째 질문에 완벽하게 대답하면, 세번째 질문이 달라졌다.

결국 나는 루프를 돌면서 같은 면접을 열 번도 넘게 봤다. 이제 더 이상 새로운 질문은 없었다. 나는 모든 질문에 완벽하게 대답했고, 약간이지만 면접관들의 성향도 파악했고, 여유롭게 답변 중간에 유머도 섞었다.

그래도 어김없이 금요일에는 불합격을 통보하는 문자가 왔다.

다음 루프에서 나는 내 면접 점수가 몇 점인지 알아보려고 면접이 끝났을 때, 나가는 척하면서 면접관 앞으로 달려 나가 채점지를 확인했다.

—만점인데 왜 불합격입니까?

경비원에게 끌려가면서 나는 그렇게 외쳤다.

다시 수요일이 왔다. 나는 이제 면접보다 대기실에 있는 사람들한테 관심을 가졌다. 몇 번의 대화와 도둑질, 미행을 통해 나는 이 면접에 이미 합격자가 내정되어 있다는 것을 알아냈다.

한 명은 상무의 조카였고, 다른 한 명은 대주주의 손녀였다.

합격자가 정해진 면접을 통과하는 것은 불가능해 보였다. 나는 그동안 읽은 텍스트들을 떠올려봤다. 주인공이 어려움에 봉착했을 때, 필요한 것은 조력자였다.

나는 대기실에서 적당한 사람이 없는지 찾아봤다. 한 명이 눈에 들어왔다. 1488번, 김지수. 나와 나이가 같고, 스펙이 비슷한 1차 합격자였다. 문제는 어떻게 그녀를 내 조력자로 만드는가 하는 거였다. 그녀는 대기시간 내내 한 번도 면접 예상 질문지에서 눈을 떼지 않았다. 특별한 방법이 없었다. 나는 엄마와 이모를 떠올리며 정면 승부를 했다.

—아무리 열심히 준비해도 소용없습니다.

내가 말했다.

—왜요?

그녀가 물었다.

나는 내가 타임 루프에 갇혔으며, 이 면접을 수십번째 보고 있다는 것, 이미 합격자가 내정되어 있다는 것을 말해줬다.

— 그거 알아요. 저「시간을 달리는 소녀」팬이에요. 그럼 우리 이 대화는 몇번째 하는 거예요?

그녀는 내 이야기를 듣자마자 그렇게 말했다.

— 처음입니다.

내가 대답했다.

그녀는 조력자답게 몇 가지 방안을 제시했다. 고용노동부에 신고를 하는 방법, 언론에 제보를 하는 것, 국회의원들에게 도움을 청하는 것, 대기실에 있는 1차 합격자들을 더 모아서 집단으로 회사에 문제 제기를 하는 것이었다.

우리는 하나씩 다 해보기로 했다. 어차피 시간은 많으니까.

효과는 별로 없었다.

신고와 제보를 하기에는 증거가 부족했다. 선거가 많이 남은 탓인지 국회의원들의 반응도 미온적이었다. 자체적으로 조사를 해보겠다는 답변만 돌아왔다. 사람들이 관심을 갖기에는 금호웰빙이 너무 규모가 작았다. 상장 기업이라고는 해도 100대 기업에도 못 드는 회사니까.

시위도 실패했다. 그나마 세 명 정도가 우리와 뜻을 함께해서 다섯이서 피켓 시위를 했는데, 업무방해죄로 유치장 신세를 졌다. 이모부가 신원보증을 서서 꺼내줬다. 이모부는 망하기는 했지만, 한때 잘나가던 사업가라 아는 사람도 많고, 법에도 조예가 깊다.

—포기해. 안 되는 건 안 되는 거야.

합격자가 내정된 면접에 대한 조언을 구했더니 이모부는 그렇게 말했다.

—그보다 이모한테 들었는데, 너 타임 루프에 갇혔다며?

이모부가 말했다.

나는 고개를 끄덕였다.

—이번 주 로또 번호가 뭐냐?

—루프가 돌면 어차피 다시 빈털터리가 될 텐데요.

—상관없어. 하루를 살더라도 즐겁게 보내면 그만이야.

—다음에 알려드릴게요. 신경을 안 써서 기억이 안 나요.

나는 면접을 보러 가기 전에 이모부에게 로또 번호를 알려줬다. 1등에 당첨되면 뭔가 감당하기 힘든 일이 일어날 것 같아서, 2등 번호를 알려줬다. 이모부는 토요일에 로또에 당첨되었고, 월요일에 당첨금을 찾아 1박 2일 동안 다 써버렸다. 뭘 어떻게 하면 하루 만에 수억의 돈을 쓸 수 있는지 모르겠다. 내가 모르는 완전히 다른 텍스트가 존재하는 모양이다.

—면접을 보기 전에, 그러니까 화요일에 내정자들을 죽이면 어떨까요? 그 사람들 어차피 사회악이잖아요?

조력자가 말했다.

어쩌면 그 극단적인 방법이, 내가 이 루프에서 벗어날 수 있는 길이었을지도 모른다. 하지만, 그렇게까지 하고 싶지는 않왔다. 그들이 나쁜 것은 맞지만, 죽을 정도는 아니었다.

그 후로 나는 다시는 조력자에게 말을 걸지 않는다. 「시간을 달리는 소녀」의 팬은 요즘도 매주 면접 예상 질문지를 읽고 있다.

나는 도서관에 갔다.

습관일 수도 있고, 아니 사실 마땅히 갈 곳이 없었다. 계속 일주일이 반복된다면 뭘 해도 금방 질린다. 1년은 52주다. 다행히도 도서관에는 5천2백 주 동안 읽어도 다 못 읽을 만큼 많은 책이 있었다.

나는 책장 사이를 돌아다니면서, 제목이 마음에 드는 책, 표지가 예쁜 책, 첫 장이 재미있는 책, 전에 봤던 작가의 다른 작품 따위를 하나씩 읽어나갔다.

재미있는 사실을 하나 깨달았다. 텍스트는 안쪽이 바깥이다. 안쪽에는 텍스트가 없다. 그러니까 텍스트 안의 인물들은 텍스트를 모른다는 전제 아래 행동한다. 예컨대 이런 식이다.

재난을 다룬 작품을 보면, 대개 위험을 경고하는 과학자가 나온다. 과학자는 지진이나 화산 폭발, 해일, 바이러스의 위험을 알리고, 빨리 시민들을 대피시켜야 한다고 주장한다. 그럴 때 반드시 등장하는 것이 멍청한 정부 관료나, 시장 같은 사람이다. 그는 경제적이거나 정치적인 이유를 들며 시민들을 대피시키지 않고 사고를 키웠다가 나중에 후회한다.

이게 현실이라면 어떨까? 현실의 정부 관료나 시장은 뭐가 됐든 위에서 말한 식의 재난을 다룬 작품을 봤다. 그리고 전에 과학자의 경고를 무시했다가 피해가 커진 과거와 다른 나라의 사례를 알고 있다. 그러니까 현실의 정부 관료와 시장은 재빠르게 시민을 대피시킨다. 설령 과학자의 경고가 틀려서 재난이 일어나지 않고, 경제적, 정치적인 피해가 발생해도 어떤 시민도 그를 비난하지 않는다.

그런데 지금도 여전히 재난을 다루는 작품 속에는 멍청한 정부 관료가 나온다. 그는 아무것도 본 적 없는 것처럼 행동한다. 이런 사례는 끝도 없이 많다. 막장 드라마의 주인공들은 자기 진짜 부모를, 자기가 사랑하는 여자가 사실은 여동생인 것을, 음모의 범인이 누구인지를, 마지막에 가서야 겨우 알아차린다. 모든 게 밝혀질 때까지 의심조차 하지 않는다. 그들이 사는 세계에는 막장 드라마가 없으니까.

우리는, 아니 적어도 나는 다르다. 미리 규칙을 배우고, 그것을 어기거나 바꾸면서 행동할 수 있다. 뒤집어 생각해보면 좋은 피난처이기도 하다.

요즘 나는 소설을 쓰고 있다. 너무 많이 읽은 탓에 쓰고 싶은 마음이 생겼는지도 모른다. 그리고 어쩌면 텍스트가 없는 세계에 텍스트를 만들어 넣으면 이곳에서 벗어날 수 있을지도 모르겠다는 생각이 들었다. 벗어날 수 없어도 큰 상관은 없다. 바깥도 크게 다를 게 없으니까. 무엇보다 이 생활도 나쁘지가 않다. 왜 그렇게 많은 사람이 벗어나기 위해 애쓰는지 모르겠다.

아쉬운 것은 내가 몇 번이나 이 루프를 돌았는지 잊어버렸다는 것이다. 지금이 첫번째는 아니다. 그것만은 분명하다.

달인

1

아버지는 증권회사에 다녔다. 집에 들어오지 않는 날이 많았다. 어쩌다 집에 들어오면 나를 마당으로 불러내 무술 연습을 시켰다. 아버지는 기다란 빗자루를 들고 있었고 나는 맨몸이었다. 아버지는 쉴 새 없이 빗자루를 휘둘렀다.

─다리에 너무 힘을 주지 마. 중심만 잡으면 돼.

아버지가 말했다. 빗자루를 위에서 아래로 내려쳤다.

─직선적인 움직임을 버려. 축을 잡고 좌우로 회전해.

빗자루가 몸을 찔러왔다.

─힘을 흘려보내, 받아넘겨, 막는 것보다 피하는 게 중요해.

─대체 이걸 왜 하는데요?

나는 연습이 너무 힘들어서 그렇게 대들었다.

―인생에는 뭐가 날아올지 모른다.

아버지는 그렇게 말하고 계속 빗자루를 휘둘렀다. 어쩌면 아버지는 아내가 단검을 던질 거라는 것을 미리 알고 있었는지도 모른다.

어머니는 내가 여덟 살 때까진 집에서 살림을 하다가, 학교에 들어가자 동대문에 옷 가게를 차렸다. 어머니는 저녁때 나가서 아침에 들어왔다. 아버지와 어머니는 서로 안 맞는다고 매일 싸웠다. 하지만 내가 보기엔 둘이 똑같아 보였다. 아버지가 비서와 바람을 피우자 어머니는 애인을 만들었고, 아버지가 카드로 술값을 긁고 오면 어머니는 같은 금액만큼 쇼핑을 했다.

내가 군대에 가 있는 동안 어머니와 아버지는 이혼을 했다.

―고인 물은 썩기 마련이야.

―아무리 좋아하는 음식이라도, 그것만 먹으면서 살 수는 없잖니?

이유를 묻자, 아버지와 어머니는 그렇게 대답했다. 이혼 기념 선물로 5층짜리 상가 건물이 내 명의로 바뀌었다. 제대를 하고 한 달 뒤에 어머니와 아버지는 같은 날, 같은 시간, 같은 장소에서 재혼했다. 아버지는 2층 어머니는 1층이었다. 나는 신랑 신부 입장은 2층에서 보고, 신부가 부케를 던지는 것은 1층에서 봤다. 사진은 할아버지 옆에서 찍었고, 밥은 외할머니와 먹었다. 결혼식에 같이 갔던 여자 친구는 계단을 오르내

리느라 지친 것 같았다. 안쓰러운 표정으로 바라보는 여자 친구에게 나는 상가 건물 얘기를 했다.

—축하해.

여자 친구는 그렇게 말했다. 나는 헤어지자는 말을 하고 카페를 나왔다.

상가에서 나오는 월세만으로도 돈은 충분했다. 하지만 나는 정해진 시간에 출근해서 퇴근하는 생활을 원했다. 아니, 그렇게 살아야 할 것 같았다.

졸업을 앞둔 학기에 학교 대강당에서 취업 박람회가 열렸다. 나는 성적이 우수했고, 다양한 종류의 컴퓨터 자격증도 있었고, 토익 점수도 높았다. 이름 있는 대기업에도 취직할 수 있었을 것이다. 하지만 나는 박람회장 구석에 있는 '베스트 파이프라인'의 부스 안으로 들어갔다.

함께 세상의 혈관을 만들어갈 인재를 찾습니다.

회사 소개란에 그런 문구가 적혀 있었다. 마음에 들었다. 안내 책자에 규칙적으로 배열된 파이프 사진이 안정적이라고 생각했다.

면접관이 장점을 물었을 때, 나는 성실함이라고 대답했다. 초등학교, 중학교, 고등학교 때 모두 개근상을 받았고, 대학에 와서도 버스가 교통사고가 났던 한 번을 제외하면 결강한 적이. 없었다. 연수 기간에 내 성실함은 바로 인정받았다.

베스트 파이프라인은 그 이름처럼 파이프와 관련된 일을
하는 회사였다. 아파트와 주택에 수도관과 가스관이 지나가
도록 설계와 시공을 했고, 공장의 공업용수 유입, 배출관을 만
들기도 했다. 작년엔 리비아의 송유관 공사를 따내서 4백 퍼
센트로 성장을 이뤄냈다. 나는 7년을 일했지만 실제로 파이프
를 본 적은 없었다. 설계는 설계 팀에서 했고, 공사를 따 오는
것은 이사진이 했고, 공사는 시공 팀에서, 시공 후 관리는 관
리 팀에서 했다. 내가 하는 일은 설계 팀이 만든 설계도를 컴
퓨터에 입력해서 입체로 만드는 것이었다. 설계 도면으로 공
사를 할 수는 있지만 고객들은 2차원으로 된 설계도를 볼 줄
모르기 때문에, 3차원의 모형으로 보여줘야 했다. 일은 쉬웠
다. 도면의 숫자들을 입력하고, 건물과 파이프의 선을 긋는 것
이 다였다. 나머지는 2천만 원이 넘는다는 프로그램이 알아서
해줬다.

매일 새로운 도면이 왔고, 도면엔 항상 다른 숫자가 씌어져
있었다. 나는 그것이 마음에 들었지만 이해할 수는 없었다. 똑
같은 건설 회사에서 만든 똑같은 16층 아파트인데도 가스관
과 수도관은 전혀 다르게 지나갔다. 혹시나 하는 마음에 3년
전에 작업했던 공장의 영상을 새로 짓는 공장의 영상에 덧붙
여본 적이 있었다. 아무 문제도 없었다.

—그래야 우리가 돈을 벌지.

설계 팀에 있는 입사 동기는 모든 건물의 파이프라인 설계가 다른 이유를 묻자 그렇게 대답했다.

2

직장 상사의 소개로 지금의 아내를 만났다. 처음부터 호감이 갔다. 아내는 유치원 선생이었다. 아이들이 다치지 않게 단정하게 다듬은 손톱이 마음에 들었다. 하지만 아내는 답답할 정도로 말이 없고 조신한 여자였다. 데이트를 할 때도 내가 가자는 대로 묵묵히 따라올 뿐 좋다, 싫다 말이 없었다. 취미도 자수와 뜨개질, 독서, 음악 감상 같은 것들이었다.

다시 태어나도 아내와 결혼하겠느냐고 누군가 묻는다면 나는 절대로 하지 않을 거라고 대답할 것이다. 어떤 남자도 자신이 사랑하는 여자가 자신을 향해 뭔가를 던질 거라고 생각하지 못한다. 아니, 생각해보면 알아차릴 수 있는 기회는 있었다.

─우리 저거 보러 가요.

어느 날, 아내가 벽에 붙은 포스터를 가리키며 말했다. 중국 국립 기예단의 공연이었다. 아내가 어디에 가자고 제안한 것은 처음이었다. 연극, 영화, 콘서트, 어떤 것에도 별다른 감흥을 보이지 않던 여자였다. 나는 흔쾌히 승낙했다. 공연장은 세종문화회관이었다. 생각보다 사람은 많지 않았다. 대부분 가

족 단위로 모여 앉아 있었다. 노인과 아이들이 많았다. 공연이
시작됐다. 줄타기, 인간 탑 쌓기, 대나무 곡예, 외발자전거, 공
중그네 등이 이어졌다. 아내는 즐거워했지만 대체로 담담하
게 무대를 바라봤다. 나는 어릴 때 동네에서 봤던 서커스를 떠
올렸다.

공연의 끝이 다가오고 있었다. 매 순서마다 나와서 소개를
하던 사회자가 모자를 벗고 땀을 닦았다. 그는 보기만 해도 더
워 보이는 턱시도를 입고 있었다.

—자, 여러분. 아쉽지만 이제 마지막 순서입니다. 눈을 가
리고 빠르게 회전하는 과녁에 달린 풍선을 터뜨릴 겁니다. 과
녁 앞에는 사람이 서 있습니다. 조금만 실수해도 동생을 죽이
게 되는 누나의 심정은 어떤 것일까요? 루쉰, 루시앙 남매를
소개합니다.

사회자가 말했다. 열서너 살쯤 되어 보이는 소년과 소녀가
무대 위로 올라와 허리 숙여 인사했다. 두두둥드두둥 드럼 소
리를 시작으로 긴장감을 고조시키는 음악이 흘렀다. 소년이
원판 앞에 섰다. 스태프 몇 명이 나와서 소년의 발목에 족쇄를
채웠다. 쇠사슬의 길이는 30센티미터 정도밖에 안 됐다. 소년
은 한 걸음 이상 움직일 수 없었다. 소녀는 눈을 가렸다. 원판
이 회전하기 시작했다. 여러 색깔의 풍선들이 혼합되어 무지
개처럼 보였다. 소녀가 단검을 던졌다. 소년이 허리를 뒤로 젖
혔다. 나는 꼴깍 침을 삼켰다. 퍼엉, 풍선 터지는 소리가 들렸

다. 아내는 눈을 반짝이며 몸을 앞으로 기울였다. 금방이라도 일어나서 달려 나갈 기세였다.

소녀가 두번째 단검을 던졌다. 소년이 몸을 틀었다. 퍼엉 소리가 두 번 연속해서 들렸다. 한 번에 두 개의 단검을 던진 모양이었다. 소녀는 단검의 개수를 늘려갔다. 아내는 한순간도 놓치지 않으려는 듯 눈도 깜박이지 않았다. 나는 아내가 무대 위로 올라갈 것 같아 어깨를 감쌌다. 소녀가 양손으로 동시에 열 개의 단검을 던지는 것을 마지막으로 공연이 끝났다.

원판 앞에 묶여 있던 소년은 낮잠을 자고 일어난 것처럼 아무렇지도 않게 걸어 나와 허리를 숙였다. 회전을 멈춘 원판에는 빼곡히 단검이 박혀 있었고, 터진 풍선의 잔해들이 너풀거리고 있었다. 서름했다. 아내는 기립 박수를 쳤다. 그때 알아차렸어야 했다. 공연 사회자를 고소하고 싶다. 그는 단검 던지기 공연을 소개하면서 주의를 줬어야 했다.

'절대 따라 하지 마시오'라고.

3

결혼식 전부터 아내는 불안해했다. 내가 약속 시간에 조금만 늦어도 짜증을 냈다. 혼수를 고를 땐 점원과 싸우기도 했다.

─나 사랑해?

아내는 자주 그렇게 물었다. 나는 자신 있게 "당연하지" 하
고 대답했지만, 아내는 그 말을 못 미더워했다. 아내의 불안이
내게도 옮았는지 나도 과연 잘 살 수 있을지 걱정이 됐다.

─결혼식을 앞둔 신부는 예민해.

고민을 들은 친구들은 그렇게 말했다. 결혼 직전에 생리 주
기가 변하는 여자도 있다는 말을 들은 적이 있었다. 아내는 결
혼식 당일에도 뭔가 불만인 것 같았다. 드레스가 마음에 안 든
다고 투덜거렸고 예식장 조명까지 트집 잡았다.

─내가 지금껏 본 신부 중에 제일 예뻐.

나는 식장 앞과 신부 대기실 사이를 바쁘게 오가며 아내를
달랬다. 결혼식이 시작하기 전에 어머니와 아버지가 서로 자
기 부부가 혼주석에 앉겠다고 싸웠다. 하객들이 모두 우리를
쳐다봤다. 결국 새어머니와 새아버지가 양보해서 어머니와
아버지가 나란히 혼주석에 앉았다. 아내의 하객보다 내 하객
이 훨씬 많았다.

다행히 아내는 식이 시작되자 어느 정도 진정된 것 같았다.
주례사의 말을 듣는 아내는 평소처럼 수줍은 숙녀였다. 그런
데 주례사가 끝나고 반지를 끼워줄 때 아내의 눈이 날카롭게
변했다. 그건 내 잘못도 있었다. 나는 아내와 함께 고른 반지
를, 다이아의 캐럿이 조금 작은 것으로 몰래 바꿨다. D. H. 로
런스의 말마따나 그것은 그냥 탄소일 뿐이었다. 단지 반짝거

린다는 이유로 탄소 덩어리가 천만 원이 넘는 것이 마음에 들지 않았기 때문이었다. 혼인 서약이 끝나고 키스할 때, 아내는 내 입술을 깨물었다. 실수라고 하기엔 너무 아팠다. 비릿한 피 맛이 났다.

— 신랑 좀 웃으세요.

사진사가 말했다. 하지만 입술이 아려 평소처럼 웃을 수가 없었다. 기념 촬영이 끝나고 부케를 던질 차례가 됐다. 아내는 앞으로 나가면서 나를 쳐다봤다. 나는 박수를 치는 척하며 시선을 피했다. 부케를 받기로 되어 있던 건 아내의 학교 후배였다.

— 하나, 둘, 셋.

사진사가 구호를 외쳤다. 아내는 힘껏 부케를 던졌다. 방향이 문제였다. 부케는 뒤가 아닌 옆으로, 나를 향해 날아왔다. 나는 그것을 잡을 수도 있었다. 하지만 신랑이 부케를 잡으면 무슨 말을 들을지 우려가 됐다. 나는 몸을 숙여 부케를 피했다. 사람들이 웃었다. 아버지는 유난히 크게 웃었다. 아버지가 웃은 것은 내 동작 때문이었다.

두번째 시도에서 아내는 예정대로 후배에게 부케를 던졌다. 단순한 해프닝으로 끝났지만 나는 부케에서 한기 같은 것을 느꼈다.

— 아들딸 가리지 말고 낳아서, 우리처럼 잘 살아라.

아버지가 대추를 던지면서 그렇게 말했다. 두번째 폐백에서 어머니도 같은 말을 했다.

─아이는 천천히 생각하자.

결혼식이 끝나고 나는 아내에게 그렇게 말했다.

4

신혼여행은 '그리하라'라는 섬으로 갔다. 태평양에 있는 섬이었다. 연초록빛의 바다와 산호, 화산 폭발의 흔적이 관광 명소라고 했다. 신혼여행 장소를 고른 것은 아내였다.

─더워.

비행기에서 내린 내 첫마디는 그것이었다. 볕이 너무 뜨거웠다. 여행사 직원이 늦는 바람에 나와 아내는 공항 앞에서 30분이나 서 있었다. 나는 무심결에 신혼여행 기간 동안 피우지 않기로 했던 담배를 꺼내 불을 붙였다.

─그건 왜 가져왔어요?

아내가 물었다.

─아, 습관이 돼서. 덥다.

나는 그렇게 말하면서 담배를 껐다.

호텔에 들어가서 나는 바로 샤워를 했다. 땀 때문에 속옷까지 흥건하게 젖어 있었다. 그렇게 많은 땀을 흘린 것은 오랜만이었다. 전날의 결혼식과 피로연에서 누적된 피곤과 장시간 비행의 여독까지 겹쳐서 나는 아내가 샤워하는 동안 잠이 들었다. 눈을 떴을 때는 저녁이었다.

— 밤바다가 예뻐요.

식당으로 내려가긴 전, 창밖을 보면서 아내가 말했다. 내 눈
에는 온통 시커멓기만 할 뿐 아무것도 보이지 않았다. 호텔 식
당은 종업원이 외국인이라는 것만 빼면 한국의 호텔과 크게
다르지 않았다. 나는 연어 스테이크를 시켰다. 퍽퍽했다. 아내
가 와인을 주문했다.

— 식사 후에 백사장에 산책하러 가요.

아내가 나이프로 스테이크를 썰면서 말했다. 나는 고개를
끄덕였다. 하지만 우리는 산책을 하러 가지 않았다. 계산을 하
면서 고등학교 동창을 만났기 때문이었다. 졸업하고 처음 보
는 것이었다. 동창은 잡지사에서 일하는데, 취재를 왔다고 했
다. 나는 동창과 함께 식당 밑의 바로 내려가 고등학교 때 추
억을 이야기하면서 술을 마셨다. 조금 취했다.

— 제수씨가 미인이다.

동창은 그렇게 말했다. 아내는 새치름한 표정으로 앉아 있
다가, 바 구석에서 벌어진 다트 게임을 구경하러 갔다. 내가
찾으러 갔을 때는 게임에 참가하고 있었다.

아내의 상대는 키가 190센티미터쯤 되는 외국인이었다. 손
이 커서 다트가 장난감처럼 보였다. 나는 다트 게임의 규칙을
전혀 몰랐다. 아내와 외국인이 세 번씩 번갈아서 던지고 있었
다. 아내가 던질 때마다 환호성이 나왔다.

―다트는 82개의 영역으로 나뉘어 있고, 싱글과 더블이 있는데…… 뭐가 이렇게 어려워. 제수씨가 잘하는 건가?

동창이 가이드북을 뒤지면서 말했다. 나는 고개를 저었다. 내가 아는 아내의 취미에 다트는 없었다. 다트를 던지는 아내의 모습을 보고 있으니 왠지 가슴 한쪽에 서름한 느낌이 들었다. 경기는 아내의 승리로 끝났다. 아내의 상대였던 외국인은 패배를 믿을 수 없다는 듯이 양 손바닥을 위로 올리면서 혀를 내밀었다.

―야, 저 사람이 유럽 다트 챔피언이래.

동창이 말했다.

―설마.

내가 말했다. 아내가 나를 발견하고 옆으로 왔다.

―봤어요? 오늘 처음 해봤는데. 내가 이겼어요.

아내는 내가 청혼했을 때보다 더 기쁜 표정이었다. 계속 다트 던지는 동작을 반복하고 있었다.

―일부러 져준 거야. 그렇게 기분 좋게 만들어서 돈 더 쓰게 만드는 거라고.

내가 말했다.

그 후의 신혼여행은 일정대로 화산 폭발의 잔해와, 산호, 수족관 따위를 보면서 보냈다. 당연히 첫날밤도 있었지만, 지나친 사생활은 접어두자.

신혼여행에서 돌아온 지 일주일쯤 지났을 때, 아내는 내게 고무장갑을 던졌다. 나는 결혼식과 신혼여행으로 밀린 업무를 벌충하느라 분주했고 퇴근이 늦을 수밖에 없었다. 아내는 살림을 장만하고 집을 꾸미는 데 여념이 없었다. 집은 매일 조금씩 신혼집다워지고 있었다. 오로지 사각이던 창문에 레이스가 달린 커튼이 드리워지고 죽은 나뭇결이 차갑던 식탁에 식탁보가 깔렸다. 베란다 앞에는 화분이 놓였다. 살림도 늘어났다. 프라이팬과 냄비가 바뀌고 녹즙기가 생겼다. 녹즙기를 사 온 다음 날 아침부터 나는 야채즙을 마시고 출근했다. 아내는 하루 종일 청소를 하는 것 같았다. 화장실 거울부터 책상 위의 재떨이까지 모든 것이 잘 벼린 진검처럼 반짝였다. 나는 이 여자와 결혼하길 잘했구나 하고 생각했다.

그날도 아내는 새로 사 온 그릇 세트를 정리하고 있었다. 아내는 그릇을 고르느라 백화점을 세 바퀴나 돌았다고 했다. 다리가 퉁퉁 부어 있었다.

—그릇이야 다 똑같지, 뭐. 요리 학원 등록했어?

나는 넥타이를 풀면서 그렇게 말했다. 아내가 접시를 떨어뜨렸다. 나는 깨진 접시를 치워줄 생각으로 개수대 쪽으로 다가갔다. 그때 붉은 손이 내 얼굴로 날아왔다. 나는 고개를 외로 틀어 피했다.

—당신이 치워줘요.

아내가 말했다. 나는 뭐라고 한마디 하고 싶었지만 아내의 손가락에 피가 맺힌 것을 보고 그만뒀다.

5

　—집에만 있지 말고 뭐라도 해봐.

　결혼 1주년 때, 나는 아내에게 상품권을 주면서 그렇게 말했다. 꽃꽂이나 요리 강좌 같은 것을 염두에 두고 말한 것이었다. 하지만 아내가 산 것은 국립 기예단의 소녀가 던지던 단검 세트였다.

　일주일 후, 퇴근했을 때 뭔가 쉬이익 소리와 함께 낮은 호를 그리며 날아왔다. 순간적인 꿈이거나 환시라고 생각했다. 하지만 아릿한 통증과 함께 귓불에서 피가 뚝 떨어졌다. 벽에 튕겨 바닥에 떨어진 것은 검지만 한 단검이었다. 그것과 똑같은 것을 아내가 내게 던지기 위해 그러쥐고 있었다. 두번째 단검은 왼쪽 어깨를 향해 날아왔다. 나는 왼발을 축으로 오른쪽으로 돌아 단검을 피했다. 쉬익, 휘익. 세번째, 네번째 단검도 가볍게 피했다. 첫번째 단검을 피하지 못한 것은 아내가 자신에게 단검을 던졌다는 사실에 놀라서였을 뿐 날아오는 단검 자체는 그다지 위협적이지 않았다. 아내도 익숙하지 않은 것 같았다.

　—그만해.

　내가 소리쳤다. 아내는 단검을 내려놨다. 손목이 아픈지 주먹을 쥐고 손목을 돌렸다. 그 후로 한동안 아내는 아무것도 던지지 않았다.

6

나는 과장으로 승진했고 아내는 임신을 했다. 입덧이 심했다. 배가 불러오기 시작하면서 아내는 다시 단검을 던졌다. 출근할 때마다 구두를 신으면서 한두 개의 단검을 피해야 했다. 밥을 먹다가 갑자기 던지는 경우도 있었고 새벽에 자는데 깨워서 단검을 던지기도 했다. 피곤하고 귀찮았지만 참을 수밖에 없었다. 아이를 가지면 예민해지는 법이니까. 단검은 처음보다 완만한 곡선을 그리며 날아왔다. 피할 수 없을 정도로 강력하진 않았다.

하지만 출산 후에도 아내의 단검 던지기는 계속됐다. 아내는 딸애를 안은 채로 단검을 던졌다. 젖을 먹이다가 기저귀를 갈다가도 갑자기 무언가 생각난 듯 던지곤 했다. 아내의 실력이 늘어 피하는 것이 쉽지 않았다. 수시로 날아오는 단검 탓에 제대로 쉴 수가 없었다. 화가 났지만 딸애 때문에 어쩔 수 없었다. 아내를 쏙 빼닮은 딸애는 이상하게도 내가 단검을 피하는 것을 볼 때마다 생글생글 웃었다. 나는 딸애의 웃는 얼굴을 보는 것을 좋아했다. 가끔은 아내가 단검을 던지기를 은근히 기다리기도 했다.

─이사를 가야겠어요.

딸애가 다섯 살이 됐을 때 아내가 말했다. 딸애가 놀기에 집이 너무 좁다는 게 이유였다. 왠지 마음껏 단검을 던지기에 너무 좁다는 의미로 들려 불안했지만 내 집 마련에 대한 생각은 갖고 있었으므로 큰 맥락에서는 동의했다. 하지만 시기는 좀 이르다고 생각했다. 1~2년쯤 더 기다리자고 말하고 싶었지만, 아내가 양손 가득 단검을 들고 있어서 그만뒀다.

집을 구하는 일은 일주일이 넘도록 진전이 없었다. 아내는 집을 보러 다니는 내내 신경질적으로 단검을 던졌다. 한번은 운전 중에 던지는 통에 크게 사고가 날 뻔한 적도 있었다. 결국 아내의 뜻대로 회사에서 멀지만 평수가 큰 집을 샀다. 덕분에 나는 두 시간씩 걸려 출퇴근해야 했다.

이삿짐을 풀자마자 아내가 제일 먼저 한 일은 새 단검 세트를 장만한 것이었다. 검은 천 안에 스물여덟 자루의 크고 작은 단검들이 반짝이고 있었다. 진심으로 단검을 갖다 버리고 싶었다. 하지만 아내가 단검을 어디에 숨겨두고 있는지 알 수 없었다. 닌자의 수리검처럼 허리나 가슴께에 있거나 마술사의 카드처럼 팔소매에 있진 않을까 추측할 뿐이었다. 확인할 방법이 없었다.

그날은 유난히도 업무가 많았다. 신입 사원이 중요한 서류를 잃어버려 부서 전체가 난리를 피워야 했다. 겨우 일을 수습하고 회식을 하느라 평소보다 퇴근이 늦었다. 집에 돌아왔을 때 아내는 잠든 딸애를 안고 TV를 보고 있었다. 홈쇼핑 방송이었다. 단란해 보이는 가족이 김장하는 모습과 최신식 김치냉장고가 번갈아 화면에 나왔다. 아내는 내가 들어온 것을 알면서도 여전히 TV에 시선을 고정하고 있었다. 나는 부러 크게 헛기침을 했다. 휘익, 탁. 익숙한 소리가 났다. 나는 두번째 단검을 피하지 않고 들고 있던 가방으로 받아쳤다. 튕겨져 나간 단검은 공교롭게도 아내를 향해 날아갔다. 빙그르 돌아 아내의 팔에 맞았다. 다행히도 손잡이 부분이었다.

　—어떻게 나한테 이럴 수 있어?

　아내는 서럽게 말했다. 눈물이 그렁 맺히더니 쏟아져 내렸다. 미안한 마음에 아내를 달랬다. 하지만 아내는 눈물을 그치지 않았고 자고 있던 딸애까지 일어나 같이 울어댔다.

　밤새, 흑흑, 엉엉 소리가 방문 밖으로 새어 나왔다. 나는 부엌에서 소주를 마셨다. 두 여자의 울음소리가 술을 더 쓰게 만들었다. 한심하기도 하고, 어쩌다 이렇게 된 건지 회의도 들었다. 술에 취해 아버지에게 전화를 걸었다.

　—너는 잘 몰랐겠지만 네 엄마도 가끔씩 바늘로 날 찔렀단다. 남자는 원래 그런 거야.

　하소연을 들은 아버지가 말했다.

　—내가 가르친 것들을 잊지 마라. 건투를 비마.

　아버지는 그렇게 전화를 끊었다.

　"남자는 원래 그런 거야"라는 아버지의 말이 머릿속을 떠나지 않았다. 밤새 생각을 해도 답이 나오지 않았다. 그 후로도 아내는 계속 단검을 던졌다. 나는 성실하게 피했다.

　놀랍게도, 아니 솔직히 말하면 별로 놀라지는 않았다. 왠지 그럴 것 같다고 생각하고 있었다. 딸애가 아내를 따라 하기 시작했다. 처음에 딸애는 고무찰흙으로 단검을 만들어서 던졌다. 조악한 찰흙 단검은 내게 다다르지 못하고 발 앞에 떨어졌다. 그러면 딸애는 조르르 달려와 찰흙 단검을 집어서 몇 발짝 앞으로 와서 다시 던졌다. 그 모습이 너무 앙증맞아 나는 맞는 척을 해줬다.

획, 획, 획. 시간은 날아가는 단검처럼 빠르게 지나갔다.

7

나는 부장이 되었고 딸애는 교복을 입었다. 아내는 아파트 청약 당첨에 성공했다. 다행히도 아내는 전처럼 자주 단검을 던지지 않았다. 대신 한번 던지면 매우 위협적이고 묵직한 파괴력을 갖고 있었다. 아내가 던진 단검은 벽을 맞고 튕겨 나오지 않았다. 벽에 박혔다. 벽에 박힌 단검은 내가 양손으로 잡고 당겨도 꿈쩍도 하지 않았다. 하지만 아내는 시부저기 단검을 뽑아 도로 품속에 넣었다. 아내보다 딸애가 더 자주 날 공격했다. 딸애의 단검은 아내처럼 빠르고 위협적이진 않았지만 한 번에 여러 개를 던지는 데다 하루에도 몇 번씩, 만나기만 하면 던지는 통에 곤욕스러웠다. 던지는 방법도 아내와는 달라 피하기도 쉽지 않았다. 직선으로 날아오는 아내의 것과는 달리, 딸애의 단검은 유영하듯 회전하면서 다양한 궤도로 날아왔다. 공격 부위도 달랐다. 아내는 정확히 급소를 노렸다. 정수리부터 배꼽을 잇는 몸의 정준선과 심장, 폐 등의 주요 장기를 향해 던졌다. 반면 딸애는 손목이나 발목, 관절 쪽을 노렸다.

두 모녀가 함께 단검을 던질 때도 있었다. 그럴 땐 정말 죽을 맛이었다. 몸 여기저기에 상처가 나고 허리가 아파 잠을 잘 수가 없었다. 한번은 아내가 던진 단검이 심장 앞을 스치고 지나갔다. 딸애가 다리로 던진 단검을 피하느라 점프했을 때, 바로 아내가 이어서 던지는 바람에 완벽히 피하지 못해 칼끝이 닿은 거였다. 와이셔츠 앞주머니의 단추가 툭 떨어졌다. 다리가 후들후들 떨렸다.

—날 죽일 셈이야?

나는 역정을 냈다.

—단추 다시 달아줄게요.

아내가 말했다.

—역시 아빠 대단해.

딸애가 아내를 거들었다. 늘 그런 식이었다. 나는 더는 뭐라고 할 수 없었다. 두 여자의 애교 탓도 있었지만 여유 있는 모습을 보여야 했기 때문이다. 힘이란 실제로 갖고 있는 것이 아니라 상대가 갖고 있다고 믿고 있는 것이다. 이것도 아버지가 알려준 거였다.

―힘들어도 웃어. 숨이 턱 끝까지 차올랐어도 여력이 있는 것처럼 행동해. 힘이 다했다는 걸 들키면 공격이 더 거세진다.

나는 아버지 말이 맞다고 생각했다. 원판 앞에 묶여 있던 그 소년도 아무렇지 않은 척했지만 속으로는 두려움에 떨면서 안도의 한숨을 내쉬고 있었을 것이다. 조금 있어도 많은 것처럼, 없어도 있는 척해야 한다. 틈을, 약한 모습을 보이면 날카로운 단검에 찔리는 것이다.

하지만 모든 일에는 정도라는 것이 있다. 사람들이 영원이라고 믿는 것도 실은 무한의 지속일 뿐 한계가 있다. 나의 포용력, 인내의 소실점도 끝이 왔다. 너무 힘들었다. 퇴근 후에 집에 들어가는 게 무서웠다. 하루는 소파에서 담배를 피우면서 신문을 읽고 있는데, 딸애가 단검을 던졌다.

―제발 그만 좀 해. 난 슈퍼맨이 아니라구.

참다못한 나는 딸애한테 소리를 질렀다. 그즈음 딸애는 지나칠 정도로 자주 단검을 던졌다. 딸애가 나를 이해해줬으면 좋겠다고 생각했다. 뭣보다 내 딸이 아내 같은 여자가 되는 게 싫었다.

―저 주워 왔어요? 친딸 아니에요? 엄마, 아니야?

딸애는 도리어 울먹이면서 반발했다.

―맞아. 무슨 벼락 맞을 소릴.

아내가 부엌에서 나왔다.

―너무해요, 아빠.

딸애는 바닥에 옹송그리고 앉아 손으로 얼굴을 감쌌다.

—아니, 그게 던지지 말라는 게 아니라. 조금만 자제해달라는 거야. 아빠도 요즘 힘들단다.

딸애는 계속 울었다.

—한 번도 맞아주지도 않으면서.

딸애가 중얼거렸다. 나는 충격을 받았다. 무리한 요구였다. 잠시 무르춤하게 서 있던 내게 아내가 단검을 던졌다. 보이진 않았지만 소리로 알 수 있었다. 휙, 공기를 가르는 파열음을 듣고 몸을 돌려 그것을 피했다. 순식간에 두 자루가 더 날아왔다. 이번엔 허리를 숙여 피했다.

—당신이 조금만 더 참아요.

아내는 그렇게 말하고 다시 부엌으로 들어갔다. 하지만 아무리 참아도 딸애의 단검 던지기는 멈추지 않았다. 허리와 무릎이 아파 한의원에 다녔다.

—퇴행성 관절염입니다. 무리한 운동은 삼가시는 게 좋습니다.

한의사가 말했다. 알겠다고 고개를 끄덕였지만 어쩔 수가 없었다. 살기 위해서는 끊임없이 움직여야 했으니까. 그리고 내가 멈춘다고 정지하는 것도 아니었다. 한의원을 나오면서 나는 고등학교 때 과학 선생이 해준 말을 떠올렸다.

—이 컵이 움직이고 있나요, 멈춰 있나요?

아무렇게나 묶은 파마머리와 통통한 볼이 묘하게 잘 어울

리던 그 여선생은, 어느 날 교탁 위에 물컵을 올려놓고 그렇게
물었다. 아이들은 멈춰 있다고 대답했다.

— 틀렸어요.

여선생이 말했다. 지구가 자전과 공전을 하고 태양계와 은하
가 회전하고 있으니 컵은 끊임없이 움직이고 있다는 거였다.

나는 내 뒤에 거대한 원판이 회전하고 있다는 것을 깨달았다.

8

아버지가 죽었다. 아버지가 숨을 거두기 전 병원에서, 나는
어릴 때부터 줄곧 궁금했던 것을 물었다.

— 언제까지 피하기만 해야 돼요?

— 끝까지.

아버지는 힘겹게 대답했다.

— 결국은 못 피하는 날이 오지 않을까요?

나는 다시 물었다.

아버지 대신 심전도 측정기가 삐-이 하고 대답했다.

사십구재가 끝난 후부터 나는 점점 무력감에 빠졌다. 쉬고
싶었다. 내가 쉬기를 바라는 사람들도 있었다. 더 이상 진급하
지 못하고 호봉만 쌓여갔다. 사무실 전체를 볼 수 있어 자리
잡은 창가 앞 책상이 왠지 구석 자리처럼 느껴졌다. 결재 서류

들에 하는 서명들도 점점 희미해져서 형식적인 것이 되었다.
나는 허릅숭이 부장이었다.

외식을 핑계로 아내와 딸을 고깃집으로 불러냈다. 딸애가
좋아하는 살찟살과 아내가 좋아하는 등심을 시켰다.

─퇴직해야겠어. 바닷가 마을에서 낚시도 하고 텃밭이나
일구면서 살고 싶어.

식사 후에 내가 말했다. 예상대로 아내와 딸은 단검을 꺼내
들었다.

─이젠 나도 지쳤어.

나는 단호하게 말했다. 진심이 통했는지 아내와 딸은 집으
로 돌아오는 내내 말이 없었다.

─난 독립할래요.

현관문을 열면서 딸애가 말했다. 계속 쫓아다니는 선배가
있었는데 보면 볼수록 괜찮다는 것이었다.

─제 마음을 잘 이해해주는 남자인 것 같아요. 한 달만 기
다려주세요.

딸애의 말투가 간곡했고 이것저것 정리하는 데 시간이 필
요했으므로 그렇게 하기로 했다. 일주일 후에 딸애는 사윗감
이라며 키가 헌칠한 청년을 집에 데려왔다. 턱선이 진하고 입
술이 두꺼워 다부져 보였지만 눈매에는 다정함이 담겨 있었
다. 아내를 대하는 것도 그렇고 몇 마디 말을 나눠보니 넉살이
좋고 사글사글했다. 무역 회사에 다닌다고 했다.

─조심하게. 희재는 칼 솜씨가 좋으니까.

술을 마시면서 나는 그렇게 말했다.

─그렇잖아도 요즘 바지가 작아져서 걱정입니다. 어머님을 닮아서 그런지 요리를 잘하는 것 같습니다.

청년이 말했다.

─맛있다고 너무 많이 먹지는 말게나. 움직임이 둔해지거든, 표적도 커지고.

아내와 딸이 동시에 나를 째려봤다. 청년이 안됐다는 생각에 계속 술을 권했다.

결혼 준비는 빠르게 진척됐다. 아내는 청첩장을 5백 장 찍어서, 친지들과 직장 동료들을 향해 날렸다. 딸애가 왜 한 달을 기다려달라고 했는지 알 수 있었다.

─잘 피하게.

폐백을 마치고 내가 말했다. 딸애가 칼날 같은 눈으로 나를 쏘아봤다.

신혼여행은 '그리하라'라는 섬으로 간다고 했다. 쉬이익, 비행기가 단검 날아가는 소리를 내며 이륙했다. 웬일로 조용하던 아내는 공항 면세점 앞에서 기어이 단검을 던졌다. 나는 가능한 한 조용히 피했지만 사람들이 모여들었다. 프랑스인, 영국인, 일본인, 중국인, 콩고인도 있었다. 그들은 우리를 신기하게 쳐다봤다. 나는 그들이 자신들의 고국에 돌아가 단검을 던지게 될까 봐 걱정이 됐다. 하지만 곧, 어느 나라 사람이든 내남없이 무언가 피해야 한다는 데 생각이 미쳤다. 그것이 석궁이든, 다트든, 총알이건 간에. 면세점 점원의 도움으로 겨우 아내를 진정시켰다. 이러는 것도 이젠 마지막이라는 생각이 들어 허허로웠다.

일을 정리하는 데 생각보다 시간이 걸려 예정보다 몇 달 늦게 사표를 냈다. 인사치레로 몇 번씩 만류했지만 다들 반기는 것 같았다. 직원들이 환송회를 열었다. 기분이 좋아 마시고 또 마셨다.

—내가 말이야. 달인이야 달인. 얼마나 잘 피하는지 자네들은 상상도 못 할걸.

4차까지 이어진 술자리는 어스레하게 동이 틀 무렵에야 끝났다. 나는 만취했다. 다리가 허청거렸고 몸은 계속 벽을 향해 비칠댔다. 집으로 오기까지의 기억이 단검 날 뒷면의 톱니처럼 듬성듬성 뜯겨 나갔다. 아내가 자지 않고 나를 기다리고 있었다. 술기운 때문에 나는 멋대로 감동했다. 눈물이 났다. 그 바람에 사위가 흐려져 아내가 단검을 꺼내는 것을 보지 못했다. 단검은 소리 없이 날아왔다. 느렸다. 아니, 너무 빠르기 때문에 느리게 보였다. 나는 황급히 정신을 차리고 피하기 위해 몸을 돌렸다. 하지만 상체만 조금 빗서고 다리가 말을 듣지 않았다. 푸욱, 단검이 가슴에 박혔다. 나는 압력에 밀려 뒤로 고꾸라졌다.

─당신도 이제 늙었네. 이 정도도 못 피하고. 우리 헤어져요.

쓰러져 있는 나를 내려다보면서 아내가 말했다. 억울했다. 취해 있었고 너무 갑자기, 의식의 바깥에서 날아온 단검이었다. 무슨 말이라도 하고 싶었지만, 가슴에 꽂힌 단검 때문에 목소리가 나오지 않았다. 눈앞이 앓둑해졌다. 나는 까무룩 잦아드는 정신을 붙잡으며 아내를 보기 위해 애썼다. 아내는 환하게 웃고는, 나를 버려두고 나갔다. 쿵! 하고 문이 닫히는 소리가 들렸다. 커다란 원판이 쓰러지는 소리 같았다.

대통령의 검술 선생

청와대에서 사람이 온 것은 '단칼에 베기'를 막 완성했을 때였다. 한 번의 휘두름으로 목표를 정확히 베는 것은 검을 수련하는 사람이라면 누구나 성취하고 싶은 경지다. 말처럼 쉬운 일은 아니다. 자신을 베라고 가만히 서 있는 상대는 없다. 상대는 저항한다. 막고, 피하고, 역으로 나를 공격해 온다. 한 번에 벨 수 없기 때문에 여러 번 휘둘러야 하고, 그 흐름이 모여 일정한 형태의 초식이 된다. 그러니까 검술에서 초식이란 불가피하게 필요한 비효율적 움직임을 뜻한다.

나는 검을 수련한 지 30년이 넘었다. 그동안 천 개가 넘는 비효율적 움직임을 몸에 익혔고, 그 움직임을 통해 마음만 먹으면 무엇이든 벨 수 있었다. 하지만, 몸에 익힌 초식이 1001개가 되고, 1002개가 되어도 나는 더 이상 강해지지 않았다. 2천 개의 초식을 익힌들 마찬가지일 것 같았다.

한계였다.

초월은 금 밖에 있는 것이 아니라 금이 사라지는 순간에 생겨난다. 나는 그동안 익힌 모든 움직임을 버리고 '단칼에 베기'를 익히기 위해 5년을 수련했다.

수련의 마지막 단계로 너무 오래 안 팔려 스무 개에 만 원하는 자두를 사다가 초파리를 모았다. 백 번을 휘둘러 백 마리의 날개를 잘랐다. 궁극의 경지라고 할 수는 없어도, 새로운 단계로 넘어가는 문 정도는 열었다고 할 수 있었다.

성취감을 만끽하고 있을 때, 불청객들이 왔다. 양복을 잘 차려입은 그들은 청와대 경호실에서 나왔다고 말했다.

—그래서요?

나는 다소 공격적으로 되물었다. 아내가 죽은 뒤로 세상사와 거의 인연을 끊다시피 살았다. 경찰이든 청와대든 나를 찾아올 이유는 없었다.

그들은 검도 협회의 추천을 받고 찾아왔다고 하면서 협회장의 이름을 댔다. 그 영감이 아직 살아 있다는 소식에 나도 모르게 웃음이 나왔다. 나를 곤란하게 만들었다는 게 즐거워서 영감도 웃고 있을 터였다. 회비를 안 낸 지 꽤 오래됐는데도 나는 아직 협회의 회원인 모양이었다.

—일단 들어가시죠.

나는 도장 옆에 딸린 사무실로 그들을 안내했다. 협회장 영감의 이름이 나오는 바람에 그냥 돌려보낼 수가 없었다. 영감은 내 스승의 친구 격인 사람이었다. 무엇보다 방금 내가 이룬 성취를 알아봐줄 수 있는 안목을 가진 몇 안 되는 사람 중 하나였다.

고흐의 진품을 알아볼 수 있는 사람이 몇 명이나 될까? 미술을 전공한 사람한테도 쉬운 일은 아닐 것이다. 전 국민이 피겨 스케이트의 전문가라도 되는 양 열광하지만, 김연아가 공중에서 정확히 세 바퀴 반을 회전하는지, 착지할 때 스케이트 안쪽 날로 떨어지는지는 평생 무술을 한 내 동체 시력으로도 확인하기가 어렵다. 어느 분야든 아는 만큼만 보이는 법이다.

이 시대에 검술은 쓸모없는 것을 넘어서 사회에 해악이 된다고 여겨진다. 일정 기간마다 진검 소지 허가를 받아야 하는 것은 물론이고, 목검을 들고 공터에 나갔다가 경찰에 검문을 받은 적도 여러 번 있다. '단칼에 베기'는 단지 위험한 행위 정도로만 보일 것이다. 뭐, 아주 틀린 것은 아니다.

검도 협회는 공식적으로 검도가 예의를 중시하는 무예라고 설명한다. 정신 수양을 위해서라고 생각하는 경우가 있는데, 실은 그만큼 위험하기 때문이다. 서양의 식사 예절이 복잡한 이유는 서로 칼을 들고 밥을 먹기 때문이다. 밥을 먹다가 시비라도 붙으면 누군가 죽는다. 그래서 복잡한 예의로 서로 보호하는 것뿐이다. 손으로 음식을 먹는 문화에서는 복잡한 식사 예절이 없다. 위험하지 않으니까. 예의를 중요하게 생각한다는 말은, 더 원초적이고 야만에 가깝다는 뜻이다.

뭐라고 포장하든 검은 사람을 죽이기 위한 무기고, 검술은 그 방법일 뿐이다. 나는 그것을 부정할 생각이 없다. 하지만, 내가 누구를 죽이기 위해 검을 수련하는 것은 아니다. 아무도 죽이지 않더라도 갈고 닦고, 강해지고 싶다. 그것의 가치를 알아봐줄 수 있는 사람이 이제 몇 명밖에 남지 않았다. 나는 더 늦기 전에 협회장 영감을 한번 찾아봬야겠다고 생각했다.

―대통령님께 검술을 가르쳐주셨으면 합니다.

마땅히 마실 게 없어 생수를 두 병 꺼내 주고 찾아온 용건을 묻자, 그들은 그렇게 대답했다. 나는 잘못 들었나 싶어 다시 물었다. 봉건시대의 왕도 아니고 대통령이 검술을 배운다는 게 이해가 가지 않았다. 더구나 내 기억이 맞다면 지금 대통령은 일흔이 넘었다. 그들은 다시 한번 같은 대답을 했다. 이번에는 약간의 부연 설명을 덧붙였다. 요약하자면 대충 이런 내용이다.

2년 전, 대통령 후보 시절에 TV 토론회에서 후보 중 제일 고령이던 대통령에게 건강에 대한 우려 섞인 질문이 몇 개 나왔다. 5년 동안 나라를 이끌어나가야 할 대통령 후보에게 건강은 필수니까. 당시 후보였던 대통령은 자신이 특전사 출신임을 강조하고, 지금도 꾸준히 등산을 하고 있다는 것을 어필했다. 대답을 하다 보니 과거 민주화 운동을 하던 시절에 수배를 받아 산속 암자에 숨어 지냈을 때, 스님들에게 무술을 배운 일화까지 말하게 되었다. 그때 배운 것들을 지금도 운동 삼아 꾸준히 연습하고 있다고 말이다.

문제는 그 토론회 후에 모교를 방문했을 때 생겼다. 대통령의 모교는 검도부가 유명한 곳이었고, 대통령은 후배들과 기자들의 요청에 진검을 들고 포즈를 취했다. 하필이면 그 사진이 너무 잘 나왔다. 인터넷에서 약간 화제가 됐다. 선거 캠프의 홍보 담당자가 사진 밑에 문구를 넣어 선거 공보물에 넣었다.

— 이 나라에 만연한 부정부패와 악습을 끊어내겠습니다.

무엇이든 다 베어버릴 수 있을 것 같은 모습이었다. 사진 한장 때문에 당선된 것은 아니겠지만, 국민들의 뇌리에 이미지가 각인된 것은 분명했다. 많은 사람이 대통령이 고류 검술의 고수라고 생각하고 있었다. 그런 소문을 대통령도 알고 있었지만, 굳이 나서서 부인하지는 않았다. 좋은 이미지를 적절하게 이용하는 것이 정치니까.

— 내년에 있을 대통령 배 검도왕전에 개회사와 함께 공개 연무로 짚단 베기 시범을 보여달라고 요청이 왔습니다.

그들의 부연은 그렇게 끝났다.

나는 잘못된 정보를 바로잡거나, 일정을 핑계로 불참하면 되지 않느냐고 물었다. 그들은 벌써 두 번이나 일정을 이유로 거절했고, 바로잡기에는 늦었다고 했다. 선뜻 이해가 가지는 않았지만, 어디나 나름의 이해관계와 사정이 있다.

— 왜 하필 저죠?

내가 물었다.

─검도왕전에서 우승한 적이 있는 사람, 지금 당장 도장 문을 닫아도 상관없는 분을 찾으니 몇 명 없더군요. 무엇보다 대통령님께서 선생의 별호를 마음에 들어 하셨습니다.

그들이 대답했다.

─별호요?

─'검치'라고 불리신다고.

오랜만에 듣는 말이었다. 검술 미치광이. 사람들이 한때 나를 그렇게 불렀다. 아내를 만나기 전까지.

아내는 검으로 최강이 되겠다는 나의 목표를 멋있다고 말해준 유일한 사람이었다. 사부조차 이 시대에 검을 수련하는 것이 전통문화의 멸종을 지연시키는 것 이외의 가치는 없다고 자조적으로 말하던 시기였다.

아내를 만난 곳은 은행이었다. 아내는 대출 담당 창구의 직원이었고, 그즈음 나는 사부가 지병으로 낙향해서 도장을 차리기 위해 은행을 돌아다니고 있었다. 담보도 직장도 없는 내게 돈을 빌려주는 은행은 없었다. 아내가 다니던 은행에는 세 번이나 갔다. 아내가 들으면 서운해할지도 모르지만, 첫눈에 반했다거나 그런 이유는 아니다. 그때는 누구에게 반할 만큼 여유가 없었다. 내가 계속 간 이유는 다른 은행과 달리 아내가 자꾸 희망을 줬기 때문이었다.

─방법을 찾아보겠습니다. 고객님.

아내는 항상 대출 상담이 끝날 때, 그렇게 말했다.

내가 세번째 방문했을 때, 은행에 강도가 들었다. 생활고에 시달리던 대학생 두 명이 회칼을 들고 은행을 방문한 것이다. 그들은 미리 계획을 짰는지, 순식간에 청원경찰을 제압했다. 창구에 있는 현금만 탈취해서 달아나려는 생각이었던 것 같다. 공교롭게도 그날은 소나기가 온다는 일기예보가 있었다. 내 손에는 장우산이 들려 있었다.

일반인과 검술 유단자가 무기를 들고 싸우는 것은, 샛별 유치원 개나리반 아이들과 청와대 경호 팀이 싸우는 것과 같다. 나는 정확히 우산을 네 번 휘둘러 회칼을 바닥에 떨어뜨리고 그들을 기절시켰다.

—멋있어요.

아내가 일어나 박수를 쳤다.

그 일로 나는 은행에서 감사패를, 경찰서에서 포상금을 받았고, 아내와 저녁을 먹게 되었다.

메뉴는 초밥이었다.

—고객님이 잡은 그 강도들 말이에요. 초밥 요리사가 되는 게 꿈이었대요.

아내가 말했다.

—제가 잡지 않았다면, 꿈을 이뤘을지도 모르겠군요.

내가 말했다.

—모르죠. 더 큰 강도가 됐을지도.

아내가 말했다. 미래는 알 수 없다. 은행 강도가 초밥 요리사가 될 수도 있고, 고객님이 남편이 되기도 한다. 아내와의 식사는 꽤 즐거웠다. 우리는 그 후로도 이런저런 핑계로 계속 만났다. 어느새 아내는 나를 고객님이 아니라 오빠라고 부르고 있었다.

담보도 직장도 없는 사람이 대출을 받을 수 있는 방법이 하나 있다. 그것은 은행원과 결혼을 하는 것이다.

승낙을 받기 위해 장인을 찾아갔을 때가 기억난다. 아내는 서류 심사 통과를 위해 신랑감 후보 승인을 위한 서류를 날림으로 작성했다. 장인은 내가 뭘 하는 사람인지도 제대로 모르고 있었다.

―그래, 검사라며? 어디서 근무하나? 나도 중앙 지검에 친구가 한 명 있어. 사시는 몇 기지?

밥을 먹으면서 장인은 질문을 쏟아냈다. 서류 작성자는 모른 척 물을 가지러 갔다.

―한자가 다릅니다. 검사할 검檢에 일 사事 자가 아니라, 칼 검劍 자에 선비 사士 자를 쓰는 검사입니다.

내가 말했다.

나는 승인 거절을 당했다.

다행히 우리나라의 결혼 제도는 허가제가 아니라 신고제다. 은행은 상사의 결재가 없으면 대출을 받을 수 없지만, 신부는 아버지의 결재가 없어도 결혼을 할 수 있다.

검은 손으로 사용하는 무기라는 인식이 강하지만, 검술에는 상반신보다 하반신이 더 중요하다. 몸의 균형이 무너지지 않아야 제대로 휘두를 수 있다. 아내는 내게 균형과 안정감을 줬다. 내가 검도왕전에서 두 번이나 우승한 것도 신혼생활 즈음이었다. 내게 검술을 가르친 것은 사부지만, 나를 강하게 만든 것은 아내인지도 모른다.

15년의 결혼 생활 동안 아내는 한결같이 나를 응원해줬고, 나는 응원에 힘입어 계속 정진했다. 우리 사이에 자식은 없었는데, 내가 문제인지 아내가 문제인지는 알 수 없었다. 우리 둘 다 딱히 아이를 원하지 않아서 병원에도 가보지 않았다.

아내는 정말 갑자기 죽었다.

그날도 아내는 도장의 문하생들을 챙긴 후에 내 연습을 지켜보고 있었다. 그러다 갑자기 쓰러졌다. 의사 말로는 뇌일혈과 뇌출혈이 동시에 왔다고 했다. 머리의 안쪽과 바깥쪽 혈관이 모두 터졌다는 뜻이라고 했다. 아내는 혈압도 정상이었고, 어떤 전조도 없었다.

─운이 없었다.

의사는 그렇게 말했다.

아내는 유언도 남기지 못했다. 대신 아내의 물건을 정리하다가 아내가 동사무소에서 하는 에세이 수업에서 쓴 유서를 찾았다. 그 유서는 이렇게 끝난다.

─여보. 저승에 가면 역사상 최강이라고 불리는 장군, 검객

들을 찾아서 시합을 주선해놓을게. 지금보다 몇 배 더 강해져서 와.

아내는 자신이 나보다 일찍 죽을 것을 예감하고 있었는지도 모른다.

—내 딸은 행복했나?

결혼식에도 오지 않았던 장인은 장례식에 찾아와 그렇게 물었다.

—네. 무척.

나는 자신 있게 대답했다.

아내를 잃은 상실감에 대해서는 말하고 싶지 않다. 어떤 말로도 표현할 수 없다. 만남과 이별은 자연스러운 일이다. 그것을 성숙하게 받아들이는 사람을 어른이라고 부른다. 나는 어른이 아니었다. 당연한 일인지도 모른다. 원래 칼싸움은 아이들이 좋아하는 놀이니까.

나는 하루에 만 번씩 검을 휘둘렀다.

광화문 앞을 지나간 적은 많지만, 청와대에 들어와본 것은 처음이었다. 요즘은 민간에 개방되어 원하면 누구나 견학을 할 수 있다고 한다. 나는 출근을 하기 전에 청와대 홈페이지에 들어가서 영상과 사진을 봤다. 실제로 본 청와대는 홈페이지에 소개된 것과 완전히 똑같았다. 청와대가 어떤 모습일지 궁금한 사람은 남의 설명을 들을 게 아니라 그냥 홈페이지에 접속하면 된다.

청와대 제2부속실 5급 행정관. 그게 내가 맡기로 한 직책이었다. 내가 그들의 제의를 수락한 것은 현실적인 금전 문제와, 나를 소개한 협회장의 체면, 무엇보다 정치를 가까이에서 보고 싶었기 때문이었다.

사부는 인간의 생과 사를 가른다는 측면에서 칼을 휘두르는 것과 정치는 본질적으로 같은 일이라고 했다. 본질이 같을지는 몰라도 파급력은 전혀 다르다. 검은 대인 병기다. 평생을 열심히 휘둘러도 죽일 수 있는 사람은 몇 명 되지 않는다. 하지만, 대통령은 50만 명이 넘는 군의 통수권자다. 그의 명령 하나로 전쟁이 일어날 수도 있다. 의료보험이나 연금 정책을 조금만 손대도 수만 명을 죽이거나 살릴 수 있다. 나는 이 나라 정치인의 정점인 대통령을 봐두고 싶었다.

형식적이지만 면접도 봤다. 무슨 무슨 실장, 차장이라는 남자 셋이 내 이력에 대해 몇 가지 질문을 했다.

—이건 비공식적으로 묻는 건데요. 지난 대선 때 1번 찍었습니까? 2번 찍었습니까?

면접이 끝날 때쯤, 내내 가만히 있던 경호실장이 그렇게 물었다. 농담인가 싶어 눈을 쳐다봤는데, 의외로 진지하게 나를 응시하고 있었다. 그가 원치 않는 대답을 해주고 싶었지만, 애초에 나는 지금의 대통령이 후보 때 1번이었는지, 2번이었는지 알지 못했다.

―비밀선거가 원칙 아닌가요.

내가 말했다.

―그렇죠.

경호실장은 순순히 파일을 덮으며 일어났다. 나를 경계하는 것 같지는 않았지만, 적어도 우리 편은 아니라고 판단한 것 같았다. 그게 이유인지는 몰라도 내가 대통령을 가르칠 때, 반드시 경호원 두 명이 참관을 했다.

뉴스나 신문에서 자주 본 탓인지, 대통령은 낯설지 않았다. 처음 만났을 때부터 오래 알고 지낸 사람 같았다. 배우는 자세도 훌륭한 학생이었다. 보통 자기보다 나이가 많고 직책이 높은 사람을 가르치면 불편함이 있는 법인데, 대통령은 가르치는 사람을 편하게 해줬고, 뭘 시키든 군말 없이 잘 따랐다. 지루할 수 있는 반복적인 동작도 웃으면서 끝까지 했다.

수업은 일주일에 세 번 했다. 대통령의 집무가 끝난 후에 저녁 8시에서 10시 사이에 시작했다. 외부 행사나 긴급한 회의가 없는 한 대통령은 하루도 빠짐없이 나왔다. 착각일 수도 있지만, 꽤 즐거워 보였다.

―불면증이 있었는데, 운동을 하니 약을 안 먹어도 밤에 잠이 잘 옵니다.

내가 성실함을 칭찬하자, 대통령은 그렇게 말했다. 확실히 처음에 만났을 때, 피곤해 보였던 얼굴이 부쩍 생기 있어진 것 같았다.

그날 수업이 끝나고, 참관을 하던 경호원이 잠시 나를 불러 세웠다.

—잘 아시겠지만, 대통령께서 수면제를 처방받으셨다는 건 국가 기밀입니다. 어디에서도 발설하시면 안 됩니다.

경호원은 협박조로 말했다. 청와대에 들어올 때 비밀 유지에 관한 교육을 받았고, 서약서에 서명도 했지만, 바로 턱 밑에 와서 위협을 하니 새삼 기분이 언짢았다.

—사람이 나이가 들면 원래 밤에 잠이 없는 법입니다.

내가 말했다.

—뭐라고요?

경호원이 인상을 썼다.

—국가 기밀을 누구나 쉽게 예측할 수 있다는 소립니다.

경호원은 나를 노려봤고, 나는 웃으면서 받아넘겼다. 악감정은 없었다. 그는 자기 일을 하고 있는 것뿐이니까.

진검을 사용하게 되면서 경호원들의 경계는 더 엄중해졌다. 수업의 목적이 공개 연무에서 짚단 베기 시범을 보이는 데 있었기 때문에 진검 사용은 필수였다. 우선은 날이 서지 않은 검으로 자세 연습을 했다. 초심자가 진검을 잘못 휘두르면 자기 발이나 다리를 벨 수도 있다.

대통령은 체격이 좋은 편이었고, 나이에 비해 근력도 많이 남아 있었다. 사실 짚단 한 개를 베는 것은 바르게 검을 잡고 휘두르는 방법만 알면 단순한 완력으로도 가능하다. 깨끗하게 잘리지는 않겠지만, 어쨌든 자를 수는 있다. 왕정 국가에서 농민들을 징집해 전쟁을 할 수 있었던 이유가 바로 여기에 있다. 짚단 한 개를 벨 수 있다는 것은 사람의 피부와 근육, 혈관을 자를 수 있다는 뜻이다.

공개 연무는 짚단 한 개뿐 아니라, 세 개와 다섯 개를 겹쳐 놓은 것을 연속으로 베야 한다. 그게 가능하면 사람의 팔과 목, 허리를 양단할 수 있다. 그 수준은 힘으로는 절대 안 된다. 각도와 속도가 필요하다. 그리고 그 두 가지 모두 바른 자세에서 나온다.

나는 대통령의 다리와 허리, 손목, 팔꿈치를 죽도로 치면서 자세를 바로잡았다. 자세가 몸에 익숙해질 때까지 빠르게 움직일 필요는 없었다. 느리더라도 정확하게.

—처음부터 힘을 주는 게 아니라, 목표에 닿는 순간 힘을 넣는 겁니다. 야구에서 투수가 직구를 던질 때와 비슷한 방식입니다.

나는 작년에 KBO 한국시리즈에서 대통령이 멋지게 시구를 한 것을 떠올리고 그렇게 말했다. 그때도 투수가 청와대에 행정관으로 들어와 투구법을 가르쳤는지 궁금했지만, 물어보지는 않았다.

그런 식으로 몇 주 자세 교정 수업을 했는데, 경호원이 또 나를 불러 세웠다.

—VIP 몸을 막대기로 툭툭 치는 거 좀 안 할 수 없습니까?

경호원이 말했다. 굳이 죽도를 막대기라고 한 것을 보면 일종의 경고 같았다. 하지만 나는 막대기보다 VIP라는 말이 더 거슬렸다. 매우 중요한 사람. 물론 대통령은 중요한 사람이다. 하지만 사람마다 각자 중요한 것은 다르다.

—혹시 결혼했습니까?

내가 물었다.

—내년 봄에 할 예정입니다.

경호원이 그건 왜 묻느냐는 투로 대답했다.

—아내 될 분과 대통령 중 한 명을 구할 수 있다면 누굴 구할 겁니까?

—당연히 대통령님을 구해야죠.

—직업 정신이 투철하네요. 예비 신부님께는 그렇게 말하지 마세요. 서운해할 테니.

—그런 건 신경 쓰지 마시고, 그보다 앞으로 조심하세요.

경호원은 주먹을 쥐면서 말했다. 의도적이었는지 무의식중에 한 행동인지는 몰라도, 그 마음은 확실하게 전달됐다. 아무래도 나는 경호실에 단단히 찍힌 모양이었다.

—당신을 잘 모르는 사람들이 당신을 욕한다면, 그건 당신이 훌륭한 사람이라는 의미래요.

검도왕전을 연속으로 제패하고 내가 온갖 시기와 모함에 힘들어하고 있을 때, 아내는 그렇게 말했다. 어느 나라의 속담이라고 했다. 그때는 아내가 옆에 있어서 누구한테 어떤 소리를 들어도, 모욕적인 일을 당해도 그냥 넘어갈 수 있었다. 하지만 이제는 말만 남았다. 중요한 것은 말의 내용이 아니라, 그 말을 누가 하는가 하는 것이다.

청와대에서 경호원으로 일하는 사람들은 특수부대 출신에 무술 유단자인 경우가 많다. 개인차는 있겠지만 기본적으로 힘은 사람을 호전적으로 만든다. 충분히 정중하게 할 수 있는 말을 굳이 시비조로 말한 것은, 경호원들이 은연중에 자신들이 나보다 강하다고 생각하고 있기 때문이다. 나는 힘의 우위를 확실하게 보여줘야겠다고 생각했다. 이런 생각을 한다는 것 자체가 나 역시 힘의 논리에 의해 호전적으로 변했다는 반증이었다.

두 번이나 경고를 받았으니, 세번째 경고는 내가 할 차례였다. 나는 짚단 베기 시범을 준비했다. 조금 앞당겨진 것은 사실이지만, 원래 하려던 일이었다. 어떤 분야나 사람을 키우는 방법은 다음의 세 가지 과정을 거친다.

1. 말로 설명하고
2. 시범을 보여주고
3. 직접 시켜본 후에 잘못된 점을 고쳐준다.

요즘은 말로 설명만 하는 가짜 선생들이 판치지만, 직접 시범을 보여줄 수 없으면 누군가를 가르치는 일은 하지 말아야 한다.

—자신이 정확히 어디로 가려는지 알아야 제대로, 빠르게
갈 수 있습니다.

나는 그렇게 말하고 진검을 뽑는다. 비월. 사부가 물려준 검
이다. 무슨 희대의 명검 같은 것은 아니다. 평범한 장인이 만
든 평범한 칼이다. 다만, 사부가 50년이나 휘둘러서 바람에 갈
고 닦여 어떤 명검보다 날카로운 예기를 갖고 있다.

내가 진검을 들자 경호원들은 양복 상의 단추를 모두 푼다.
겨드랑이 밑에 총을 찬 사람들이 상의 단추를 푼다는 것은 언
제든지 총을 뽑아 발사할 준비를 한다는 뜻이다.

나는 우선 3단으로 겹쳐놓은 짚단을 사선으로 벤다. 짚단은
내 예상보다 훨씬 깔끔하게 잘려 나간다. 대나무를 벤 것 같은
감촉이 손에 남는다. 생각해보니 '단칼에 베기'를 완성한 후로
짚단 베기를 하는 것은 처음이다. 이 기술로 사람을 베면 어떻
게 될까? 검을 휘두르는 사람이면 누구나 한 번쯤 해보는 생
각이다. 나는 그 생각을 품은 채로 천천히 몸을 뒤로 돌린다.
뒤에 있는 5단으로 겹쳐진 짚단을 향하는 자연스러운 동작이
지만, 그 짧은 순간 경호원들에게 살기를 보낸다.

살기와 같은 무형의 기운이 진짜 존재하는지 의심하는 사
람들이 많다. 나도 생각만으로 사람을 죽인다는 의형 살인이
라는 경지는 믿지 않는다. 하지만, 기백으로 상대를 움찔하게
만드는 것은 다양한 분야에서 관찰할 수 있는 사실이다. 무형

의 기운을 감지하는 것은 경험이다. 화재 현장에서 폭발의 징후를 알아채는 소방관의 감각, 대형 마트의 수많은 손님 중에 도둑을 찾아내는 형사의 직감, 군인은 자신이 죽을 위기를 맞았을 때 뒷목에 차가운 바람이 부는 것을 느낀다. 무술을 오래 수련한 사람도 상대가 자신을 공격하려고 할 때, 어느 정도 미리 알 수 있다. 그것들은 모두 그동안 경험한 것들이 쌓여서 생기는 일종의 위기 대응 능력이다.

경호원들은 내가 자신들에게 검을 휘두르려 한다는 것을, 그리고 그렇게 되면 자신들이 죽고 대통령이 위험해진다는 것을 직감적으로 알아챈다. 그들의 대응은 신속하다. 영 점 몇 초의 짧은 순간에 두 명의 경호원이 총을 뽑는다.

—움직이지 마. 칼 버려.

경호원이 소리친다.

—지금 이게 무슨 짓입니까?

대통령이 말한다.

—대통령님, 천천히 저희 뒤쪽으로 오십시오.

또 한 명의 경호원이 말한다. 경호원들은 말을 하면서도 시선은 내게서 조금도 떼지 않는다.

예상한 것보다 조금 과한 상황이 되었지만, 나는 멈출 생각이 없다. 이럴 때야말로 더 확실하게 결말을 지어야 한다.

—일류 검객에게는 자신이 절대적으로 지배한다고 믿는 공격 범위가 있습니다. 제 경우는 정면은 6미터, 등 뒤쪽은

3미터 정도입니다. 여러분은 지금 제 공격 범위의 중심에 들어와 있습니다. 이 공간 안에서는 권총이 아니라 자동소총을 들고 있어도 저한테 이길 수 없습니다.

나는 검신을 비스듬하게 돌리면서 그렇게 말한다. 그리고 다시 한번 더 강하게 살기를 쏘아 보낸다. 경호원들에게 순식간에 권총을 들고 있는 손목과 목이 잘려나갈 거라는 것을 알려준다.

언젠가 아내가 은행 강도 얘기를 하다가 검으로 총을 가진 사람을 이길 수 있느냐고 물어본 적이 있다. 나는 거리에 따라 다르다고 대답했다. 상식적으로 생각하면 검으로 총을 이길 수는 없다. 하지만 동작 하나에 검이 닿는 가까운 거리라면 검이 승산이 더 높다. 사람이 총알을 피하는 것은 불가능하지만, 총구를 피하는 것은 얼마든지 가능하다. 총알은 언제나 총구가 향하는 곳으로만 날아오니까. 반면 검은 손목의 작은 움직임으로도 무한하게 궤도를 바꿔 휘두를 수 있다.

─셋을 세겠습니다. 그 안에 총을 내리지 않으면, 두 분은 죽습니다. 하나, 둘.

내가 말한다. 경호원들의 뺨을 타고 땀이 바닥에 떨어진다. 거의 동시에 두 명의 경호원이 사격 자세를 풀고 총을 내린다. 그들이 권총집에 총을 집어넣는 것을 확인한 후에 나도 비월을 검집에 꽂아 넣는다.

─차 실장 호출하고, 두 사람도 따라오세요. 내가 납득할

수 있는 설명이 있어야 할 겁니다. 선생도.

어느 정도 정리가 되자 대통령이 말한다. 평소의 온화한 표정은 완전히 사라지고, 딱딱하게 굳은 얼굴이다. 나는 잘못한 것도 있고 해서, 사부에게나 하던 허리를 굽히고 고개를 숙인 채 하는 포권지례로 답한다.

청와대 경호실장은 아마도 대통령이 가장 신임하는 사람이 맡을 것이다. 자신과 가족의 목숨을 맡겨야 하니까. 차 실장은 전체적으로 웃는 상이었는데, 눈빛만 날카로웠다. 그는 꽤 부드럽게 상황을 정리했다.

대통령의 신변을 우려한 경호 팀의 과잉대응으로 인한 해프닝.

공식적으로는 아무 일도 일어나지 않았고, 비공식적인 보고서에는 그런 문장이 적혔다.

—죄송합니다. 진검으로 하는 연무 시범을 처음 봐서 저희가 실수했습니다.

—아닙니다. 저도 놀라서 무례하게 행동했습니다. 사과드립니다.

총을 뽑았던 경호원 두 명과 나는 대통령 앞에서 그런 말을 주고받으며 악수를 했다. 뭔가 격식을 차리고 사과를 주고받는 분위기를 연출했지만, 실상 우리의 모습은 주먹다짐을 한 후에 담임선생님 앞에서 억지로 포옹하는 고등학생들과 다르지 않았다.

이 싸움은 나의 판정승이었다. 경호원들은 감봉을 받았고, 나는 구두 경고로 끝났다. 무엇보다 경호원들에게 공포와 힘의 우위를 각인시켜줬으니 앞으로 어설픈 위협 같은 것은 사라질 것이다. 그날 이후로 경호원들이 수업을 참관할 때 와이셔츠 안에 얇은 쇠사슬로 짠 방검복을 받쳐 입고 오는 것만 봐도 그들이 나를 얼마나 경계하는지 알 수 있었다.

검은 승부가 명확하다. 서 있는 사람이 승자고, 바닥에 쓰러진 사람이 패자다. 하지만 정치는 승패가 명확하지 않다. 모든 승부가 계속 누적되어 다음 싸움으로 연결된다. 후일을 위해 져주는 경우도 많다. 나는 그냥 칼싸움을 했고, 차 실장은 정치를 한 것 같다. 그는 내가 한 말을 문제 삼아 나를 감옥에 보낼 수도 있었을 것이다. 하지만 나중에 나를 써먹기 위해 자기들이 모든 책임을 지는 방식으로 마무리했다. 대통령의 유럽 순방을 앞두고 차 실장이 나를 자기 방으로 불렀을 때, 나는 내 생각이 틀리지 않았음을 확신했다.

─순방 중에도 수업을 하라는 뜻입니까?

차 실장이 유럽 순방에 동행해달라고 해서 나는 그렇게 물었다.

─그럴 여유는 없을 겁니다.

차 실장이 대답했다.

─그럼 전 뭘 하죠?

―순방 기간 동안 대통령님 바로 옆에서 수행만 하시면 됩니다. 이걸 들고.

차 실장은 그렇게 말하면서 손잡이가 수정으로 된 지팡이를 책상 위에 올려놓았다. 들어보니 비율과 무게와 길이가 완전히 똑같았다. 길이야 눈대중으로 맞출 수 있다고 해도, 들어본 적도 없는 내 검의 무게를 알고 있다는 것은 놀라운 일이었다. 청와대 경호실이 만만한 곳이 아님을 새삼 깨달았다.

―CIA에서 극비리에 경고가 있었습니다.

차 실장은 재차 극비라는 말을 강조하면서 간단히 상황을 설명했다. NASA에서 우주선을 개량하기 위해 메타세라믹이라는 신물질을 개발했는데, 미 해병대에서 메타세라믹을 군사용으로 전용하기 위해 시범적으로 군용 단검을 몇 자루 만들었다. 메타세라믹은 엑스레이나 금속 탐지기에 감지되지 않을 뿐만 아니라, 특정 온도에서 모양을 쉽게 바꿨다가 복원할수 있다. 그런데 한 달 전에 그 단검 여섯 자루를 탈취당했다.

―그걸 탈취한 사람들이 우리나라 대통령을 노린다는 겁니까? 왜요?

내가 물었다.

―국제 정세나 경제 상황을 다 설명드릴 수는 없지만, 이번 순방이 실패하고, 대한민국 대통령이 위해를 당하면 이득을 보는 집단은 많이 있습니다.

차 실장이 대답했다.

나는 그가 최대한 솔직하게 얘기했다고 생각했다. 정치인들이 하는 말 중에 가장 이해할 수 없는 말이 상생이다. 서로서로 좋은 일, 모두에게 좋은 일. 하지만 세상에 그런 길은 없다. 내가 이득을 보면 누군가 손해를 본다. 내가 배부르면 누군가 굶는다. 내가 죽으면 누군가 산다. 그게 검의 논리다.

—그런 일은 경호 팀이 훨씬 잘할 텐데요.

나는 일단 거절했다. 나는 나를 지키는 방법은 알지만, 옆에 있는 누군가를 지키는 법은 알지 못했다.

—선생께 총을 뽑아 들었던 두 사람은 제가 군에 있을 때 데리고 있던 부하들입니다. 실전 경험이 풍부한 친구들이죠. 제 목숨도 여러 번 구해줬습니다.

차 실장이 말했다.

—그런 것 같……

—그 둘이, 손가락 하나 까딱할 수 없었다고 하더군요. 이런 생각을 해봤습니다. 테러범 중에 선생 같은 사람이 있으면, 우리가 과연 막을 수 있을까? 정면은 6미터, 등 뒤는 3미터가 선생의 절대적 공간이라고 하셨다죠? 딱 그 범위만 막아주세요. 그 바깥은 총이든 폭탄이든 저희가 반드시 막겠습니다.

차 실장이 내 말을 끊고 말했다. 그는 말을 마친 후에 지팡이를 내게 건넸다.

—순방 일정에 이탈리아가 있다고 들었는데, 혹시 교황이랑도 만납니까?

나는 지팡이를 받기 전에 그렇게 물었다.

─네, 접견 예정입니다. 선생, 천주교 신잡니까?

나는 지팡이를 받았다.

나보다는 아내가 독실한 신자였다. 나는 그저 아내를 따라 성당에 앉아 있었을 뿐이다. 지금의 교황과는 다른 사람이지만, 아내가 살아 있을 때, 교황이 방한한 적이 있다. 서울광장에서 교황이 직접 미사를 주재했는데, 아내는 그곳에 가고 싶어 했다. 그날 나는 지방에서 시합이 있었다. 나는 아내에게 미사에 참석해 교황의 축도를 받으라고 했다. 아내는 교황을 보러 가는 대신 나를 응원하러 왔다. 그날 나는 우승을 했고, 아내와 함께여서 더없이 기뻤다. 아내가 죽고 나서 그 일이 계속 마음에 걸렸다. 의사의 말대로 단지 운이 없었기 때문이라면, 운을 관장하는 신에게 아내가 미움을 받은 것은 아닌지 걱정됐다.

대통령의 이번 순방은 독일에서 시작해 벨기에와 프랑스, 스위스를 거쳐 이탈리아에서 끝나는 일정이었다.

한 나라의 대통령에게 위해를 가하는 것은 생각보다 더 힘든 일이다. 경호는 청와대에서만 하는 것이 아니다. 자국을 방문한 타국의 정상이 테러를 당하면 그 나라의 위신도 땅에 떨어진다. 반경 40킬로미터의 모든 상공이 비행 금지 구역이 되고, 모든 저격 포인트에 특공대가 배치된다. 폭발물 탐지견과 금속 탐지기가 수시로 주변을 검사한다. 경찰, 군대, 경호 팀의 인원을 전부 합치면 수천 명이 넘는 인원이 한 사람의 안전을 위해 움직인다.

나는 이런 생각을 해봤다. 만약 나한테 메타세라믹으로 만든 단검이 있고, 내가 대통령을 죽여야 한다면, 할 수 있을까? 가능성이 있는 상황은 환영 퍼레이드였다. 예정은 차를 타고 지나가는 것이었지만, 다른 나라를 방문했을 때의 영상을 보니, 대통령이 차에서 내려 교민과 악수를 하거나, 꽃다발을 받는 등의 돌발 상황이 꽤 여러 번 있었다. 돌발 상황이 아니더라도 사람들과 직접 접촉하는 순간은 존재했다. 퍼레이드가 끝나고 차가 멈췄을 때, 보통 50~100미터 정도를 인파 사이를 걸어서 지나간다. 그 순간 내 손에 칼이 있다면 나는 대통령을 죽일 수 있었다.

나는 차 실장에게 내 판단을 이야기했다. 차 실장은 자신도 나와 같은 생각이라는 듯이 천천히 고개를 끄덕였지만, 별다른 말을 하지는 않았다. 경호 예정에 변동도 없었다. 청와대 경호 팀은 대통령을 위해 움직인다. 하지만, 대통령을 움직일 수는 없다. 검이 검객을 움직일 수 없는 것처럼.

다섯 번의 환영 퍼레이드에서 나는 대통령 주변에 무형의 검막을 친다. 그리고 걸으면서 사방으로 살기를 쏘아댄다. 내가 계속 살기를 보내는 탓에 더운 날씨가 아닌데도 근접 경호를 맡은 경호원들은 와이셔츠가 다 젖을 정도로 땀을 흘린다.

의심의 눈으로 보니 모든 사람이 다 테러범처럼 보인다. 태극기를 흔드는 중년 여성은 바지 주머니가 수상해 보이고, 노인들의 지팡이는 전부 무기처럼 보인다. 가방을 들거나 멘 사람들도 전부 위험인물이다. 키가 크거나 체격이 좋은 남자들이 눈에 띄면 그가 서 있는 방향으로 발도할 준비를 한다.

스위스에서는 대통령에게 꽃다발을 건네던 여섯 살짜리 남자아이가 내 살기에 반응해 울음을 터뜨린다. 가끔 천부적으로 감각이 뛰어난 아이들이 있다. 대통령이 아이를 안아 들고 달래는 통에 나는 더 긴장한다. 대통령이 아이를 엄마 품으로 인계할 때, 나는 그 아이의 엄마에게 아이가 무술을 배우면 대성할 거라고 말해주려다가 그만둔다. 그런 일로 통역관을 부르는 것도 우습고, 무엇보다 무술로 대성하는 게 큰 의미가 없는 세상이다. 어떤 재능이 있든 수학과 언어를 열심히 공부하는 게 제일 좋은 일인지도 모른다.

―선생이 보기에는 위험한 상황이 있었습니까?

차 실장이 물었다.

―제 범위 안에서는 살의를 가진 움직임은 없었습니다.

내가 대답했다.

―부하들 말로는 선생이 노골적으로 살기를 뿜어서 뒤도 돌아볼 수가 없었다고 하더군요. 고개를 돌리는 순간 목이 부러질 것 같은 감각에 사로잡혀서 앞만 보고 걸었다고. 테러범들도 선생 때문에 움직일 수가 없었는지도 모르죠.

차 실장이 말했다.

—잘 모르겠습니다. 모두가 수상해 보였지만, 칼을 꺼낸 사람은 없었으니까요.

내가 말했다. 테러 위험은 애초에 존재하지 않았을 수도 있다. 메타세라믹으로 만든 단검을 훔친 것은 테러 조직이 아니라 어딘가의 초밥 요리사일지도 모른다. 단지 더 맛있는 초밥을 만들기 위해 신물질로 만든 칼이 필요했을지도.

—테러 계획이 없었든, 선생 덕에 억제되었든 결과는 같습니다. 감사합니다.

차 실장은 목례를 하면서 그렇게 말했다. 그리고 내가 대통령의 오후 일정 동안 실내에서 근접 경호를 맡도록 배려해줬다. 그냥 따라만 다니면 교황을 만날 수 있을 거라고 덧붙였다. 나는 지팡이를 반납했다. 교황청과 총리 관저에서 지팡이가 필요한 일은 없을 테니까.

교황은 백인이라는 것과 외국 말을 한다는 점만 빼면, 아내가 다니던 성당의 신부와 별로 다를 게 없었다. 옷만 조금 더 화려했다. 그래도 나는 교황에게 죽은 아내를 위한 축도를 부탁했다. 교황은 짧게 기도를 한 후에 아내가 신의 곁에서 평온하게 있을 거라고 말했다. 어딘지 신뢰가 가는 목소리였다.

교황은 기약 없는 방한 약속을 했고, 대통령도 마찬가지로 기약 없는 초청 약속을 했다. 한국 신문에 무슨 대단한 말이 오간 것처럼 기사가 난 것을 봤는데, 현장에서 내가 느낀 것은

'언제 시간 나면 한 번 더 보자' 하는 식의 빈말이었다.

남은 것은 이탈리아 총리와의 정상회담뿐이었다. 회담이 끝나면 바로 귀국이었다. 방문한 나라마다 그 나라의 대통령, 수상, 총리 들과 정상회담이 있었지만, 그동안은 경호에 신경 쓰느라 회담 내용에 관심을 둘 여유가 없었다. 대통령과 각료들의 표정을 보고 뭔가 대단히 중요한 이야기가 오간다는 것 정도만 알았다. 마지막 회담은 긴장이 풀린 탓인지 자연스럽게 내용이 귀에 들어왔다.

원래 정상회담은 실무자들 사이에 대부분의 내용이 합의된 후에 성사된다. 대통령은 약간의 세부적인 항목과 표현을 조율해서 서명만 하는 경우가 많다. 하지만, 실무자들 사이에 합의가 되지 않거나, 상대 정상이 갑자기 의제를 꺼내는 경우 대통령은 그 자리에서 중요한 협상과 결정을 해야 한다.

이탈리아 총리는 대한민국 인터넷 쇼핑몰에 떠도는 불법 카피 제품에 대한 적극적인 단속과 규제를 요청했다. 총리는 태블릿 PC로 한국의 인터넷 쇼핑몰 화면을 캡처한 이미지를 불법 카피의 예로 보여줬다. 옷, 가방, 신발, 벨트, 시계, 우산까지 다양한 물건들이 있었다. 카피 제품은 정품보다 반값 이상 쌌고, 심한 경우 가격이 10분의 1인 것도 있었다. 익숙한 무늬가 있어서 자세히 보니 아내가 들고 다니던 가방과 같은 것도 있었다. 아내도 아마 정품이 아니라 카피 제품을 샀을 것이다.

―여기 오기 전에 교황을 만나고 왔습니다. 구약성경에 이런 말이 있죠. 하늘 아래 새로운 것은 없다.

가만히 듣고 있던 대통령은 그렇게 말하면서 총리가 보여준 이미지 중 하나를 확대했다. 총리가 정품이라고 보여준 사진이었는데, 무슨 패션쇼 사진인 것 같았다. 연분홍색 블라우스의 앞섶에 옷고름 같은 것이 달린 옷이었다. 대통령은 휴대전화로 인터넷을 검색해 한복 사진을 몇 장 보여줬다.

―이건 2천 년 전부터 내려오는 한국의 전통의상입니다. 제가 보기에는 쇼핑몰에서 디자이너의 옷을 카피한 게 아니라, 귀국의 디자이너가 한국의 전통의상을 참조한 것 같군요.

대통령은 그런 식으로 이탈리아 총리가 보여준 이미지 중 몇 개의 허점을 공격했다. 즉흥적으로 검색하는 것같이 보였지만, 한 번에 필요한 사진을 찾는 것을 보면 미리 연습을 한 것 같았다. 이탈리아 총리는 펄쩍 뛰었고, 반박과 재반박이 오갔다. 나도 한국 사람이니 객관적일 수는 없겠지만, 내가 보기에 두 사람의 말은 서로 절반씩 맞는 것 같았다. 확실하게 카피한 제품들도 있었고, 카피라고 하기에는 좀 애매한 것들도 있었다.

두 정상의 목소리가 조금씩 커졌다. 급기야 대화가 문화와 전통 역사까지 이어졌다. 로마와 고조선까지 언급되었다.

―우리 집이 더 좋아.

―아냐. 우리 집이 더 좋아.

아이들의 말싸움 같았다. 대통령이 자신보다 거의 스무 살이나 어린 이탈리아 총리와 그런 식의 대화를 한다는 게 이상했다. 숨은 의도가 있는 게 분명했다.

내 생각대로 모든 것은 하나의 작전이었다. 대통령은 잔뜩 흥분한 이탈리아 총리에게 문화 대결을 제안했다.

한국의 검술과 이탈리아의 펜싱 승부.

총리는 반색을 하면서 받아들였다. 뭔가 확실하게 믿는 구석이 있는 모양이었다. 대통령은 곁눈질로 내게 신호를 줬다. 나는 고개를 돌려 시선을 피했다. 누구 머리에서 이런 시나리오가 나왔는지 모르지만, 내게 아무 언급도 없이 일이 진행됐다는 것이 불쾌했다. 어쩌면 테러 위협이니 하는 것은 전부 거짓말이고, 나를 동행시킨 이유가 처음부터 이 시합 때문이었다는 생각까지 들었다. 하지만, 바로 한 시간 뒤가 시합이라 거절할 수도 없었다. 안 하겠다고 하면 역적이 되는 상황이었다. 내 뒤틀린 심사를 읽었는지 대통령이 나를 따로 불렀다.

—선생. 도와주세요.

대통령이 말했다.

—미리 언질을 주셨으면 좋았을 텐데요.

내가 말했다.

—오늘 아침까지도 확정이 안 된 일이었습니다. 조금 전까지도 성사될지 자신이 없었고요.

대통령이 말했다.

—부탁인가요? 명령인가요?

내가 물었다.

—지금은 부탁이지만, 필요하다면 명령도 할 수 있습니다.

대통령이 대답했다.

—저는 군인이 아닙니다.

내가 말했다.

—전쟁이 나면 누구나 군인입니다.

대통령이 말했다.

—소위 말하는 총성 없는 경제 전쟁이라는 건가요?

내가 물었다.

—세상에 그런 평화로운 전쟁은 없습니다. 수십만 명의 목숨이 달렸는데, 총성이 없을 수가 있나요. 선생은 정말 아무 소리도 듣지 못했습니까?

대통령이 말했다. 그의 말을 듣고 보니, 그가 오늘 하루 종일 수 없이 많은 총을 맞았고, 그 역시 쐈음을 알 것도 같았다. 피로에 지친 대통령한테서 화약 냄새가 났다.

—하죠. 하지만 상대에 따라 제가 질 수도 있습니다.

내가 말했다.

—선생이 연습하는 영상을 봤습니다.

대통령이 말했다. 청와대 곳곳에 CCTV가 설치되어 있다는 말은 들었지만, 도장 안에도 설치되어 있는지는 몰랐다. 대통령은 내가 '단칼에 베기'를 수련하는 것을 본 모양이었다.

나는 하루에 한 번 도장에 가서 검을 휘둘렀다. 어떤 날은 들어간 지 1분 만에 휘두르고 나왔고, 어떤 날은 여덟 시간 동안 서 있다가 휘두르고 나왔다. 대통령은 처음에 내가 쓸모없는 짓을 하고 있다고 생각했다. 그런데 자세를 배우고 검을 수련하면 할수록 내가 휘두르는 그 한 번이 얼마나 대단한 것인지 차츰 알게 됐다.

—그건 누구도 피할 수도 막을 수도 없는 일격 아닙니까?

대통령이 물었다.

—그걸 목표로 하는 것은 맞습니다. 이제 시작입니다.

내가 대답했다. 나는 조금 놀랐다. 이제 막 초심자를 벗어난 그에게 그 정도 안목이 있을 줄은 몰랐다. 당연한 일일 수도 있다. 각 분야의 인재를 적재적소에 배치하는 일을 하는 게 임명권자니까.

—필요한 게 있습니까?

—목검이 있으면 좋겠지만, 없으면 지팡이라도 상관없습니다.

10분 후에 경호원이 목검을 구해 왔다. 내게 총을 겨눴던 그 경호원이었다.

—조심하십시오. 선생님 상대인 엔리코는 올림픽을 3연패하고 단체전까지 더하면 금메달을 다섯 개나 딴 펜싱 쪽에서는 전설 같은 사람입니다.

경호원이 말했다. 이탈리아 총리의 자신감은 그 엔리코라는 사람 때문이었던 모양이다.

—그런 전설 같은 사람인데 왜 이 시합을 말리지 않았습니까?

내가 물었다.

—저도 중학교 때 잠깐 펜싱을 했습니다. 엔리코가 출전한 올림픽 중계도 봤습니다. 저를 대입해봤습니다. 제가 그 올림픽 결승전에서 권총을 들고 엔리코 앞에 마주 서 있다면 어땠을지 말입니다. 그런데 아무리 생각해도 눈곱만큼도 제가 질 것 같지가 않더라고요. 선생님 앞에서는 두 명이 총을 뽑고서도 질 것 같았는데 말입니다.

경호원이 대답했다.

—올림픽은 아마추어들이 서로 기량을 겨루는 축제죠.

내가 말했다. 올림픽은 인류의 화합과 번영을 목적으로 페어플레이, 연대, 상호 간의 이해를 기본 정신으로 한다. 어느 것 하나 서로 죽고 죽이는 일과는 어울리지 않는다. 경호원은 자신을 대입해봤다고 했는데, 제대로 하려면 이런 식으로 가정해 보면 된다. 사격 분야의 금메달리스트 일곱 명을 모아서 올스타팀을 만들어, 청와대 경호 팀과 시가지나 산에서 전투를 시키면 어떻게 될까? 결과는 아마도 올림픽 올스타 팀의 몰살일 것이다. 안전한 상태에서 사격을 잘하는 것과 목숨이 걸려 있는 상황에서 총을 쏘는 것은 전혀 다른 일이다. 칼도 마찬가지다.

나는 모든 것을 이탈리아 측에서 제안한 대로 하라고 했다.

보호구를 차라기에 찼고, 전자감응 시스템으로 점수를 매긴다기에 그러라고 했다. 내가 검도왕전을 비롯한 이런저런 검도 대회 참가를 그만둔 것도 그런 식으로 점수를 환원하는 채점 방식 때문이었다. 실전이라면 이마에 겨우 생채기를 낼 정도로 위력이 없어도 먼저 머리에 닿기만 하면 점수를 얻는다. 그러다 보니 검을 휘두르는 것이 아니라, 검으로 상대를 툭툭 치는 것 같은 극단적인 쾌검이 주를 이룬다. 나는 그런 것은 검술이 아니라고 생각한다.

한 가지 문제는 경호실에서 구해온 목검이 최상급 흑단목검이라는 거였다. 장인이 수년간 공들여 만든 흑단목검을 일류 검객이 사용하면 강철도 자를 수 있다. 예전에 사부가 직접 보여준 적이 있다. 펜싱 보호구의 내구력이 어느 정도인지 몰라도, 제대로 맞으면 크게 다칠 수도 있었다. 그렇다고 봐줄 수 있는 상황도 아니었다.

시합이 시작되기 직전까지 나는 어디를 공격해야 상대가 덜 다칠지 고민했다. 이런 시합에서 누가 죽기라도 한다면 심각한 외교 문제가 생길 수도 있었다.

버저 소리와 함께 시합이 개시된다. 엔리코는 무릎을 굽히고 허리를 세운 펜싱 특유의 자세로 칼을 들고 앞뒤로 움직이며 다가온다. 빠르고 군더더기 없는 동작이다. 팔과 다리가 유난히 길다. 거리감을 파악하기가 쉽지 않다. 엔리코가 앞으로 한 걸음을 크게 내딛으며 칼을 찔러온다. 내 목검과 달리 엔리코의 칼은 부드럽게 흔들린다. 연검처럼 심하게 휘어지는 것은 아니지만 궤도를 예측하기가 힘들다. 나는 조금 뒤로 물러서면서 목검을 위로 들어 엔리코의 칼을 쳐낸다. 충격에 놀랐는지 엔리코도 물러선다. 나는 시합을 오래 끌 생각이 없다.

나는 목검을 휘두른다. 목표는 엔리코의 칼과 손잡이가 이어지는 부분이다. 목검이 금속과 부딪히며 맑은 종소리 같은 소리가 난다. 엔리코는 신음과 함께 칼을 떨어뜨린다. 아마 손가락이나 손목이 부러졌을 것이다. 나는 바로 다음 동작으로 들어간다. 목검으로 엔리코의 목울대를 겨눈다. 보통은 이런 경우 목 바로 앞에서 검을 멈추지만, 나는 부러 울대에 목검을 직접 대고 누르면서 압박을 가한다. 엔리코는 움직이지 못한다. 나는 검 끝을 통해 조금이라도 움직이면 그대로 목을 부러뜨리겠다는 의지를 확실하게 전달한다. 점수를 표시하는 전광판도 전자감응 장치도 변화가 없다. 하지만 이 승부에서 누가 이겼는지는 모두가 알 수 있다.

나는 보호구를 벗고 인사를 한 후에 시합이 진행된 플로어에서 내려온다. 이탈리아 측에서 통역관에게 뭔가를 열심히 이야기한다. 알아들을 수는 없지만, 표정을 보니 항의를 하는 것 같다.

—재시합을 해야 할 수도 있습니다.

대통령이 말한다.

—그런 일은 없을 겁니다. 또 하면 진짜로 죽는다고 경고했

으니까요.

내가 말한다. 내 위협이 통했는지, 부상 때문인지 엔리코는 재시합을 포기한다.

내가 엔리코에게 이겼을 뿐, 한국의 검술이 이탈리아의 펜싱보다 강한 것은 절대로 아니다. 강하고 약한 것은 사람이지, 유파나 기술의 우열은 없다. 죽고 죽이는 싸움을 위해 사브르를 휘두르는 사람도 어딘가에 있을 것이다.

—선생 덕분에 이번 순방은 성공적이었습니다.

한국으로 돌아오는 비행기 안에서 대통령이 말했다. 나는 아무 말도 하지 않았다. 비행기 안에서 계속 잠만 잤다. 아내와 함께 유럽을 여행하는 꿈을 꿨다.

검도왕전은 올림픽 체조경기장에서 열렸다. 원래 검도는 인기가 없다. 호면 때문에 선수의 얼굴이 보이지 않고, 선수들의 동작과 죽도의 움직임이 너무 빨라서 대부분의 관객은 앞에서 무슨 일이 일어났는지 알지도 못한다. 관중이 없는 것은 당연한 일이다. 선수들의 기합 소리를 들으러 경기장에 오는 사람은 없을 테니까. 보통은 선수들의 가족과 지인들만 드문드문 관중석에 앉아 있다. 하지만, 올해는 대통령이 개회사와 공개 연무를 한다는 소식 덕분에 빈자리가 하나도 없이 관중석이 가득 찼다. 의례적으로 나와 있는 기자 몇 명이 아니라, 모든 신문과 방송이 취재를 하러 왔다. 얼핏 세어 봐도 카메라가 몇백 개는 넘게 있었다.

대통령의 개회사 겸 축사는 "가슴이 뜁니다"로 시작해 "축하합니다"로 끝났다. 대통령은 1분밖에 말을 하지 않았지만, 체육관에 모인 사람들을 완전히 집중하게 했고, 검도인이 아닌 일반 관중들조차 검도왕전이 대단히 의미 있는 대회인 것처럼 생각하게 만들었다. 대회에 다소 회의적인 시각을 갖고 있는 나도 내가 이런 엄청난 곳에서 우승을 했었구나 하는 생각이 들 정도였다. 짧지만, 훌륭한 연설이었다. 형편없는 연설자만 깊이가 부족한 것을 길이로 대신한다.

대기실로 돌아온 대통령은 긴장한 모습이었다. 연설은 대통령의 전문 분야지만, 공개 연무는 완전히 초심자였다.

―많은 사람 앞에서 제대로 검을 휘두를 수 있을지 모르겠네요.

대통령이 말했다.

―연습한 대로만 하시면 됩니다. 사람이 많다고 베어질 것이 안 베이는 일은 없으니까요.

내가 말했다.

공개 연무는 8강전이 끝나고 하기로 되어 있었다. 대통령은 마지막으로 자세를 점검했다. 나는 대통령에게 조언을 하면서 대기실 벽의 TV로 시합을 지켜봤다. 아직도 검도 대회에 출전하는 사람들이 저렇게 많이 있다는 것은 다행스러운 일이었지만, 그들의 움직임과 검로는 실망이었다. 검술의 멸종

징후를 확인하는 기분이었다.

과연 얼마나 더 지연시킬 수 있을까. 나는 사부의 말이 떠올라 비월을 꽉 그러쥐었다. 무엇이든 단칼에 벨 수 있는 최강의 검술로도 벨 수 없는 것들이 있다.

장내 아나운서의 안내 방송과 함께 대통령의 순서가 왔다. 대통령은 여전히 긴장한 표정이었지만, 눈빛은 자신감을 되찾았다. 그럴 수밖에 없는 것이, 연습 때 대통령은 3단 짚단이라면 열에 아홉, 5단은 열에 여덟을 깨끗하게 잘랐다. 실패해도 완전히 잘리지 않는 것이 아니라, 단면이 약간 지저분하게 남을 뿐이었다.

전광판에 대통령의 모습이 비치자 관중들이 함성을 지른다. 대통령은 짧게 손을 흔들고 다시 집중한다. 도복 탓인지몰라도 온전히 한 명의 무도인의 모습 같다. 대통령은 천천히 검을 뽑아 짚단 앞에 선다. 우선은 세 개, 사선, 수평, 사선으로 1단 짚단을 벤다. 완벽하다. 관중의 함성이 커진다.

3단 짚단 앞에서 대통령은 잠시 자세를 고쳐 잡는다. 기합과 함께 검을 치켜든다. 대통령의 기합은 크지도, 길지도 않다. 대통령이 검을 휘두른다. 깨끗하게 짚단이 잘려 나간다. 이번에는 관중의 박수가 늦다. 다들 감탄하기 전에 놀랐기 때문일 것이다. 나도 조금 놀란다. 연습 때보다도 훨씬 움직임이좋다. 대통령은 역시 많은 사람이 보고 있을 때, 뭐든 더 잘하는 체질인 모양이다.

마지막 5단 짚단 앞에서 대통령은 검집을 허리에서 풀어 앞에 세우더니 그대로 검을 집어넣는다. 나는 저런 식의 납도술을 가르친 적이 없다. 그것은 무사의 납도가 아니라 전쟁을 끝낸 장군에게나 어울리는 동작이다.

전쟁이 끝나면 장군은 연설을 한다. 승리했다면 마지막 함성을 위해, 패배했다면 실의에 빠진 패잔병들을 위로하기 위해. 대통령도 마이크를 든다.

—이제 저도 나이가 들어서 짚단 다섯 개는 무립니다. 20년 전에 이런 기회가 있었다면 멋지게 성공했을 텐데 아쉽습니다. 다행히, 대한민국은 아직 젊습니다. 하지만, 늙어가고 있는 것도 사실입니다. 조금 더 시간이 지나면 이 나라도 저처럼, 할 수 있던 것을 할 수 없게 됩니다. 지금이 아니면 못 하는 일들이 있습니다. 반드시 지금 해야 하는 일들이 있습니다. 정부가 당면한 과제 앞에서 물러서지 않도록, 여러분이 도와주셔야 합니다.

대통령이 말한다. 관중이 함성을 지른다. 경기장을 돔 형태로 짓는 이유 중에는 함성을 증폭시키기 위한 측면도 있다. 귀가 아니라 온몸으로 진동이 전해진다.

나는 조금 허탈한 기분이 들었다. 나는 대통령에게 짚단 베기를 할 수 있도록 검술을 가르쳤는데, 대통령은 짚단을 베지 않으려고 검술을 배운 셈이었다.

—선생. 기분이 상하셨나요?

청와대로 돌아가는 차 안에서 대통령이 그렇게 물었다.

—별로요. 다만, 그건 검술이라기보다는 정치 같던데요.

내가 말했다.

—저는 이 나라의 대통령입니다. 제가 하는 말과 행동은 모두 정치적일 수밖에 없습니다. 그동안 감사했습니다.

대통령이 악수를 청했고, 나는 그가 내민 손을 잡았다. 악수는 서로 빈손을 내밀어 무기가 없음을 확인하는 행위에 기원을 두고 있다.

한 달 정도 더 근무해도 된다고 했지만, 나는 바로 짐을 챙겨서 청와대를 나왔다. 마지막 월급과 수당을 수령하면서 3개월 동안 실업 급여를 받을 수 있다는 안내를 받았다. 나는 알려줘서 고맙다고 말했다. 하지만, 내가 실업급여를 신청하는 일은 없을 것이다. 나는 도장을 다시 열 생각이었다. 어쩌면 내 뒤를 이어 멸종을 지연시켜줄 제자를 만날 수 있을지도 모른다. 내게 총을 겨눴던 경호원이 문 앞까지 나를 배웅했다. 뭔가를 지키는 사람은 자연스럽게 파괴하는 사람을 동경하게 되는 것인지도 모른다. 그는 내게 청첩장을 줬다.

아내 없이 도장을 운영하는 게 쉽지는 않겠지만, 나름 복안이 있었다. 청와대에 있으면서 나도 배운 것들이 많았다.

전단지를 뿌렸다. 유럽 순방 때와 검도왕전 때, 대통령과 함께 찍은 사진을 전단지에 넣었다. 매일 수십 명의 입문 희망자들이 도장을 방문했다. 몇 명은 검도왕전 때 관객으로 있었다는 사람도 있었다. 대부분은 중학생과 고등학생이었고, 중년의 남성과 여성들도 열에 한둘씩 있었다. 나는 우선 연령별로 오전과 오후, 평일 반과 주말 반으로 수업을 분류했다. 도저히 혼자서는 감당할 수가 없어서 협회장 영감에게 전화를 걸어 사범으로 일할 사람을 두 명만 추천해달라고 부탁했다. 검도왕전 때 마주쳐서 잠시 인사를 하기는 했지만, 10년 만에 전화를 걸어 다짜고짜 부탁을 하려니 조금 민망한 마음이 들었다. 하지만 협회장 영감은 그런 것에 대해서는 별말 하지 않았다. 우리는 원래 그런 사이였다. 며칠 후에 대학교 검도부 졸업생 두 명이 찾아왔다. 둘 다 체격이 좋고 기초가 튼튼해서 바로 채용했다.

몇 달 정도 이런저런 시행착오를 겪었지만, 도장은 빠르게 안정되어갔다. 도장 용품과 재무를 관리할 직원을 한 명 더 뽑았고, 주말 반을 맡을 사범도 따로 구했다. 내가 없어도 도장은 잘 운영되었다. 아직 제자로 키울 만한 재목은 발견하지 못했다. 나는 가끔씩만 직접 수업을 하고 남은 시간은 온전히 내 수련에 쓸 수 있었다. 아내가 살아 있었다면 카피가 아닌 진짜 명품 가방을 마음껏 사줄 수 있을 정도로 통장 잔고가 계속 늘어났다.

─나쁘지 않아.

협회장 영감은 내 '단칼에 베기'를 보고 그렇게 말했다. 사부도 그랬고, 옛날 어른들은 칭찬에 인색하다. 한 번 더 해보라고 해서 나는 다시 검을 휘둘렀다.

　―너와 같은 길을 가는 상대를 만나면 동귀어진하기 딱 좋은 기술이구나.

　협회장 영감이 말했다. 조언인지 질책인지 모를 말이었다. 대충 의미는 알아들었다. 상대를 죽이고 나도 죽으면, 그것은 무승부가 아니다. 둘 다 패배한 것일 뿐이다. 하지만, 결과가 동귀어진이라 해도 나와 같은 길을 걸어온 사람을 만나면 기쁠 것 같다.

　대통령을 가르친 뒤로 조금 더 강해진 것 같은 기분이 든다. 기술의 차원이 아니라 마음의 문제다. 아내가 주선해놓은 시합이 기대된다. 개인적으로는 검선의 제자라는 백동수와 겨뤄보고 싶다.

　여보. 듣고 있어?

영구적 팽창으로부터의

부드러운 탈출

재봉사 다섯 명이 그만뒀다. 전체 직원이 30명도 안 되는 작은 인형 공장에서 갑자기 생긴 다섯 명의 공백은 생산 라인을 잠시 중단시켜야 할 만큼 큰 손실이었다. 당장 이번 주 납품 일자를 맞추는 게 문제였다.

나는 새로 사람을 구할 때까지 일주일만 더 일해달라고 사정했다.

다섯 명 모두 단호하게 거절했다.

그만두는 이유가 뭔지 물었다. 직원들이 대부분 오십대 이상이었고, 부업 삼아 나온 전업주부들이 많아서 갑자기 한두 명씩 그만두는 일은 종종 있었다. 하지만 동시에 다섯 명이 그만두는 경우는 처음이었다. 나는 근처에 우리 회사보다 돈을 더 많이 주는 일자리가 생겼을지도 모른다고 생각했다.

다섯 명 모두 같은 이유를 말했다.

─어제 스티븐 호킹이 죽었어요.

의외의 대답이었다.

내가 다섯 번이나 잘못 들었을 리는 없다. 하지만, 아무리 생각해도 그 사람이 죽은 것과 회사를 그만두는 게 무슨 관계가 있는지 납득이 가지 않았다.

─대체 스티븐 호킹이 누구야?

나는 며칠 전 새로 산 핸드폰을 꺼내 그렇게 물었다. 대리점 직원의 말로는 인공지능이 무엇이든 대답해준다고 했다.

─좀더 정확한 정보를 위해 인터넷을 검색해봤어요.

사무적인 음성이 흘러나왔다. 몇 번을 물어도 결과는 같았다. 내가 원하는 형태의 대답이 아니었다. 애초에 사용법도 잘 모르는 최신형 스마트폰을 산 이유는 눈 때문이었다. 요즘 급격하게 노안이 와서 돋보기 없이는 글자를 읽을 수가 없었다. 그냥 인터넷을 검색해보는 거라면 내가 하면 그만이었다. 대리점 직원의 언변에 속은 것 같은 기분이 들었다.

그래도 인공지능 덕분에 휠체어에 앉아 있는 스티븐 호킹의 사진을 몇 장 봤다. 기억이 날 것도 같았다. 무슨 과학자였던가? 나는 평생을 기계를 만지면서 살았지만, 과학에 대해서는 아는 것도 관심도 없었다. 어쨌든 지금 중요한 것은 재봉사들이 일을 그만두는 것과 이 과학자의 죽음이 무슨 상관이 있느냐 하는 거였다.

일단 사장한테 전화를 걸어서 납품 기한을 늦춰야 할 것 같다고 말했다. 사장은 다짜고짜 욕부터 했다. 나는 전화기를 귀에서 멀리 떨어뜨리고 3분 정도 기다렸다. 대꾸해봐야 소용도 없고, 욕만 길어질 뿐이다. 사장은 폭력 조직 간부 출신이다. 요즘도 사무실에 간혹 인상이 험악한 사내들이 들락거린다. 그 시절의 버릇이 남았는지, 어느 정도 감정을 쏟아낸 후에야 대화가 가능하다.

—이유가 뭐야?

욕이 끝나고 정상적인 질문이 들렸다. 나는 바로 대답하지 않고 잠시 생각했다. 스티븐 호킹 때문이라고 했다가는 또 한바탕 욕이 쏟아질 게 뻔했다.

—업무량이 너무 많아서…… 회식 때 감자탕 먹은 것도 불만이 큰 것 같습니다.

내가 그만두고 싶은 이유를 이야기했다. 사장은 다음 회식 때는 소고기든 연포탕이든 먹고 싶은 대로 먹으라고 했다. 끝까지 일을 줄이겠다는 말은 없었다.

—이 부장, 어떻게든 해봐.

사장이 말했다. 이번에 납품하기로 한 업체와는 첫 거래라서 절대로 기한을 연기할 수 없다는 게 사장의 최종 결정이었다. 나는 일단 알겠다고 대답했다.

새로 사람을 구하는 것 말고 다른 방법은 없었다. 무가지 업체에 광고를 내고, 전에 그만뒀던 사람들한테 연락을 돌렸다. 두세 명만 충원되면 가능할 것도 같았다.

솜을 실은 차가 들어왔다. 그런데 상하차 작업을 돕기로 되어 있던 아르바이트생 두 명이 오지 않았다. 몇 번이나 전화를 걸어도 받지 않다가 10분쯤 후에 한 명한테 문자가 왔다.

—부장님, 저희 오늘부터 그만둘게요. 죄송해요.

바로 전화를 걸었지만, 연결이 되지 않았다.

—너희 돈 모아서 DSLR 산다며? 갑자기 이러면 어떡해?

할 수 없이 나도 문자를 보냈다.

—어제 스티븐 호킹이 죽었어요. 이러고 있을 때가 아니에요.

그렇게 답장이 왔다. 모두가 짜고 나를 놀리는 것 같았다.

솜을 싣고 온 트럭 기사에게 돈을 더 줄 테니 도와달라고 했지만, 그는 허리를 다쳤다며 손사래를 쳤다. 내가 전부 나르는 수밖에 없었다.

솜이 가볍다는 것은 편견이다. 커다란 박스에 꾹꾹 눌러 담아놓으면 솜도 20킬로그램이 넘는다. 덕분에 내 허리도 트럭 기사와 같은 처지가 됐다. 눕고 싶었다. 하지만, 남아 있는 직원들을 설득해서 어떻게든 한 시간이라도 연장 근무를 해야 했다. 수당을 두 배로 준다고 했는데도, 열 명도 남지 않았다. 이 상태라면 납품 기한을 맞추는 건 불가능했다. 사장의 욕이 들리는 것 같았다.

집에 오니 9시였다. 대충 씻고 누웠다가 아들 방으로 갔다. 스티븐 호킹 때문에 잠을 잘 수가 없었다.

―지수야. 아빠 잠깐 컴퓨터 좀 쓰자.

내가 말했다.

―잠시만. 지금 중요해.

지수는 날 쳐다보지도 않고 다급하게 외쳤다. 모니터로 돌진할 것 같은 자세로 마우스와 키보드를 빠르게 누르고 있었다. 화면 속에서는 번개와 얼음, 화살과 검이 현란하게 움직이고 있었다.

―공성전.

내가 뭘 하는 거냐고 묻자 지수는 그렇게 대답했다. 나는 잠시 침대에 누워서 아들이 게임하는 모습을 지켜봤다. 전황이 어떻게 돌아가는지는 알 수 없었다. 다만, 내 아들은 별로 싸워보지도 못하고 계속 죽기만 했다.

―넌 무슨 캐릭터인데 이렇게 약해?

―마법사. 아이템이 후져서 그래.

―하나 사줄까?

―아빠는 못 사. 쓸 만한 건 웬만한 자동차 한 대 값보다 비싸.

나는 지갑에서 5만 원짜리를 꺼내려다가 그만뒀다. 지수는 공성전에서 패배했다.

―세금을 내야 해.

성을 차지하지 못하면 어떻게 되냐고 물었더니, 그런 대답이 돌아왔다. 그 정도 불이익이면 괜찮은 것 같았다. 세계는 원래 그런 식으로 나뉘니까.

—너 매일 게임만 한다고 엄마가 걱정하더라.

　—4차 산업혁명 못 들어봤어? 이제 기계가 일하고 인간은 노는 세상이 올 거야.

　—그래. 그런 세상이 오면 정말 좋겠다.

　나는 아들이 순진하다고 생각했다. 기계가 일을 하는 세상이 올지는 모르지만, 그런 형태는 아니다. 기계가 일하고 기계의 소유자들이 노는 그런 세상이다. 자기 대신 일할 기계를 소유하지 못한 대부분의 사람들은 기계로 할 때보다 돈이 덜 드는 일을 찾아 헤맬 것이다.

　나는 내 생각을 굳이 아들에게 말하지 않았다. 아직 중학생이니 아무 생각 없이 노는 게 나을 것 같았다. 무엇보다 앞으로 몇 년간 아들의 세계 대부분을 결정할 내 아내는 그렇게 호락호락한 엄마가 아니었다. 엄마가 자신이 고등학생이 됐을 때, 학원을 보내려고 붓고 있는 적금이 몇 개인지 알았다면, 지수는 공성전 패배에 조금은 덜 실망했을지도 모른다.

　나는 새벽까지 스티븐 호킹과 관련된 기사와 자료들을 검색하다가 그대로 아들 방에서 잠들었다.

　—내가 우주에 대한 우리의 지식에 뭔가를 보탰다면, 나는 그것만으로도 행복하다.

　그는 그런 말을 한 과학자였다. 나는 태어나서 처음으로 우주에 대해 생각했고, 우주에 대한 지식들을 공부했다.

몇 달 만에 10분 지각을 했는데, 하필이면 오늘 사장이 출근했다. 아침 일찍 나온 것을 보면 납품 기일이 걱정은 되는 모양이었다. 사장은 내가 늦은 것에 대해서는 아무 말도 하지 않았다. 하지만 불신 가득한 표정으로 쳐다봤다.

나도 사장을 신뢰하지 않으니 피차일반이었다. 업무 능력을 말하는 것은 아니다. 사장은 추진력도 있고, 인맥도 넓어서 일은 잘하는 편이다. 내가 의심하는 것은 다른 부분이다. 나는 우리 공장이 불법적인 일에 연루될까 봐 두려웠다.

사무실에 사장의 후배들이 드나들 때마다, 나는 우리가 납품하는 인형의 배 속에 마약이나 다이아몬드가 들어 있는 상상을 한다. 간혹 솜이 뭉치거나 하는 이유로 다른 인형보다 무거운 인형이 만들어질 때가 있는데, 나는 그럴 때마다 인형을 뜯어서 안을 확인한다. 그리고 납품하기 전에는 최종 품질 검사를 이유로 무작위로 세 개의 인형을 골라 배를 갈라본다. 다행히 아직 마약이 발견된 적은 없다.

—이 부장, 어떻게든 해봐.

사장이 말했다.

—재료값이랑 인건비 주세요. 제가 구해 오겠습니다.

내가 말했다. 사장은 구체적인 것은 묻지 않고 돈을 줬다. 내가 유일하게 사장을 좋게 보는 부분이 바로 이런 점이다. 큰 방향이 정해지면 세부적인 것은 신경 쓰지 않는다. 만약 사장이 내 계획을 들었다면 절대 돈을 주지 않았을 것이다.

인형을 만드는 게 물리적으로 불가능하니, 남은 방법은 사는 것뿐이었다. 정가로 구매할 수는 없었다. 우리가 납품하는 인형은 인터넷에서는 만 5천 원, 일반 팬시 숍에서는 2만 5천 원에 판매한다. 싸게 잘 산다고 해도 인건비와 재료비를 합친 금액의 세 배가 넘는 돈이 필요했다. 다른 공장에서 도매가로 사면 금액을 맞출 수 있겠지만, 그들이 경쟁 업체인 우리를 도와줄 리가 없었다.

나는 인형을 뽑을 생각이었다.

터무니없는 계획 같지만, 나름 합리적인 근거들이 있었다. 우선, 나는 인형 뽑기를 잘한다. 시장 조사 차원에서 인형 뽑기 방에 가곤 하는데, 세 번에 한 번 정도는 늘 성공한다. 몇 년 동안 계속 인형을 만든 덕분에 집게를 어디서 멈춰서 어느 부분을 잡아야 하는지 잘 안다. 무엇보다 우리가 이번에 납품해야 하는 인형은 하트를 들고 있는 토끼 인형이었다. 잘 뽑히는 인형과 안 뽑히는 인형이 있는데, 팔에 뭔가를 들고 있는 인형은 명백히 전자다. 만 원이면 서비스까지 포함해서 열두 번의 기회가 있으니 네 번에 한 번씩만 성공해도 사는 것보다 훨씬 이득이었다. 나는 인형 뽑기 방이 많이 모여 있는 강남역으로 갔다.

—사회적 약자를 위한 설문 조사 중입니다. 5분이면 끝나요.

파란색 선 캡을 쓴 여자가 내 팔을 잡고 그렇게 말했다.

—죄송합니다. 제가 좀 바빠서요. 관심도 없고.

나는 잡힌 팔을 빼면서 말했다.

—우리와 함께 살아가는 사람들에 대해서 어떻게 관심이 없을 수가 있죠? 사회적 약자에 대한 관심과 지지는 선택이 아니라 필수예요. 모르면 배우세요.

말이 엄청 빠른 사람이었다. 말투도 공격적이었다. 게다가 나를 한심하다는 표정으로 쳐다봤다. 은근히 기분이 나빴다.

—당신은 지구의 반지름이 얼마인지 압니까? 태양과 지구 사이의 거리가 달과 지구 사이의 거리의 몇 배인지 압니까? 어떻게 우리가 살고 있는 세계에 대해, 우주에 대해 관심이 없을 수가 있죠? 그쪽도 모르면 배우세요.

나는 지구의 반지름이 6,378킬로미터라는 것과 태양과 지구 사이의 거리는 달과 지구 사이의 거리의 4백 배라는 것을 말해주고 자리를 벗어났다.

잠시 우쭐한 기분이 들기는 했지만, 역시 유치한 짓이었다. 어제 알게 된 것들을 자랑스럽게 떠든 것 자체가 웃기는 일이었다. 어쩐지 다섯 명의 재봉사와 두 명의 아르바이트생이 그만둔 이유를 알 것 같은 기분이 들었다.

인형 뽑기는 순조로웠다. 나는 세 시간 동안 처음 계획한 것보다 훨씬 적은 금액으로 백 개의 인형을 확보했다. 강남 일대를 대충 돌았으니 이제 다른 지역으로 옮길 시간이었다. 몇몇 사람들이 내가 인형 뽑는 모습을 스마트폰으로 찍었다. 인터넷에 '토끼 사냥꾼'이라는 동영상이 올라올 수도 있었다. 돈을 주면서 인형을 대신 뽑아달라고 부탁하는 사람도 있었다. 더이상 주의를 끌었다가는 뽑기 업체에서 뭔가 조치를 취할 수도 있었다.

간단히 점심을 해결하고 회사에 들러 인형을 두고 왔다. 혹시나 하고 뽑아 온 인형과 공장에서 방금 만든 인형을 비교해 봤다. 아무 차이도 없었다. 같은 디자인이니 누가 어디서 만들든 같은 것이 당연했다. 어쩌면 내가 뽑아 온 인형 중에 우리 공장에서 만든 것이 있을 수도 있었다.

다음 공략지는 홍대와 신촌 일대였다.

토끼 인형이 들어 있는 기계를 확인한다. 정면과 측면에서 꼼꼼하게 인형의 위치를 살펴본다. 돈을 넣는다. 조이스틱을 세밀하게 조종해서 집게가 들어가는 각도를 맞춘다. 그리고 인형을 집는다.

나는 분명 강남 일대의 인형 뽑기 방에서 했던 그대로 했다. 하지만 결과는 완전히 달랐다. 기계를 바꿔도 가게를 옮겨도 계속 실패였다. 정확히 잡아, 들어 올렸는데 공중에서 한번 멈추면서 인형이 다시 제자리로 떨어지는 경우가 많았다. 강남 일대에서 사용한 돈의 세 배를 썼는데, 뽑은 인형의 수는 스무 개도 되지 않았다. 나는 뭔가에 홀린 것처럼 계속해서 만 원짜리를 집어넣었다. 돈을 다 쓰고 나서야 정신을 차렸다.

택시를 타고 다시 강남역으로 갔다. 사회적 약자를 위한 설문 조사는 아직도 진행 중이었다. 신용카드로 70만 원을 인출했다.

우주는 대칭적이니까 들어가는 구멍이 있다면 나오는 구멍이 있는 것이 당연하다. 인형 뽑기 기계도 두 개의 구멍을 갖고 있다.

지폐 투입구와 인형 배출구.

그런데 들어가기만 하고 나오지 않았다. 돈을 다 써갈 때쯤 사장한테 전화가 왔다.

—그쪽에 창고가 꽉 차서 물건을 일주일 후에 보내래. 잘됐지 뭐.

사장이 말했다.

—인형 배 속에 뭘 숨긴 적 있습니까?

내가 말했다.

—어, 그래. 들어와. 수고했어.

사장이 전화를 끊었다.

해가 지고 있었다. 역을 찾을 수가 없었다. 낮보다 사람이 더 많아진 것 같았다. 걷다가 전단지를 몇 장 받았다. 아내한테 전화를 걸었다.

—나 부엌이야. 왜?

아내는 스피커폰으로 전화를 받은 것 같았다. 뭔가를 튀기고 있는지 기름 끓는 소리가 들렸다.

—나 회사 그만두려고.

내가 말했다.

—어, 그래. 일찍 와.

아내가 말했다.

—스티븐 호킹이 죽었어. 그래서……

—맞다. 올 때 쿠킹호일 좀 사 와.

아내가 전화를 끊었다.

사표라면 이미 수십 장도 넘게 써 놨다. 그중에 아무거나 제
출해도 된다. 아니, 새로 쓰는 것이 좋을 것 같았다. 나도 다섯
명의 재봉사들처럼 스티븐 호킹의 죽음을 퇴사 이유로 적을
것이다. 정확한 금액은 계산을 해봐야겠지만, 꽤 오래 일했으
니 퇴직금이 상당히 쌓였을 것이다. 웬만한 자동차 한 대 정도
살 돈은 될지도 모른다. 퇴직금을 받으면 아들한테 아이템을
사줄 것이다. 그러면 내 아들이 성의 주인이 되어 세금을 받을
지도 모른다.

그 모든 일 이전에 일단, 아내의 심부름을 해야 했다. 가는
길에 마트에 들렀다. 계산을 하고 나가려는데, 도무지 출구를
찾을 수가 없었다. 입구와 출구가 따로 있는 모양이었다. 점원
에게 물어보려는데, 사람이 많아서 말을 걸 틈을 찾을 수가 없
었다.

—여기서 나가고 싶어.

—저도요.

나는 인공지능이 똑똑한 건지, 멍청한 건지 잘 모르겠다.

우주 시점

첫번째 메시지를 받은 것은 교황이다.

대천사 미카엘이 교황의 꿈에 나타난다. 미카엘은 하늘에서 천천히 내려온다. 어깨 뒤로 커다란 빛의 날개가 달려 있다. 교황은 성호를 긋고 화급히 무릎을 꿇는다. 교황은 그제야 자신이 구름 위에 있다는 것을 깨닫고, 조심스럽게 주위를 일별한다. 바닥이 구름인 것을 제외하면 성베드로대성당과 똑같다. 멀리서 바람 소리와 하프 연주 소리가 들린다. 모든 것이 완전하다. 평소에 상상하던 것들이 그대로 구현되어 있다. 그것들은 교황에게 신앙의 증거이자 은총이었다.

미카엘이 메시지를 전한다. 말을 한 것은 아니다. 미카엘은 교황과 눈을 맞추고 서 있을 뿐이다. 하지만 교황은 신의 전언을 온전히 이해한다. 교황은 미카엘의 메시지를 들으며 눈물을 흘린다.

다음 날, 교황은 자신이 주재하는 미사에서 신도들에게 자신이 들은 것을 전한다.

—앞으로 5년 안에 지구상에 모든 핵무기를 없애지 않으면 인류는 멸망할 것입니다.

몇몇 신문에서 관련 기사를 짧게 다뤘을 뿐, 큰 반향은 없다. 직접 미사에 참여한 신도들조차 교황이 대천사 미카엘을 만났다는 말을 비유로 받아들인다. 인류 멸망이라는 표현이 과격하기는 하지만, 핵무기와 전쟁 반대는 교황이 늘 하는 말이고, 교황청의 공식 입장과도 일치한다. 교황은 자신의 모든 영향력과 권한을 사용해 지속적으로 미카엘의 말을 전한다. 하지만, 아무 일도 일어나지 않는다.

교황은 그들이 기대한 것 이상으로 잘해줬다. 지구인들의 가슴 한편에 핵무기에 대한 경고를 심어주는 것, 딱 거기까지가 교황의 역할이다.

그들은 1999년 여름에 지구에 왔다. 노스트라다무스의 예언에 등장하는 하늘에서 내려온다는 공포의 대마왕은 어쩌면 그들을 지칭하는 것인지도 모른다. 하지만, 그들이 이곳에 온 이유는 지구를 구하기 위해서다.

멸망 직전의 행성에서는 특정한 종류의 전파가 발생한다. 그들은 그 전파를 수신할 수 있다. 그들은 그 전파를 구조 신호라고 부른다. 그들의 경험칙에 따르면, 구조 신호를 내보내기 시작한 행성은 3백~5백 년 후에 멸망한다. 지구는 백 년 전부터 구조 신호를 내보내고 있다.

그들의 기술과 수명으로 이동 가능한 행성 중에 생명체가 사는 행성은 1만 개 정도다. 지구는 그중에서도 문명을 가진 몇 백 개 밖에 안 되는 행성 중 하나다.

구조 신호를 받으면 그들은 우선 조사 팀을 파견한다. 행성이 멸망하는 원인은 다양하다. 주어진 수명이 다해 소멸하는 경우가 제일 많다. 하지만 그런 경우는 보통 구조 신호를 내보내지 않는다. 다음으로 많은 것은 행성 핵이나 자기장에 문제가 생기는 경우다. 생명체로 치면 심장이 멈추거나 혈액순환 장애가 생기는 것과 같다. 그들은 일종의 전기 충격 같은 기술로 다시 행성 핵에 에너지를 부여하고, 자기장을 바로잡는다.

운석이나 대기 문제로 멸망하는 행성도 있다. 행성과 충돌할 예정인 운석의 궤도를 바꾸는 것은 그들에게 비교적 쉬운 일이다. 다만, 대기 문제는 시간도 오래 걸리고 쉽지 않다. 몇 번밖에 사례가 없기는 하지만, 문명을 가진 생명체가 스스로 자신의 행성을 파괴한 경우도 있다. 그들의 기록에 따르면 전쟁으로 멸망한 행성이 일곱 개, 반물질 실험을 하다가 행성이 통째로 파괴된 경우가 한 번 있었다.

멸망하기 전에 그들에게 발견됐지만, 소생 불가능한 행성도 많다. 그들은 인류보다 수십 세기나 앞서는 과학기술을 보유했지만, 만능은 아니다. 소생 불가능한 행성의 경우 그들은 그 행성의 생명체의 일부를 다른 행성으로 이주시킨다.

언젠가 나는 그들에게 왜 다른 행성과 생명체를 구하고 다니느냐고 물은 적이 있다.

— 여러분도 비슷한 일을 하던데요, 같은 이유일 겁니다.

그들은 그렇게 말하면서 아프리카의 샤바 국립 야생동물 보호구역의 영상을 틀어줬다. 그들은 말을 할 때마다 시청각 자료를 곁들인다. 언어와 문명 차이에 따른 간극을 극복하기 위해서일 것이다. 그 덕에 더 쉽고 정확하게 이해할 수 있을 때가 많지만, 나는 마음에 들지 않는다. 어쩐지 무시당하는 기분이 든다.

행성을 구조할 수 있는가 없는가를 판단하는 것은 온전히 조사 팀의 몫이다. 권한이 막중한 만큼 조사 팀은 사소한 것까지 빠뜨리지 않고 자세히 검토한다. 그들은 20년이나 지구를 샅샅이 조사했다. 통상의 경우보다 조금 오래 걸린 편이었다. 멸망의 징후는 곳곳에 산재해 있었지만, 정확한 이유를 찾지 못했기 때문이다. 환자가 아픈 것은 분명한데, 혈액검사를 해도, 엑스레이와 MRI를 찍어도, 병의 원인을 쉽게 찾을 수가 없었다. 20년에 걸친 검사와 추적 끝에 그들은 지구가 걸린 질병의 원인을 이렇게 진단했다.

— 인간.

인류만 없으면, 지구는 더없이 평온하고 쉽게 멸망하지 않으리란 것이 그들의 결론이었다.

─멸종시킬 생각인가요?

그들의 최종 진단을 들었을 때, 나는 그렇게 물었다.

─천만 명 정도는 남겨둬야죠. 걱정 마세요. 여러분은 살아남을 겁니다.

그들이 대답했다. 그들은 나를 부를 때도, 인류 전체를 지칭할 때도 여러분이라는 말을 사용한다. 정확한 이유는 알 수 없지만, 아마도 그들의 언어가 단수형과 복수형을 구분하는 방식이 인류의 언어와 근본적으로 다르기 때문인 것 같다.

내가 그들을 만난 것은 자기소개서 때문이다. 나는 대학 졸업 후 4년 정도 취업 준비를 했다. 아르바이트를 하면서 매일 이력서와 자기소개서를 썼다. 고등학생 때, 〈문화 산책〉이라는 프로그램에서 어떤 소설가가 매일 원고지 15매 분량의 글을 쓴다고 인터뷰한 것을 들은 적이 있다. 원고지 15매는 A4용지로 한 장 반 정도 된다. 그때는 그게 대단하다고 생각했는데, 매일 이력서와 자기소개서를 쓰다 보니, 별거 아니라는 것을 알았다. 취업 준비생은 매일 원고지 30매 분량의 글을 쓴다. 책으로 여섯 권 분량의 이력서와 자기소개서를 썼을 때, 나는 그들을 만났다.

그즈음 나는 쓰레기 분리수거장에서 아르바이트를 하고 있었다. 그 일을 찾기 전까지 주로 편의점에서 일했는데, 대부분은 정상적인 손님들이지만 백 명에 한두 명은 꼭 나랑 같은 종족이 맞는지 의심스러운 인간들이 있었다. 사람에 치이다 보니 점점 자존감도 낮아지고, 대인 기피증 같은 것도 생겼다. 그게 또 면접에 영향을 미쳐서 계속 떨어졌다. 악순환의 고리를 끊기 위해 가능한 한 사람과 접촉하지 않는 일을 찾다 보니 쓰레기장까지 오게 되었다. 악취와 피부병에 시달리긴 했지만, 일당도 높은 편이고 일도 할 만했다. 무엇보다 태호 형을 만날 수 있어서 좋았다.

태호 형은 내 고등학교 2년 선배였는데, 전교생에게 동경의 대상이었다. 큰 키에 수려한 외모는 물론이고, 학생회장, 학력고사 전국 석차 7등, 수능 시험에서 만점을 받아서 뉴스에도 나왔다. 12년 만에 태호 형을 다시 만났을 때, 나는 교문 앞에 걸려있던 서울대 합격 축하 현수막을 떠올렸다. 태호 형은 의대에 가라는 주위의 권유를 뿌리치고 천체물리학과에 갔다.

─우주 비행사가 되고 싶습니다.

꿈을 묻는 앵커의 질문에 태호 형은 그렇게 대답했다.

모든 행성은 태양을 초점으로 하는 타원궤도를 따라 운동한다. 뉴턴의 정신적 스승이라는 케플러가 발견한 행성운동법칙이다. 무엇을 초점으로 어떤 궤도를 따라 움직이면 우주비행사에서 환경미화원이 되는지 모르겠지만, 나는 태호 형을 쓰레기 분리수거장에서 다시 만났다. 태호 형은 구청 소속의 9급 공무원이다. 태호 형은 아직 꿈을 포기하지 않았다. 지금도 누가 물으면 망설임 없이 우주에 가고 싶다고 대답한다.

손은 7급이 되기 위한 문제를 풀고 있어도 눈은 언제나 대기권 밖을 보고 있다.

─안고수비眼高手卑의 전형이구나.

아버지는 그렇게 말했지만, 나는 태호 형을 보고 있으면 가끔 부러울 때가 있다. 나는 거창한 꿈 같은 게 없으니까. 사고 싶은 물건이나 먹고 싶은 음식은 있어도, 오랜 시간 노력해서 뭘 하고 싶다거나, 어떻게 되고 싶다고 생각한 적이 한 번도 없다. 아버지처럼 안정적으로 잘 먹고 잘 사는 것, 그게 내 꿈이다. 아버지는 경찰이었고, 태호 형이 매일 풀고 있는 문제집보다 한 단계 높은 6급에 해당하는 경감으로 정년 퇴임했다. 연금이 어마어마하다.

순수하게 일당으로만 계산하면 내가 받는 돈이 태호 형보다 많다. 나는 이런저런 명목으로 떼이는 게 없으니까. 하지만, 아르바이트는 매일 있는 게 아니다. 일손이 부족할 때만, 아니, 일손은 늘 부족하지만 도저히 물리적으로 감당할 수 없을 때만, 내가 필요하다. 그래서 나는 매일 네 곳의 취업 관련 사이트를 확인하고, 자기소개서와 이력서를 보냈다.

그들이 올린 채용 공고는 수상하기 그지없었다. 연봉은 지나치게 높았고, 숙식을 해야 하는 일이라는 것도, 회사 주소가 없는 것도 의심스러웠다. 사이트의 내규에 맞지 않는 공고였다. 아마 며칠 안 돼서 관리자에 의해 삭제됐을 것이다. 무엇보다 업무에 관한 설명이 한 줄뿐이었다.

본사는 지구를 구하는 일을 합니다.

뭘 하는 회사인지 쉽게 가늠이 되지 않았다. 나는 자기소개서와 이력서를 쓰레기장 분리수거 아르바이트를 오래 했다는 것에 초점을 맞춰서 썼다. 분리수거는 다른 그 어떤 일보다 확실하게 지구를 구하는 일이다.

3일 후에 답장이 왔고, 나는 바로 채용되었다.

—여러분이 선택한 겁니다.

왜 나를 선택했냐고 묻자, 그들은 그렇게 대답했다. 거센 물살에 강을 건너지 못해 무리와 떨어져 홀로 남은 그레비얼룩말의 영상을 틀어줬다. 그 채용 공고에 지원한 사람은 나밖에 없었던 모양이다. 나만 빼고 모두가 영리한 것일 수도 있고, 그 반대일 수도 있다.

두번째 메시지를 받은 것은 미합중국 대통령과 주요 인사들이다. 메신저는 링컨을 보냈다. 링컨은 과오가 많음에도 미국인들에게 두루 사랑받는 인물이다. 링컨의 모습은 미국 국립 문서 기록 관리청의 복원 사진을 참고했다. 메시지의 내용도 링컨의 연설에서 따왔다.

—인류의, 인류에 의한, 인류를 위한 핵무기 폐기.

식상하다는 지적이 있었지만, 지구인은 메타인지가 강해서 익숙한 문장이 효과가 크다는 주장에 설득되었다.

그날 밤, 미국의 대통령, 국방부 장관과 국무장관, 차기와 차차기 대통령 후보들, 민주당과 공화당의 중진들, 각 분야의 지도자들과 연예인들, 총 3백 명의 꿈에 링컨이 나타났다.

그들은 심혈을 기울여 명단을 작성했다. 부통령은 매일 밤 수면제를 먹는다는 이유로 제외됐고, 밥 딜런은 노벨문학상을 받았다는 이유로 탈락했다. 어벤저스 멤버 중 한 명이 포함되어야 한다는 의견도 있었다. 그들은 모두 아이언맨의 팬이었지만, 그는 마약 전과가 있어서 할 수 없이 캡틴 아메리카로 결정되었다.

다음 날 아침, 전혀 예상하지 못한 일이 벌어진다. 천 명이 넘는 사람들이 꿈에서 링컨을 만났다고 공표를 한 것이다. 그 꿈 이야기는 SNS를 중심으로 퍼져나가더니 하루 만에 링컨을 봤다는 사람이 3천 명까지 늘어난다. 모두가 유력 인사와 유명인들이다. 그중에는 그들이 이런저런 이유로 명단에서 제외시킨 사람들도 다수 포함되어 있다.

그들은 혹시 실수가 있었는지 점검한다. 그들의 실수는 아니다. 그들은 정확히 3백 명에게만 링컨을 보냈다. 정신 간섭 기술의 특성상 목표로 한 사람 이외의 다른 사람이 영향을 받을 수도 없었다. 물론 그들과 무관하게 그냥 꿈에서 링컨을 만날 가능성은 있다. 하지만 미국에서 하룻밤에 3천 명이나 되는 사람이 링컨이 나오는 꿈을 꾼다는 것은 이상한 일이고, 만에 하나 그렇다고 해도 꿈의 내용까지 똑같을 수는 없다.

─여러분은 정말 난감한 존재예요.

인류가 조금만 덜 진화했더라면, 이런 복잡한 과정은 필요하지 않았을 것이다. 정신 지배를 통해 집단 자살하게 만들거나, 한곳에 모아놓고 살처분하거나 하면 될 테니까. 그러나 인류는 그들의 정신 지배가 통하지 않는 수준까지 진화했다. 수면 상태에 있을 때 꿈에 간섭을 할 수 있는 게 최선이다. 문명의 수준은 그들을 더 곤란하게 만들었다. 그들이 보기에 인류의 문명과 과학은 이제 막 걸음마를 하기 시작한 어린아이 수준이다. 그런데 그 어린아이가 어른들의 무기를 갖고 있다. 항성간 이동 기술도 확보하지 못했고, 에너지전환 공식도 발견하지 못했고, 시간 외 물질 사용 방식도 모르는 문명이 핵무기를 사용한다는 것은 어린아이가 반자동 소총을 들고 있는 것과 같다. 아이는 매우 위험한 상태지만, 손에 들린 총을 뺏기 전까지는 아이를 구하기 위해 다가갈 수가 없다. 강제로 뺏으려 하면 총을 난사할 우려가 있으므로 아이가 스스로 총을 바닥에 내려놓게 만들어야 한다.

지구의 멸망 원인을 파악하러 왔던 조사 팀은 그대로 인류의 완전한 비핵화를 위한 팀으로 전환되었다. 그들은 본성의 지원 팀이 도착하기 전까지 부족한 인력을 보충하기 위한 궁여지책으로 채용 공고를 냈고, 내가 거기에 지원한 것이다.

─함대가 올 겁니다.

완전한 비핵화 이후엔 어떻게 되냐고 묻자 그들은 그렇게 답하면서 「스타워즈: 제국의 역습」의 오프닝 영상을 틀어줬다.

우주 함대는 우선 폭격으로 지구의 군사시설과 통신, 발전, 항만, 교통과 관련된 주요 시설을 파괴한다. 다른 생명체에게 최소한의 피해가 가도록 철저하게 도시 위주로 공격한다. 안타깝지만 인간과 함께 사는 반려동물들은 같이 희생될 수밖에 없다. 지상을 점령한 후에는 마지막 저항 세력을 소탕한다. 무력화시킨 후에 살아남은 인류를 모아서 처리한다. 종의 보존을 위해 천만 명은 남겨둔다. 선별 방식은 컴퓨터에 의한 완전한 랜덤이다.

—너무 강압적인 거 아닌가요?

내가 묻는다. 나는 이런 방식이 아니라, 그들이 정체를 밝히고 지구의 위기를 알리면 평화롭게 해결할 수도 있다고 주장한다.

—여러분은 이미 알고 있어요.

그들이 대답한다. 그들은 차례대로 구멍 난 오존층, 해수면의 상승, 대기 오염, 미세 플라스틱, 지하 핵실험으로 인한 지진, 변종 바이러스, 전쟁, 등속의 영상을 끊임없이 재생한다. 마지막 영상은 중동과 아프리카의 기아에 관한 거다. 그 영상에 따르면 지구는 매년 백억 명이 배불리 먹을 수 있는 식량을 생산하고 있는데, 지금 지구에 사는 인류는 70억 명이다. 그런데도 매년 전 세계적으로 15억 명의 인간이 굶주림에 시달리고, 그중 30퍼센트 정도는 아사한다.

한마디로 인류는 희망이 없는 종이라는 뜻이다.

—그래도 여긴 우리 행성인데, 무작정 쳐들어와서 다 죽이는 건 심하잖아요. 기회라도 줘야죠.

나는 말문이 막혔지만, 그대로 물러설 수는 없어서 한마디 더한다.

—여러분의 행성이 아니에요.

그들은 전 세계에 흩어져 있는 양계장의 영상을 틀어준다. 지구에 사는 인간은 70억 명이다. 지구에 사는 닭의 숫자는 7백억 마리다. 생산성이 떨어진다는 이유로, 매년 50에서 60억 마리의 수평아리가 태어나자마자 분쇄기에 갈려 사료가 된다. 나는 그들이 양계장 영상을 틀어준 이유가 지구가 닭의 행성이라는 뜻인지, 그들이 보기에 지구는 거대한 양계장에 불과하다는 의미인지 헷갈린다.

—여러분을 도와주려는 거예요.

그들이 말한다.

처음으로 아무런 영상도 틀지 않는다.

그들은 나와 내 아버지가 우선적으로 선발될 수 있도록 특혜를 줬다. 이제 999만 9,998개의 자리가 남아 있다. 나는 태호 형도 살아남을 수 있도록 부탁했는데, 그들은 가족이 아니면 들어줄 수 없다고 했다. 단, 내가 결혼을 하면 배우자는 우선 선발될 수 있다고 덧붙였다. 나는 진지하게 고민했다. 하지만 아무리 생각해도 태호 형과 결혼을 할 수는 없었다. 태호 형도 아마 나와 결혼하는 것보다는 인류와 함께 멸망하는 쪽을 선택할지도 모른다.

─다단계는 아니지?

내가 취직을 해서 아르바이트를 그만두겠다고 했을 때, 태호 형은 그렇게 물었다. 나는 아직 잘 모르겠다고 대답했다.

─언제든 돌아와.

페트병에 붙은 비닐 라벨을 떼면서 태호 형이 말했다. 나는 왠지 그 말이 고마웠다. 돌아갈 곳이 있다는 것은 축복이다. 정말로 그곳으로 돌아가고 싶지 않아도 말이다.

─혹시 추가 채용 계획은 없나요?

나는 태호 형을 구하고 싶었다.

─생각보다 여러분이 도움이 안 돼서요. 예산도 부족하고.

그들은 내가 업무 시간에 졸고 있는 영상을 틀어줬다. 나는 헛기침을 하고 다시 자리로 돌아왔다. 아직 희망은 있다. 컴퓨터의 랜덤 추첨에서 태호 형이 뽑힐 가능성도 있으니까.

내 근무지는 '식스센스'라는 곳이다. 외관은 평범한 라운지 바처럼 생겼다. 1층은 레스토랑, 2층은 바, 3층은 루프톱, 지하에는 룸 형태의 행사장이 있다. 실제로 영업도 한다. 바텐더와 아르바이트생들은 아무것도 모르는 평범한 인간들이다. 이 건물의 실체를 알고 있는 것은 나뿐이다. 나는 매니저라는 직함으로 불린다.

식스센스의 실체는 우주선이다. 그들은 지구의 여섯 개 대륙에 소형 우주선을 한 대씩 배치해놨다. 흩어진 우주선들은 일주일에 한 번씩 달에 있는 모선에 모인다.

처음 달에 왔을 때, 나는 그들에게 '고요의 바다'에 데려다 달라고 했다. 태호 형의 궁금증을 대신 해결해주기 위해서였다. 분리수거 작업이 늦어져서 야근을 하는 날이면, 태호 형은 달을 올려다보면서 늘 이렇게 말했다.

—사진에서 보면 암스트롱이 고요의 바다에 성조기를 꽂잖아? 그거 아직 그대로 있을까?

태호 형은 대학생 때, 보현산 천문대에서 몇 번이나 달을 확인했는데, 성조기는 찾을 수 없었다고 했다.

—다시 가져오지 않았을까요?

나는 태호 형의 말을 흘려들으면서 커피 캔 안에 들어 있는 담배꽁초를 털어냈다. 나는 멀쩡한 재떨이를 놔두고 음료수 캔의 좁은 입구에 담배꽁초를 쑤셔 넣는 인간들을 제일 혐오한다. 안에서 가래침이 묻어나올 때는 저절로 욕이 나왔다.

—자기 땅이라고 깃발을 꽂는 거잖아. 그걸 다시 뽑아서 가져왔을까?

보름달이 뜬 날이면 태호 형의 달 이야기는 평소보다 몇 배는 더 길어졌다. 어쩌면 야근 수당을 더 받으려고 부러 게으름을 피웠는지도 모른다.

'고요의 바다'에 성조기 같은 것은 없었다. 꽂았던 자리가 어디인지도 찾을 수 없었다. 나는 태호 형 생각을 하면서 가만히 지구를 내려다봤다.

달에서 내려다보는 지구는 특별할 거라고 생각했는데, 의외로 별거 없었다. 생각보다 잘 보이지도 않았고, 온갖 시에서 찬사를 하는 푸른빛도, 별다른 감흥이 없었다. 영화 같은 데서 많이 본 탓인지도 모른다. 아마 영화 장면에 등장하거나 잡지에 실리는 지구 사진은 보정 작업을 많이 한 모습일 것이다. 이미지는 실제와 다르다. 우주에 나오기 전에도 알고 있던 사실이다.

암스트롱이 인류의 도약 어쩌고 한 것은 그냥 처음이라 뭘 잘 몰라서 한 말이었을 것이다. 달은 쓰레기 분리수거장의 공터랑 별로 다를 게 없다. 둘 다,

똑같이 삭막하다.

나는 한 달에 두 번만 달에 간다. 인류의 대부분을 죽이려는 그들이 나의 사내 복지를 걱정해서 그런 것은 아니고, 물리적인 문제다. 우주는 방사선으로 가득 차 있다. 더구나 달에는 대기가 없어서 지구의 백 배가 넘는 방사선을 그대로 맞아야 한다. 그들은 우주 생활에 적응해서 상관없지만, 나한테는 달에 있는 것 자체가 위험한 일이다. 저중력 장해도 문제다. 지구 중력의 6분의 1인 달에 자주 가다 보면 근력이 약해지고,

골다공증도 생긴다. 나는 아버지가 먹는 종합비타민제와 칼 슘을 매일 두 알씩 챙겨 먹는다.

―회사 생활은 할 만해?

태호 형도 아버지도 같은 질문을 했다. 나는 그렇다고 대답 했다. 5년이면 끝나는 일이고, 행성 밖으로 출장을 가야 하지 만, 나쁘지 않은 직장이다.

'고요의 바다'에 다녀온 날, 나는 태호 형과 술을 마셨다. 태 호 형이 식스센스로 왔다. 방금 달에서 착륙한 터라 직원은 아 무도 없었다.

―네가 여기 매니저라고?

태호 형이 우주선 안을 구경하면서 물었다. 나는 천천히 고 개를 끄덕였다. 몸이 아직 바뀐 중력에 적응이 안 돼서 멀미가 났다. 마땅히 만들 수 있는 게 없어서, 무작정 닭고기를 기름 에 튀겼다. 의외로 맛있었다.

―형, 어쩌면 지구의 주인은 닭일지도 몰라요.

우주에 갔다가 돌아온 직후에 술을 마셨기 때문인지 나는 꽤 많이 취했다.

―그래, 많이 먹어.

태호 형은 변함없는 모습으로 내 앞에 앉아 있었다.

―형, 만약에요. 목숨이 위험한데, 남자랑 결혼하면 살아날 수 있다면, 형은 결혼할 수 있어요?

내가 물었다.

—글쎄. 막상 목숨이 위험하면 바뀔지 몰라도, 지금은 무리일 것 같은데? 같은 석유화학물이라도 비닐이랑 플라스틱은 구분해야 하잖아.

　태호 형이 대답했다. 태호 형한테 곧 인류가 끝장날 수도 있다고 말해주고 싶었지만, 비밀을 지키지 않으면 해고였다. 우선 선발된 아버지에게는 말을 해도 된다고 했다.

　은퇴 후에 아버지는 여기저기 강과 바다를 돌면서 낚시를 하면서 지냈다. 전화를 하니 강원도 어디쯤이라고 했다.

　—회사 생활은 할 만해?

　나는 아버지에게 지구가 위기에 빠졌고, 지구를 구하기 위해 곧 인류의 대부분이 죽임을 당할 상황이라는 것을 간략하게 설명했다.

　—그렇구나.

　생각보다 반응이 없었다. 어쩌면 내 말을 헛소리라고 생각하는 건지도 몰랐다. 나는 이어서 천만 명의 사람들만 선별해서 살려둘 계획인데 나와 아버지는 우선 선발 되었다는 것을 설명했다.

　—그렇구나. 애썼다.

　수화기 너머로 낚싯대 릴 감는 소리가 들렸다.

　—그런데 말이다. 외계인이 와서 인류를 천만 명만 남기고 다 죽이면 내 연금은 어떻게 되는 거냐?

　—연금도 다 날아가는 거죠.

—그럼 정말 큰일 아니냐? 빨리 연금 공단에 가봐야겠구
나. 일단 끊어라.

　경찰이 되기 전에 아버지는 지방대학에서 심리학을 가르치
는 시간강사였다. 지도 교수한테 밉보인 탓에 교수가 될 수 없
다는 걸 깨달은 아버지는 경찰에서 모집하는 국비 유학생에
지원해서 영국으로 가서 범죄심리학을 배우고 돌아왔다.

　수원지방경찰청 위기협상 팀.

　이름도 거창한 아버지의 근무지는 테러, 인질극, 유괴 등의
사건이 생겼을 때, 범인과 교섭을 하기 위해 만들어졌다. 하지
만, 아쉽게도 아버지가 재직한 23년 동안, 아버지의 관할 구역
에서는 이렇다 할 사건이 없었다.

　아버지가 주로 한 일은 애인과 헤어졌거나, 임금을 체불당
해 건물 옥상에 올라가 뛰어내리겠다고 소란을 피우는 사람
들을 설득하는 것이었다. 아버지는 단 한 건의 예외도 없이 모
든 사람을 설득해서 지상으로 데리고 내려왔다.

　—아래를 내려다보면서 겁먹은 표정을 지으면 돼. 그리고
이렇게 말하는 거야. 떨어지면 엄청나게 아파요.

　내가 요령을 묻자 아버지는 그렇게 대답했다. 사실 경찰이
올 때까지 뛰어내리지 않고 기다리는 사람들은, 정말로 뛰어
내릴 생각인 게 아니라, 단지 자기 얘기를 들어주기를 바라는
것뿐이다. 아버지는 누가 봐도 얘기를 잘 들어줄 것 같은 아주
큰 귀를 가지고 있다. 유전에 의해 나도 그렇다.

추락은 중력에 의해 발생한다. 중력은 세계를 좁히는 힘이다. 달에 가보니 확실하게 알 것 같다. 그들의 행성은 지구보다 중력이 열 배쯤 강하다.

세번째 메시지를 받은 것은 중국 공산당의 간부들이다. 중국 공산당의 국가 간부는 4,113만 명이다. 1,110만 명의 퇴직 간부를 제외해도 3천만 명이 넘는다. 나는 지방의 간부들은 제외하고 당중앙조직부에 소속된 4천2백 명에게만 메시지를 보낼 것을 건의했지만, 단번에 묵살됐다. 그들은 중국의 집단 지도체제를 나와는 전혀 다른 방식으로 이해하고 있었다.

메시지를 받을 사람이 많기 때문에, 메신저도 여러 명을 골랐다. 토의 끝에 저우언라이, 제갈량, 루쉰, 공자가 선택되었다. 넷 다 중국인들에게 두로 존경과 사랑을 받는 사람들이다. 메시지의 의미는 같게 하면서도 각자의 특성에 맞게 문구를 다르게 하는 게 문제였지만, 책으로 여섯 권이나 자기소개서를 쓴 덕에 같은 말을 다르게 바꿔서 하는 것은 내 전문 분야였다.

— 핵무기를 없애 중국을 하나로, 세계를 하나로.

이미 미국의 소식을 들었기 때문인지, 효과가 즉각적으로 나타난다. 몇 번의 투표와 회의 끝에, 중국 공산당은 공식적으로 비핵화를 추진하기로 결정한다. 미국 대통령과 중국 국가 주석이 여섯 번이나 회담을 하고, 긴급 UN총회도 세 번 열린다.

그들은 틈을 주지 않고, 계속해서 네번째, 다섯번째, 여섯번째 메시지를 보낸다. 러시아, 프랑스, 영국 순서였고, 북한과 인도에도 보냈다. 그리고 핵보유국가가 아니었지만, 그들이 파악한 비공식적으로 핵무기를 갖고 있는 여섯 개 나라도 포함시킨다. 때마침 본성의 지원 인력과 우주선 들이 도착해서 좀더 대대적으로 손쉽게 정신 간섭 작업이 이뤄질 수 있었다. 1년도 안 돼서 전 인류의 절반 정도가 그들의 메시지를 받는다.

─너무 순조롭게 진행되니 걱정인데요?

내가 말한다.

─주어진 전제에 따라 자연스럽게 도출되는 결과일 뿐이에요.

그들은 그렇게 말하면서 그리니치 천문대의 일출과 일몰 영상을 틀어준다. 우리보다 오래된 문명이니 당연한 일인지는 몰라도, 그들은 언제나 선생님처럼 말한다. 그들은 합리적이고, 논리적이다. 그들과 대화를 하면 교과서를 읽는 기분이 든다.

언젠가 그들은 내게 자신들의 행성 영상을 보여줬다. 우주지도에서 행성의 위치도 알려줬다. 지구에서는 어떤 수단으로도 관측할 수 없는 행성이었다. 행성 이름도 말해줬는데, 인류의 발성기관으로는 도무지 발음할 수 없는 이름이었다. 내가 무슨 소리를 들은 건지도 알 수 없었다.

행성의 최초 발견자는 이름을 지을 권리를 가진다. 나는 인간 중에 처음으로 그들의 행성을 발견했으므로, 그들의 행성에 이름을 붙인다.

—행성 EBS.

유익하지만 재미는 없는 그런 행성일 것이다.

마지막 메시지는 핵무기와 핵물질의 폐기 방법에 관한 거였다. 인류에게 맡겨두면 완전히 폐기하는 데 20년이 걸릴지, 30년이 걸릴지 알 수 없는 노릇이다. 하지만, 그들의 함대는 이미 출발했고, 2년 후에 우리 태양계에 진입할 예정이다.

그들은 각 대양에 여섯 개의 궤도 엘리베이터를 만든다. 엘리베이터의 끝은 지원 팀이 가져온 우주선들과 연결되어 있다. 설치 과정에서 인공위성 열세 개가 부서졌고, 브라질과 아르헨티나의 TV 수신에 문제가 생겼다. 그들은 인류가 눈치채지 못하도록 궤도 엘리베이터 주변에 에너지 장막을 친다. 멀리서 보면 커다란 빛의 기둥이 세워진 것처럼 보인다.

인류는 각자 자신의 국가, 문화, 종교에 따라 기둥에 이름을 붙인다. 확인된 것만 천2백 개의 이름이 돌아다닌다. 나도 하나 추가한다. 내가 붙인 기둥의 이름은 '다이너마이트'다.

모든 계획이 순조로운 데다 지원 팀의 도착으로 내가 할 일이 거의 없어지자, 그들은 내게 장기 휴가를 준다.

—당연히, 유급휴가겠죠?

나는 인류의 생존보다 중요한 질문을 한다.

—여러분이 원하는 대로 될 겁니다.

그들이 대답한다.

휴가를 받은 나는 다이너마이트를 터뜨리듯이 돈을 펑펑 쓰고 다닌다. 어차피 곧 아무 의미도 없어질 테니까. 생전 먹어본 적도 없는 음식을 사 먹고, 호텔 스위트룸에 가서 잠을 자고, 명품 양복도 한 벌 맞춘다. 사실 차를 사고 싶었는데, 그러기에는 돈이 부족했다. 그들의 회사는 외국계 페이퍼 컴퍼니라 나는 신용카드도 만들 수 없고, 대출을 받는 것도 힘들다. 대신 여행을 다녔다. 아버지를 따라 낚시도 가볼 생각이었는데, 아버지는 연금 공단을 찾아가 소란을 피우다가 유치장 신세를 진 이후로 더 이상 낚시를 하지 않는다.

내가 놀고 있는 사이에도 다이너마이트로 전 세계의 핵무기와 핵물질이 하나씩 운반되고 있었다. 그들한테는 아무 연락이 없었지만, 인류의 미디어에서도 충분한 정보를 접할 수 있었다. 마지막 핵무기가 도착하고 각국의 정상들이 모여 인류의 완전한 비핵화를 선포한 날은 공교롭게도 내 생일이다.

―축하해.

태호 형한테 문자가 온다.

다음 날, 내 유급휴가가 끝났다.

인류의 괴멸 이후의 상황을 준비하는 게 내 다음 업무다. 우선 천만 명의 인류가 제한적으로 살게 될 장소를 선정한다. 나는 살던 곳이 편해서 우리나라를 강력히 추천했는데, 이동을 제한하려면 아무래도 섬이 좋을 것 같다는 의견에 밀려서, 일본으로 결정된다.

─거긴 지진 자주 나는데.

그들은 내 말을 들은 척도 안하고 다음으로 넘어간다. 과학 기술의 제한, 인구의 제한, 에너지 제한, 섭식의 제한…… 계획이 구체화될수록 그런 곳에서 살아갈 수 있을지 걱정이 된다. 그냥 함께 멸망하는 것이 나을지도 모른다.

마침내, 함대가 온다. 그들은 달에 전초기지를 세우고, 공격 준비를 한다. 그들의 스텔스 기술은 완벽해서 인류는 모든 준비가 끝날 때까지 전혀 눈치채지 못한다.

출격하기 전에 그들은 각국의 정상들에게 불필요하게 지구를 파괴하고 싶지 않으니, 그냥 항복하라는 내용의 선전포고문을 보낸다.

두 시간 후에, 그들의 함대는 달과 지구 중간쯤의 위치에서 스물여섯 발의 핵미사일을 맞고 전멸한다. 종의 멸망이 걸려 있고, 초월적 존재가 경고했음에도 핵무기를 갖고 있던 나라들은 완전히 폐기하지 않고 몇 발씩 숨겨두고 있었다. 그들이 핵보유국으로 분류하지 않은 나라에서도 두 발의 핵미사일이 날아왔다.

거대한 폭발을 보면서 나는 어쩐지 허무한 기분이 들었다. 그들은 인사 대신 마지막 영상을 남겼다.

─우린 답을 찾을 것이다. 늘 그랬듯이.

재생시켜보니「인터스텔라」의 마지막 장면이었다.

—여러분도 답을 찾을 거예요.

나는 달을 보면서 그들에게 마지막 인사를 한다.

약간 후회가 된다. 결국 내게 남은 것은 양복 한 벌뿐이다.
요즘 나는 다시 이력서와 자기소개서를 쓴다. 분리수거 아르
바이트도 다시 시작했다. 외계인이 침략했다는 사실에 세상
이 난리가 났지만, 쓰레기의 양은 전혀 줄어들지 않았다. 태호
형은 여전히 같은 자리에서 쓰레기를 분류한다.

—형, 아직도 우주에 가고 싶어요?

내가 묻는다.

—이제 더 간절해졌어.

태호 형이 대답한다. 확실히 전보다 더 자주 하늘을 올려다
보는 것 같다. 언젠가 태호 형이 이야기해줬는데, 소련의 우주
비행사가 이런 말을 했다고 한다. "지구는 인류의 요람이다.
하지만, 요람에서 평생을 보내는 사람은 없다." 그러니 우주
로 가자는 취지의 말이었을 것이다. 하지만, 내가 보기에 인류
에게는 아직 요람이 필요하다. 손에 총을 들고 있어도 우리는
아직 어린아이니까.

—형, 근데 그거 알아요? 여기도 우주예요. 지구도. 쓰레기
장도.

우주는 평등하다.

누구에게나 평등하게 무자비하다.

인류애

문 앞에 물건을 내려놓고 사진을 찍는다. 호실 판과 물건이 한 화면에 걸리게 하려고 계단 밑으로 다리를 하나 뺀다. 내가 움직일 게 아니라 스마트폰 화면을 조정하면 되는데도 매번 같은 실수를 한다. 다음에는 그러지 말아야지 다짐하지만, 다음에도 또 그럴 걸 안다. 나는 그런 사람이고, 사람은 쉽게 바뀌지 않는다.

사진을 전송하고 초인종을 누른다. 층계참을 내려갈 때쯤 문이 열리고 물건을 가져가는 소리가 들린다. 이번이 다섯 번째다. 신규 배차를 중지시킨다. AI와 일하는 건 이래서 좋다. 내가 원할 때 쉴 수 있다. 출퇴근도 마음대로다. 운행 시작을 누르면 출근이고, 운행 종료를 누르면 퇴근이다. 나는 다섯 개를 배달할 때마다 담배를 피운다. 한숨 돌리는 의미도 있고, 이런 식으로 작은 목표를 설정해야 더 많이 할 수 있다.

오늘 목표는 50개다.

월급만으로는 부족해서 부업 개념으로 주말에만 배달을 해보려고 시작한 건데, 이제는 본업이 되어버렸다. 오토바이에 '기다림'이라는 이름을 붙였다.

—여기서 잠깐 기다려.

목적지에 도착하면 나는 그렇게 말한다. 정작 내가 뭘 기다리는지는 나도 잘 모른다. 일단은 그동안 뭘 기다렸는지 알게 되기를 기다리고 있다.

회사 다닐 때보다 수입이 많다. 무엇보다 내가 뭘 하는지 알고 있다.

대학을 졸업하고 바로 취직해서 '이테크'라는 회사에 3년 동안 다녔다.

—우리 회사가 뭐 하는 회사예요?

나는 사수한테 그렇게 물었다.

—무역 회사 아닌가?

사수가 대답했다.

나는 경영지원 팀이었다. 우리 팀원은 여덟 명이었는데, 나는 기회가 날 때마다 같은 질문을 팀원 모두에게 했다.

—건설 회사일걸.

—제조업 아니었어?

—사회적기업이야.

저마다 답이 달랐다.

―뭐 하는 회사면 어때. 월급만 제때 주면 되지.

팀장은 그렇게 말했다. 주문한 물건이 도착했음을 알리는 초인종처럼 월급은 항상 제시간에 들어왔다. 그런데, 전달 과정에서 누군가 손을 댄 게 아닌가 의심할 정도로 양이 적었다. 팀장은 월급을 모아 서울에 아파트를 사는 게 인생의 목표다. 요즘도 가끔 연락하는데, 목표를 달성했다는 소식은 아직 못 들었다. 팀장의 말이 내가 회사를 그만둔 계기였는지도 모른다. 제출한 건 한참 뒤였지만, 팀장의 말을 듣고 처음으로 사직서를 썼으니까.

내 목표는 50개다.

그냥 산다.

종종 세상이 망해버렸으면 좋겠다는 생각을 한다.

마흔아홉 개. 핸드폰 배터리가 없다. 보조 배터리를 두고 왔다. 내가 자주 내려가는 또 하나의 계단이다. 15분 동안 연결이 안 되면 AI가 자동으로 운행을 종료시킨다.

―여기서 내일까지 기다려.

기다림을 주차장에 두고 단골 술집으로 간다. 퇴근하면 술을 마신다. 처음에는 일주일에 한 번 정도였는데, 이제는 일상이다. 주종도 바뀌었다. 원래 맥주를 좋아했는데, 요즘은 소주를 먹는다.

―직장 생활이 원래 그런 거야.

단골 술집 사장이 말한다. 나는 고개를 끄덕이면서 잔을 채운다. 이것도 직장 생활이 맞나. 산재보험은 가입되어 있다. 뭔가 애매하다.

아버지가 왜 매일 저녁 막걸리를 마셨는지, 조금은 알 것 같다. 하루의 노동을 마치고 술을 마시면 뭔가 채워지는 기분이다. 말 그대로 기분만 그렇다. 실제로는 망가진 몸을 알코올로 마취시켜 무감각하게 만드는 것뿐이다.

아버지는 탄산이 들어 있는 '장수 막걸리'를 자주 마셨다. 누가 이름을 지었는지 몰라도 대단한 사람이다. '장수 막걸리'는 이걸 계속 먹으면 장수할 수 없다는 의미를 담고 있다.

─오래 살고 싶으면 먹지 마.

그런 이름이다. 매일 한 병씩 마셨다고 가정하면, 아버지는 1만 8,250병을 마셨다. 마지막 한 병을 반쯤 마신 후에 심근경색으로 죽었다.

─사장님, 막걸리 한 병만 주세요.

내가 그렇게 외치자 사장이 막걸리를 가져온다.

─이거 말고, 흰색 뚜껑이요.

─이게 차이가 있어?

사장이 병을 바꿔주면서 묻는다. 나는 대답 대신 고개를 끄덕인다.

병뚜껑이 흰색이면 국산 쌀로 만든 거고, 병뚜껑이 초록색이면 외국 쌀로 만든 거다. 아버지는 흰색만 마셨다.

한 잔 가득 막걸리를 따른다. 어쩌면 지금 내가 마시는 게 아버지가 남겨놓은 절반인지도 모른다. 만나는 사람도 없지만, 나중에 아이가 생기면 나는 뭘 남겨줄지 잠시 생각해본다. 내가 내 아이에게 남겨줄 수 있는 건 기다림밖에 없다.

아버지가 남겨놓은 술이 너무 많아서, 과음을 했다. 달고, 짜고, 시큼한 냄새가 뒤섞인 악취에 잠에서 깼다.

같은 냄새면 코가 무감각해질 만도 한데, 숨을 쉴 때마다 다른 냄새가 섞여 들어온다. 뭔가 타는 것 같기도 하고, 매운 냄새가 섞여 있어 기침이 난다.

옷과 침구류는 깨끗하다. 몸에도 아무 흔적이 없다. 냄새는 창밖에서 들어온다. 밖이 소란스럽다. 베란다 창문을 열었더니 평소와 전혀 다른 풍경이 보인다. 처음 보는 모양의 페트병과 비닐, 뭐가 담겨 있었는지 추측하기 힘든 용기들이 벽처럼 창문 앞을 막고 있다.

—우리 집은 23층인데.

정확히는 이모 집이다. 이모가 안식년을 맞아 캐나다에 가 있는 1년 동안 내가 살면서 집을 관리하기로 했다. 매주 청소는 하는데 제대로 관리하고 있는지는 잘 모르겠다.

엘리베이터가 층마다 서는 바람에 1층까지 오는데 10분이 넘게 걸린다. 다들 나처럼 무슨 일인지 알아보려고 나온 모양이다.

내려와 보니 우리 동만 그런 게 아니다. 지상 주차장 없이 산책로와 공원을 만들어놓은 아파트 단지 전체가 베란다에서 본 물건들로 가득 차 있다. 축구장과 경주용 트랙이 있는 중앙 공원에는 아파트보다 높은 거대한 산이 생겼고, 놀이터와 화단에도 작은 봉우리들이 솟아 있다. 다행히 입구와 통행로에는 아무것도 없다.

나는 볼을 살짝 꼬집어본다. 얼얼하다. 나와 같은 행동을 하는 사람들이 몇 명 눈에 띈다.

—꿈은 아닌 모양이네요.

—이게 다 무슨 일이래요?

—신고는 했나요?

—어디다 신고를 해야 할까요? 경찰? 소방서? 구청?

—아까부터 했는데, 연결이 안 돼요.

다들 한마디씩 한다. 잠시 들어보니 이 상황에 대해 뭔가 알고 있는 사람은 없는 것 같다.

가장 합리적인 추측은 환경미화원들과 아파트 단지의 갈등이다. 차 없는 아파트를 이유로 수거 차량을 못 들어오게 했거나, 분리수거를 제대로 안 해서 수거를 거부했거나, 잦은 민원 때문에 다툼이 생겼거나, 하는 이유로 환경미화원들이 화가 나서 쌓아 뒀을지도 모른다. 하지만 그렇다고 하기에는 양이 너무 많다. 눈대중으로 계산해봐도 20톤 트럭 5백 대는 있어야 옮길 수 있는 양이다.

―여기만 그런 게 아니래요.

다들 스마트폰을 열어 인터넷을 확인한다. 나는 핸드폰을 집에 두고 왔지만, 굳이 가지러 갈 필요도 없다. 방음벽 쪽에 아이들이 몰려 있어 가 보니, 아파트 단지 옆 8차선 도로에도 가득 쌓여 있다.

―SNS가 난리예요.

모두가 위기면 아무도 위기가 아니라는 말이 있는데, 사실은 모두가 위기면 안심하는 것뿐이다. 누군가 해결해줄 거라고 믿으니까. 실제로 주민들은 스마트폰만 들여다볼 뿐 아무것도 하지 않는다. 몇몇은 제대로 뉴스를 봐야겠다며 집으로 들어간다.

소방대원 두 명이 오토바이를 타고 아파트로 들어온다. 그들은 우주복처럼 생긴 전신 방호복을 입고 있다. 그 모습에 주민들이 뒤로 물러선다. 아이를 챙겨 들어가는 부모도 있다.

소방대원 한 명은 금속 탐지기 같은 기계를 들고 주변을 한 바퀴 돈다. 방사능 측정을 하는 모양이다. 다른 한 명은 내 배달용 보온 가방과 비슷한 내부가 은박으로 된 가방에 음료가 남아 있는 페트병 몇 개를 집어넣는다.

―위험하니까. 일단 집에 들어가 계세요. 정부에서 발표가 있을 겁니다.

임무가 끝났는지 소방대원들이 주민들을 향해 소리친다. 소방대원의 말에 반응하는 사람은 아무도 없다. 다들 어떻게 해야 하는지 생각하는 것 같다. 나도 오늘 배달을 해야 하나 말아야 하나 잠시 고민한다. 소방대원들이 온 걸 보니 기다림이 다닐 수 있는 길은 남아 있는 모양이다. 세상이 난리가 났으면 하루쯤 쉴 수도 있다. 내 잘못도 아닌데.

정적을 깬 것은 경비원들이다. 각 동의 경비원들이 비닐과 마대 자루를 가져와 하나씩 담는다.

—이게 뭔지 알고 함부로 만지세요?

소방대원이 가까이 있는 경비원을 제지한다.

—보면 몰라요? 쓰레기잖아요.

경비원이 대답한다.

나는 경비원을 돕는다. 몇몇 주민들이 합세한다.

인터넷도 방송도 모두 같은 주제다. 전 세계 주요 도시에 같은 일이 벌어졌다. 대도시일수록 쓰레기의 양이 많다. 도시에 쓰레기를 버린 것은 다분히 의도적이다. 단지 쌓아둘 공간이 필요한 거라면 지방이 더 편하다. 논이나 밭, 황무지, 위에 버리면 더 간단하니까. 아랍에미리트 같은 나라도 바로 옆의 드넓은 사막을 놔두고 굳이 두바이 시내 곳곳에 쓰레기를 쌓아놨다.

이유는 간단하다. 그래야 치울 테니까. 외진 사막이나 시골에 쓰레기를 쌓아두면 오랜 시간 방치될 게 분명하다. 하지만 자유의 여신상과 에펠탑, 광화문 광장을 쓰레기로 가득 채워

놓으면 당장 치울 수밖에 없다. 실제로 수거 작업은 꽤 빠르게 진행되고 있다.

많은 사람이 외계인의 소행을 의심한다.

—박사님. NASA의 입장은 뭡니까?

앵커가 묻는다.

—NASA의 공식 입장은 예산을 증액해달라는 겁니다.

전문가가 대답한다.

—그거야 매년 하는 말이고, 이 사태에 대한 분석은 없을까요?

앵커가 다시 묻는다.

—나사든 못이든 이 사태에 대해 분석은 하나뿐입니다. 누군가 우리한테 쓰레기를 갖다 버린 겁니다.

전문가가 대답한다.

—그게 누구인가가 중요하지 않을까요?

—누가 방에 똥을 싸고 가면 그게 누가 싼 똥인지 조사하고 있을 겁니까? 일단 똥부터 치워야죠.

TV를 끈다.

나는 전문가의 말에 동의한다. 치우는 게 먼저다. 하지만 누가 왜 했는지도 중요한 문제다. 그걸 알아야 이 사태가 이번 한 번으로 끝인지 앞으로도 계속 일어날 수 있는지 예측할 수 있다. 내 예감에는 이게 끝이 아니라 시작인 것 같다.

내가 기다린 건 적어도 쓰레기는 아니다. 하지만, 종종 세상이 망하길 바란 탓에 나른한 죄책감이 든다.

외계인의 소행이라는 주장은 페트병 안에 들어 있던 액체들의 성분 분석 결과가 발표되면서 힘을 잃는다. 그 안에 들어 있던 것은 콜라, 오렌지 주스, 우유, 레모네이드, 커피…… 같은 것들이다.

—외계인도 콜라를 먹나?

영화 「E.T.」를 보면 E.T.가 초코볼을 먹기는 하지만, 외계인이 콜라를 마실 것 같지는 않다. 저 물건들을 사용한 것은 분명 인간이고, 버린 것도 당연히 인간이다.

어딘가 우리 말고 다른 인간이 있다. 그들이 우리한테 쓰레기를 버렸다. 이 넓은 우주에 우리만 사는 게 아니라는 것은 작은 위안이 될 수 있지만, 그들이 우리를 쓰레기장으로 인식하고 있다면 친구가 되기는 힘들다.

고분자화합물을 태우면 다이옥신, 수은, 탄화수소 같은 유해물질이 대량으로 발생한다. 대기오염을 생각하면 함부로 태울 수가 없다. 땅에 묻으면 미생물이 고분자화합물을 분해하는데 평균 5백 년 정도가 걸린다. 가볍고, 투명도가 높고, 착색이 쉽고, 모양을 쉽게 가공할 수 있는 편리한 물질이지만, 사용하고 나면 이러지도 저러지도 못하는 게 플라스틱이다.

리오 베이클랜드라는 이름이 한동안 인터넷에 회자 된다. 최초의 합성수지를 만든 사람이란다. 19세기에 당구가 유행하면서, 코끼리 상아로 만들던 당구공의 공급이 부족해지자 대체할 물건을 찾다가 최초의 플라스틱을 만들었다고 한다.

처음에 만들 때는 나중에 이렇게 될 줄 몰랐을 테니, 그를 탓할 필요는 없다. 여태 좋다고 사용해놓고 이제 와 만든 사람을 욕하는 것은 어쩐지 좀 비겁한 것 같다.

퇴근해서 돌아오니 이모가 짐을 풀고 있다.

— 전 세계가 난리잖아. 정부 TF 팀에 차출됐어.

내가 왜 벌써 왔냐고 묻자 이모가 그렇게 대답한다.

이모는 위상수학자다. 나도 고등학교까지는 이과이기는 한데, 위상수학에 대해서는 잘 모른다. 이모의 설명에 따르면 위상수학은 복잡한 상황이 어떻게 간단하게 그래프로 나타내어질 수 있는지 연구하는 학문이다. 이모가 풀고 있는 문제들을 보고 내가 이해한 바로는 기하학에서 모양이나 길이를 바꿔도 변하지 않는 본질을 찾는 과정이다. 말하자면, 수학의 세계에서 플라스틱을 만드는 것과 같은 일이다.

일반인에게 가장 잘 알려진 것은 언젠가 예능프로그램에 퀴즈가 나와서 잠깐 화제가 됐던 '빨대의 구멍이 몇 개인가?'라는 질문이다. 일반적으로 위상수학에서는 빨대의 구멍을 한 개로 본다. 빨대의 길이를 늘이고 모양을 바꾸면 도넛처럼 되는데 그 경우 구멍이 한 개라는 논리다. 말했듯이 일반적인 주장이고, 소수 의견도 있다. 이모는 학계의 정설을 벗어난 소수 의견을 주장하는 위상수학자다. 이모는 빨대에는 구멍이 하나도 없다고 주장한다. 언젠가 그 문제에 대해 이모가 잠깐 설명해준 적이 있다.

　―먼저 구멍이라는 게 뭔지 정의할 필요가 있어.

구멍이 공간이라면 빨대의 구멍은 한 개가 맞다. 하지만 구멍이 모양이라면 빨대의 구멍은 두 개다. 그리고 구멍이 뭔가를 뚫거나 파낸 자리라면 빨대의 구멍은 하나도 없다. 빨대는 합성수지를 돌돌 말아서 만든 거지 원기둥의 가운데를 뚫거나 파낸 게 아니니까. 이모는 기하학적 도형에 구멍을 뚫고 도형의 형태를 바꿔가며 구멍을 연구한다.

이모의 설명을 들으면서 나는 앞으로 절대 빨대를 사용하지 말고 음료를 마셔야겠다고 다짐했다. 요구르트는 예외다. 왜 그런지 몰라도 요구르트는 빨대로 빨아 먹어야 더 맛있다.

이모가 TF 팀에 포함된 이유는 시공간에 구멍을 뚫고 쓰레기를 옮겨놨다는 가설 때문이다. 누군가 지구에 빨대를 꽂고 쓰레기를 옮겼다. 어떻게 꽂은 건지 알아내고, 구멍을 막을 방법을 찾는 게 이모의 임무다. 이모뿐 아니라 전 세계의 석학들이 협력하고 있으니, 아마 성공할 것이다. 어느 영화에 나오는 대사처럼 인류는 늘 답을 찾으니까.

답을 찾는 것은 이모 같은 사람들의 몫이지만, 나처럼 평범한 사람도 할 일이 많다. 존스 홉킨스 대학의 발표에 따르면, 이번에 넘어온 쓰레기의 양은 10억 톤, 전 세계가 3년 동안 배출하는 쓰레기의 양과 같다. 갑자기 3년 치의 쓰레기가 생겼으니, 앞으로 발생할 쓰레기를 줄일 필요가 있다. 여론도 정부도 빠르게 움직인다.

모든 빨대는 종이로 만들어야 한다는 법이 통과되고, 플라스틱과 비닐의 사용이 엄격히 제한된다. 캠페인도 많이 생긴다. 의외로 사람들은 협조적이다. 다들 집 앞에 쓰레기가 쌓인 걸 직접 봤으니 위기가 체감됐을 것이다. 나도 장바구니와 텀블러를 하나 산다.

이모는 며칠째 집에 오지 않는다. 그래도 연락은 된다.

─국가 기밀.

내가 어디냐고 묻자 이모는 그렇게 답한다.

─언니는 어때? 입원했다고 들은 것 같은데?

이모가 묻는다. 갑작스러운 귀국에 정신이 없었다고는 해도 퍽 늦은 질문이다. 엄마와 이모는 사이가 안 좋다. 언젠가 엄마한테 이유를 물어본 적이 있는데, 30년 전쯤에 원피스 때문에 다툰 뒤로 사이가 점점 안 좋아졌다고 했다. 내가 원피스 일화를 얘기하자 이모는 글쎄 그런 적이 있던가 하고 고개를 갸우뚱했다. 내 생각에는 나이 차도 여덟 살이나 되고, 성격이나 성향이 너무 다른 탓일 것이다.

지난달에 엄마는 일주일 정도 입원해 있었다. 의사는 과로라고 진단했는데, 엄마는 일을 하지 않으므로 정확한 표현은 아니었다. 엄마는 너무 심하게 놀러 다녀서 피로가 누적되어 쓰러진 거다. 원래도 활동적인 사람이었지만, 아버지가 죽은 뒤로 몇 배는 더 심해졌다. 전국의 맛있다는 음식점은 다 찾아다녔고, 꽃 구경, 단풍 구경, 강바람, 바닷바람, 하루도 거르지 않고 사람들을 만나고, 레저 같은 것도 열심이어서 수상스키, 암벽등반, 번지점프, 얼마 전에는 패러글라이딩하는 사진을 보낸 적도 있다. 누구라도 엄마 같은 일정을 소화하면 입원할 수밖에 없다.

―사생활.

나는 그렇게 답장을 보낸다.

나는 국가 기밀과 사생활 사이에서 배달을 하면서 산다. 플라스틱과 비닐 사용을 줄이는 법과 캠페인이 한창인데도 배달은 전혀 줄지 않는다. 나는 배차를 기다릴 틈도 없이 도로 위를 달린다.

이모는 정부 TF 팀 안에서도 비주류인 모양이다. 이모의 주장에 동조하는 사람이 적어 예산을 거의 배정받지 못했단다.

이모는 주로 기상청의 자료를 분석했다. 쓰레기가 옮겨진 순간에 지진계가 움직였다. 땅이 움직인 것은 아니고, 전자파에 의한 흔들림이었다. 이모는 전자파의 파동과 확산, 유도 방출, 증폭 같은 내가 알아들을 수 없는 데이터를 분석해서 서울에 60개의 구멍이 생겼다는 것을 알아냈다. 그리고 그 구멍들은 사라진 것이 아니라 작게 축소되어 남아 있다.

―그 구멍을 찾아야 해.

이모가 말한다.

—크기가 어느 정도인데?

내가 묻는다.

—이 정도.

이모가 펜 뒤에 달린 레이저 포인터로 벽을 비춘다. 벽에 요구르트 빨대 구멍 크기의 빨간 점이 생긴다.

나는 이모의 주장에 동조하지 않은 사람들을 적극 지지한다. 서울에서 요구르트 빨대 크기의 구멍을 찾는 것은 불가능하다. 구멍이 60개가 아니라 6만 개여도 찾기 힘들다.

—통로를 유지하려면 구멍 위치가 계속 바뀌고 있을 거야.

이모가 말한다.

—그럼 더 못 찾겠네.

내가 말한다.

—아니, 눈으로 찾는 게 아니니까. 장비만 충분하면 가능성은 있어. 경찰, 군대 다 동원하고, 헬기도 띄우고.

이모가 말한다.

—그럴 권한이 없잖아.

내가 말한다.

—그래서 말인데, 네가 좀 도와줘. 너 배달하면 하루 이동 거리가 얼마나 되니?

이모가 묻는다.

—150킬로미터에서 2백 킬로미터 정도.

내가 대답한다.

—이거 받아.

이모가 와이파이 중계기 같은 장치를 건넨다. 빨대를 찾는
장치다.

빨대 찾는 장치는 의외로 기다림과 잘 어울린다. 잃어버린
상아를 되찾은 코끼리처럼 기다림은 신이 나서 움직임이 좋
아졌다. 특히 코너링이 부드럽다.

좌회전을 하면서 우연히 빨대와 마주치기를 기다린다.

우회전을 하면서 우연히 빨대와 만나기를 기다린다.

직진을 하면서 빨대와 조우하기를 기다린다.

요즘 나는 담배를 피우지 않는다. 기다리는 것이 명확하다
는 것은 생각보다 즐거운 일이다. 살면서 한 번도 이런 적이
없어서 들뜬 것 같다. 나와는 달리 이모는 초조한 심정으로 시
간이 날 때마다 차로 서울 전역을 돌고 있다.

—우리가 찾는 걸 알면 그쪽에서 뭔가 반응이 있겠지.

내가 만에 하나라도 찾으면 어떻게 하면 되느냐고 묻자 이
모는 그렇게 대답했다.

우리가 구멍을 찾는 동안 서울은 다시 본래의 모습으로 돌
아왔다. 전 세계 주요 도시 중에 가장 빠른 복구라고 했다.

K-분리수거.

총리가 자랑하듯 담화를 하는데, 어쩐지 내 눈에는 코미디

처럼 보인다. 인류 전체가 한 팀이라면 내부의 순위는 아무 의미도 없다. 공용주방의 음식들이 전국의 식탁 위로 배달되는 것처럼, 플라스틱은 어디에 있든 결국 전 세계로 퍼진다. 미국에서 버린 페트병 뚜껑이 남극에서 발견되기도 한다. 플라스틱은 사라지지 않는다. 다른 어딘가로 배달될 뿐이다. 지구 전체가 배달 가능 구역이다. 우리나라만 치운다고 해결되는 문제가 아니다.

이제 누가 똥을 쌌는지, 또 싸는 건 아닐지로 관심이 옮겨온다. 내 생각에는 아직 약간 여유가 있다. 쓰레기를 치우게 할 생각으로 도시에 쌓아둔 거라면, 전 세계가 쓰레기를 다 수거하고 어느 정도 처리한 후에 다시 보낼 테니까.

구멍을 찾을 생각을 하고 돌아다닌 탓인지 전에는 의식하지 못했던 수많은 구멍이 눈에 들어온다. 맨홀, 하수구, 터널, 콘센트, 지하철, 굴뚝, 열쇠, 배기구, 단추, 스피커, 라이터……이 세계에는 엄청나게 많은 구멍이 뚫려 있다. 저 많은 구멍이 다 어디론가 연결되어 있다는 생각을 하니 조금 무섭다.

그렇게 돌아다닌 지 두 달 만에 빨대를 찾았다. 마침 중국집에서 후식으로 준 요구르트를 먹는 중이었다. 빨대가 없어서 아쉽다는 생각을 하고 있는데, 누군가 말을 걸었다.
— 원하는 게 뭡니까?
배차 지시를 하는 AI와 같은 목소리였다. 처음에 나는 기다

림이 말을 한 줄 알았다. 그럴 리는 없으니 드디어 그쪽의 반
응이 온 거였다.

—원하는 게 뭡니까?

같은 질문이 한 번 더 들린다. 나는 최대한 빠르게 생각한
다. 일단 이모한테 연락하고 기다리는 선택이 있다. 하지만,
상대가 기다려줄지 지금 대답하지 않으면 다시는 연결이 되
지 않는 건지 확신할 수 없다.

뭐가 됐든 대답을 해야 한다. 내가 인류를 대표해서 말을 해
도 되는지는 차치하더라도 뭐라고 말해야 하는지 고민이다.
다짜고짜 '평화'라고 외칠 수는 없다. 원하는 게 뭐냐고? 내가
뭘 원하지? 우리가 뭘 원하지? 인류가 뭘 원하지? 고민 끝에
나는 단어 하나를 찾는다.

—대화. 대화를 원해요.

내가 말한다.

—그건 가능할 것 같네요. 미리 말씀드리지만, 저는 아무
결정 권한도 없는 단순한 실무자일 뿐입니다. 아는 것도 많지
않아요.

잠깐의 침묵 후에 그런 대답이 돌아온다.

나는 이모한테 문자를 보내 상황을 알린다. 바로 갈 테니 계
속 대화를 하고 있으라는 답장이 온다. 무슨 대화를 하지? 한
마디 한 마디가 고민의 연속이다.

—당신들은 누구입니까?

우선 가장 궁금한 한 가지를 묻는다.

— 인간. 당신과 같은 지구인입니다.

그들은 지구인이다. 우리와는 다른 시공간의 지구. 그들은 시공간에 구멍을 뚫는 기술로 5백 개의 지구를 발견했다. 그들이 과학기술과 문명을 척도로 매긴 번호에 따르면, 그들의 지구는 70번, 우리의 지구는 108번이다.

— 왜 우리한테 쓰레기를 버린 겁니까?

내가 묻는다.

— 미안합니다. 하지만, 모두가 찬성한 것은 아닙니다. 개인적으로 저는 반대했습니다.

지구인이 대답한다.

그들의 지구는 방독면 없이는 밖에 나갈 수 없을 정도로 공기가 오염됐다. 바다도 땅도 쓰레기로 가득 찼다. 빙하가 녹아 대부분의 섬이 바다에 잠겼고, 대륙의 3분의 1은 사막이 됐다. 그들은 쓰레기 위에 집을 짓고 산다. 물과 식량이 부족해 그들의 지구에는 10억 명밖에 살지 않는다. 남은 10억 명도 피부병과 안과 질환에 시달린다.

— 거기 지구 맞나요?

내가 묻는다.

— 당신들도 곧 이렇게 될 겁니다.

지구인이 대답한다.

생존을 위해 그들은 투표를 했다. 찬성 52퍼센트, 반대 48퍼센트. 다른 지구로 쓰레기를 보내기로 결정되었다.

그들보다 문명이 앞선 지구는 관측도 연결도 불가능했다. 반격의 가능성도 있었다. 그들은 우리보다 2백 년 정도 앞선 과학기술을 갖고 있다. 아직 인간이 살지 않거나 문명이 발전하지 않은 먼 지구로 쓰레기를 보낼 수도 있었지만, 그러면 쓰레기를 전혀 처리하지 못할 테니 적당한 과학기술을 갖고 있는 우리의 지구가 선택되었다.

—솔직히 말하면 비용 문제가 가장 큰 이유였습니다.

그들은 플라스틱의 분자구조를 바꿔서 무독성, 비활성 물질로 바꿀 수 있는 기술을 가지고 있다. 하지만, 그 기술은 너무 비싸다.

—직접 만들어 먹는 것보다 배달시키는 게 더 싼 경우가 많죠.

내가 말한다. 돈 때문이라는 이야기를 들으니 한 번에 이해가 된다. 거리가 멀면 배달료도 비싸다. 그들은 더 효율적으로 쓰레기를 처리할 방법을 찾다가 우리한테 보내는 것을 선택했다.

인류는 항상 답을 찾는다. 그런데, 그들도 인류다.

우리의 문제는 그들의 답이다.

—언제까지 계속 쓰레기를 보낼 건가요?

내가 묻는다.

—기술을 개발 중입니다.

지구인이 대답한다.

그들은 더 싸고 빠르게 쓰레기를 처리할 방법이 생길 때까지 계속 우리한테 쓰레기를 보낼 생각이다.

—그럼 우리는 어떻게 하나요?

내가 묻는다.

—그건 제가 대답할 수 없는 문제네요. 더 묻고 싶은 게 있습니까? 저도 시간이 많지는 않아서요.

지구인이 말한다.

나는 마지막 질문으로 뭐가 좋을지 고민한다.

—혹시 그쪽에서 플라스틱을 처음 만든 사람은 누구였나요?

딱히 떠오르는 것이 없어 개인적으로 궁금한 것을 묻는다.

—리오 베이클랜드. 당구공을 만들려다가 발명했다고 들었습니다.

지구인이 대답한다.

시공간이 달라도 모든 지구에는 리오 베이클랜드라는 사람이 태어나고 당구가 유행하고 인류는 반드시 플라스틱을 만들게 되는 걸까. 어쩌면 자신이 만든 물질에 의해 멸망하는 게 인류의 운명인지도 모른다.

지구인과 나는 내일 같은 시간에 다시 만나기로 약속을 잡는다.

이모는 우리의 대화가 끝났을 때 도착한다. 쓰레기 수거 차량처럼 생긴 거대한 트럭들과 함께.

—역시.

내가 지구인과의 대화 내용을 전하자 이모는 그렇게 반응한다.

—알고 있었어?

내가 묻는다.

—예상은 했어.

이모가 대답한다.

—이제 알아서 해.

내가 말한다.

내가 기다림에 시동을 걸자 이모가 키를 뽑는다.

—아무것도 바꾸면 안 돼. 내일도 네가 계속 대화를 해.

이모가 말한다.

—내가? 무슨 대화를?

내가 묻는다.

—아무거나 상관없어.

이모가 대답한다.

이모와 이모의 동료들이 원하는 것은 시간 끌기다. 구멍을 막을 방법을 찾는 줄 알았는데, 그건 아닌 것 같다. 생각해보면 구멍을 막아도 다시 뚫으면 그만이니 소용없는 짓이다. 이모는 시공간에 구멍을 뚫는 기술을 훔칠 생각이다.

다음 날, 지구인과 나는 다시 만난다. 이모가 모든 조건을 똑같이 해야 한다고 해서 점심도 어제처럼 자장면을 먹었다.

빨대 없이 요구르트도 마셨다.

　—다음 쓰레기는 언제쯤 오나요?

　내가 묻는다.

　—한 달쯤 뒤가 될 겁니다. 노파심에 말씀드리지만 무모한 짓은 하지 마세요. 버튼 하나만 누르면 그쪽 지구를 산산조각 낼 수 있는 무기가 있어요. 망설임 없이 그 버튼을 누를 수 있는 미치광이들이 권력을 갖고 있고요.

　지구인이 말한다.

　우리의 지구와 그들의 지구는 놀랄 정도로 비슷하다.

　시공간에 구멍을 뚫는 기술을 훔쳐 배우는 것은 무모한 짓에 해당하는 건지 묻고 싶지만, 그럴 수는 없다. 나는 계속 질문을 하고 지구인이 대답한다. 가끔 지구인도 질문을 한다.

　—문명이 충분히 발전했는데, 플라스틱이 없는 지구도 있나요?

　—우리는 발견하지 못했지만, 어딘가 있으면 좋겠네요. 그런 곳이. 혹시 생선을 먹어본 적 있습니까?

　—그럼요. 회를 좋아해요. 먹은 적 없으세요?

　—여기선 해산물을 먹기 힘듭니다. 어릴 때, 오징어를 먹은 적이 한 번 있는데, 배 속에서 막걸리 뚜껑이 나왔습니다.

　—그건 흰색 뚜껑이었나요?

　이모가 다 됐다는 신호를 보낸다. 시공간에 구멍을 뚫는 기술이 생각보다 어려운 것은 아닌 모양이다. 하긴 지도가 있으면 가본 적이 없는 길도 쉽게 찾아갈 수 있으니까.

나는 지구인과 작별 인사를 한다.

지금은 우리가 헤어져야 할 시간.

다음에 또 만나요.

헤어지는 마음이야 아쉽지만 웃으면서 헤어져요.

다음에 다시 만나요.

기약 없는 작별이다. 아마 우리가 다시 만날 일은 없을 것이다. 그런 예감이 든다.

—이제 어쩌려고?

나는 기다림에 시동을 걸면서 이모한테 그렇게 묻는다.

—원리는 파악했어. 장치를 만들려면 시간이 좀 걸리겠지만.

이모가 대답한다.

—들었겠지만, 무모한 짓은 하지 말래.

내가 말한다.

—우리도 보내야지. 우리보다 2백 년쯤 문명이 뒤처진 지구로.

이모가 말한다. 이모는 계단을 내려가지 않고 손을 움직이는 합리적인 사람이다. 플라스틱은 사라지지 않는다. 다른 곳으로 배달될 뿐이다. 모든 시공간이 배달 가능 구역이다.

빨대 찾는 장치를 떼어낸 탓인지 기다림의 상태가 좋지 않다. 엔진에서 뭔가 긁히는 것 같은 소음이 난다. 이제 나는 아무엇도 기다리지 않는다. 아니, 애초에 기다리는 척만 했는지도 모른다. 뭔가 온다고 해도 내가 알아볼 수나 있을까.

엄마한테 문자가 온다.

— 아들. 엄마가 오늘도 지구를 지켰어.

잠수복을 입고 비닐 뭉치를 든 엄마의 사진이 첨부되어 있다. 요즘 엄마는 스쿠버다이빙을 배워 해양 쓰레기를 수거하는 일을 한다.

큰 해양 생물들은 바다에 버려진 비닐을 해파리로 오해해 삼킨다. 배 속에 비닐이 쌓이면 가스가 발생해 잠수할 수 없다. 수면 위에 떠서 죽어간다.

— 잘했어.

나는 그렇게 답장을 보낸다.

AI가 다음 배차를 지시한다.

성실한 인간들의 '짠한' 분투기

임지훈
(문학평론가)

　이론물리학자 윌리엄 서스턴William Paul Thurston(1946
~2012)은 위상수학 분야의 저변을 구축한 천재 물리학자이
다. 물론 수학계에는 천재가 너무 많으므로, 이와 같은 수식어
가 좀 식상하게 들릴지도 모르겠다. 더군다나 앞선 소설들에
서 처음 보는 공식들에 마음이 어지러웠던 독자들이라면 해
설에서까지 수학 이야기를 하는 이 상황이 다소 무례하게 느
껴질지도. 그래도 재밌는 이야기니까 조금만 참고 들어줬으
면 좋겠다.

　그의 대표적인 업적은 '기하화 추측Geometrization conjecture'
이란 것인데, 어차피 문과를 졸업하고 수학에 대해선 깊이 공
부해본 적 없는 나에겐 이걸 정확하게 설명할 길이 없으니 조
금만 안심해줬으면 좋겠다. 그러니 나는 이걸 여러분에게 최

대한 간략하게 설명할 수밖에 없는데, 마찬가지로 이 기하화 추측이라는 것도 우리가 존재하는 '공간' 역시 간략화시키고 단순화시키는 것이 가능하다는 것이다(물론 여기에는 공간을 나누고 매끄럽게 만든다는 다소 복잡한 절차가 존재하긴 한다). 그에 따르면 3차원 공간은 마치 소나 돼지의 부위와 같이 더 작은 부위들로 나눠질 수 있으며, 목살, 삼겹살, 전지, 후지, 갈빗살, 항정살 등등의 부위처럼 공간 역시 구 모양과 변형된 도넛 형태인 7개의 기하학적 구조로 나뉠 수 있다. 이 설명조차 어렵다면 그냥 '공간'도 돼지고기나 소고기처럼 부위로 나눠진다고 이해해줘도 좋다(수학적 조예가 깊으신 선생님들께서는 잠시만 양해를 바랍니다).

서스턴의 기하화 추측이 놀라운 까닭은 이와 같은 발상이 막상 설명을 듣고 나면 별것 아닌 아주 당연한 일처럼 느껴진다는 점에 있다. 사실 생각해보면 모든 사물은 몇 개의 부위로 나뉠 수 있고 ─ 예를 들면 책상이든 의자든 다리 부분과 몸통 부분 등으로 나뉠 수 있듯이 ─ 공간 역시 사물의 한 종류라고 생각한다면 이와 같은 추측은 꽤 당연한 이야기처럼 들린다. 하지만 우리가 공간을 대하는 방식을 생각해보자. 우리는 당연하게도 자신이 속해 있는 공간을 사물처럼 인식하지도 못할뿐더러, 일상생활 속에서 공간이라는 것을 별도의 개념으로 계속 생각하지도 않는다. 생각해보라. 얼마나 피곤하겠는가. 가뜩이나 피곤한 일상에 '공간'에 대한 고려까지 해야 하는 삶이라니. '오늘 이 공간은 좀 찌그러졌는걸? 이봐, 마이크. 그렇게 공간을 구기지 마. 공간을 펴는 게 얼마나 중노동인지 알아?' 말해놓고 보니 이건 좋은 SF 소설의 소재처럼 느껴진다. 혹은 보일러 때문에 자꾸 구겨지는 장판에 대한 이야기를 하는 것 같기도 하고.

재밌는 사실은 이처럼 공간의 구조에 대한 획기적인 발상을 해낸 서스턴이라는 인간이, 사실은 선천적인 장애로 인해 원근감을 느낄 수 없는 사람이었다는 점이다. 보다 정확하게는 두 눈의 상의 차이를 뇌가 자동적으로 계산하지 못해 두 개 이상인 사물 사이의 거리를 파악하는 것이 불가능하다는 것인데, 일상생활에서 계단을 내려가거나 운전을 하거나 혹은 수많은 인파 사이로 걸어가는 상황 등을 생각하자면 이와 같은 원근감 장애가 우리에게 얼마나 치명적인 생활의 불편을 야기하게 될 것인지 쉽게 추측해볼 수 있다. 여기에 덧붙여 필리포 브루넬레스키Filippo Brunelleschi(1377~1446)가 선원근법을 고안한 이래, 현대사회가 얼마만큼 잔인할 정도로 원근법적 환영에 의지하여 두눈박이들을 중심으로 구조화되어 있는가를 생각해보자면, 이와 같은 장애가 현대사회에 또한 얼마나 치명적인 약점이 될지 쉽게 추측할 수 있다.

그래서 서스턴은 어려서부터 원근감 없이 사물 간의 거리를 알아내는 훈련을 해야만 했다고 한다. 가령 두 개의 연필

끝을 서로 맞닿게 하는 것에서부터 자신이 속한 공간이 어떤 형태로 이루어져 있는지에 이르기까지, 원근법적 시각 감각에 의지하지 않고 제한된 시각 정보를 바탕으로 추측해내는 훈련. 그리고 그와 같은 추측을 기반으로 자신의 몸과 사물을 움직이고, 이렇게 얻어낸 정보를 종합하여 공간의 구조와 사물의 배치에 대해 파악해내는 훈련. 우리가 흔히 장애라 부르는 제약이 역설적으로, 시각이 온전히 파악할 수 없는 스케일의 공간 구조에 대한 수학적 추측을 가능하게 만든 셈이다. 예컨대, 서스턴에게 원근감 장애는 제약이면서 동시에 그와 같은 제약 너머를 추측하고 그 관계성을 분석할 수 있게 해준 일종의 (불)가능성이었던 셈. 그러니 서스턴의 일생에서 정말 놀라운 사실은 그가 아주 '쩌는' 이론을 생각해냈다는 점이 아니라, 영민한 발상을 떠올리는 동시에 계단을 올라가는 것조차 힘들어하는 두 가지 모습을 지닌 한 인간이었다는 점이 아닐까 싶다.

이갑수의 소설에 대해 말하기 위해 이런 장황한 이야기를 먼저 펼쳐놓게 된 이유는, 아쉽게도 나에게는 이갑수식 유머를 설명할 방법이 없기 때문이다. 대개의 유머는 설명할수록 재미를 잃어버린다. 그럼에도 대개의 평론가들은 독자와 함께 낄낄거리며 한바탕 웃은 후 "야, 이거 재밌지?"라고 말하는 대신 비장한 표정으로 "이게 왜 재밌냐면"으로 시작하는 장대한 이야기를 펼쳐내는 것을 선천적으로 더 선호한다. 예컨대 대개의 평론가들이란 인간관계, 그 사이에 존재하는 웃음에 대해 '웃지 못하면서' 그 웃음의 의미에 대해 말해야 하는 딜레마에 빠진 존재들이다(나는 이것이 더욱 심해지는 경우는 보았어도, 그것이 개선되는 경우는 아직 본 적이 없다). 그러니 내가 여기에서 '이갑수의 소설은 특유의 위트로 우리가 살아가는 세계의 구조를 시니컬하게 조망한다'고 말해봤자, 나는 그 방법론으로서의 위트를 증명하는 데에는 실패할 운명에 처해 있다. 왜냐하면 그 위트는 설명할수록 위트가 아니게 될 것이고, 나는 선천적으로 남을 웃기는 데에 아무런 재능이 없기 때문이다.

이건 사실 나의 문제만은 아니다. 어떤 사람이든 한 분야에 집중해 살아가는 사람들에게는 어딘지 좀…… 모자라고 둔한 구석이 있는 법이다. 완벽한 사람은 없다. 모든 사람에게는 아주 영민한 구석과 아주 모자란 구석이 공존한다. 이 소설집의 특징은 바로 이 사실을 극단까지 밀고 나간다는 점이다. 그리고 이 극단화는 일인칭이라는 소설적 한계와 맞물리면서 독특한 감각의 비틀림을 만들어낸다. 예컨대 이런 것이다. 이갑수의 소설 세계에서, 당신은 보편적이고 상식적인 사람의 감각을 잃어버린다. 왜? 이 소설들은 아주 영민하면서도 모자란 인간을 화자로 삼고 있는 탓에, 당신 또한 일상적이고 보편적인 정보를 '충분히' 제공받지 못한다. 예컨대 이 소설 속 세계에서, 당신은 당신의 눈으로 세계를 바라보지 못한다. 다만, 영민하고도 모자란 타인의 눈으로 세계를 바라볼 수 있을 뿐이다. 그리고 이걸 좀더 소설 평론의 문법으로 표현한다면 다음과 같다. 이갑수는 일인칭 소설의 한계를 극단까지 밀고 나가 그 한계 지점을 가능성의 지점으로 뒤바꿔놓는다(이토록 재밌는 소설적 묘미를 이런 말로밖에 설명하지 못하는 서술자의 영민한 모자람을 용서해주세요).

조금 다른 방식으로 말해보자. 이갑수의 소설 속 주인공들은 모두 하자가 있다. 타인인 칼 세이건Carl Sagan(1934~1996)의 기분과 한숨까지도 서술할 수 있으면서 자신의 감정과 미래에 대해서는 한 치도 알지 못하는 번역가 겸 소설가(「외계 문학 걸작선」)에서부터, 사물과 현상에 작동하는 장력에 대해서는 섬세하게 설명할 수 있으면서도 유독 인간관계의 비논리성에 대해서는 어려움을 겪는 사람(「이해학 개론」). 강한 힘과 높은 지능을 가졌음에도 자신에게 가해진 제약에 대해 아무런 질문도 던지지 못하고 다만 일자리에 집착할 뿐인 수문장(「수문장」). 혹은 시간에 대해 모든 것을 알고 있으면서도 자신이 처한 루프 속에서 벗어날 수 없는 취준생(「시간의 문법」)이나 모든 단검을 피할 수 있었음에도 마지막 단검만은 피할 수 없었던 남자(「달인」). 천부적인 재능에 노력을 덧대어 검술의 오의를 깨우쳐 어지간한 인간사를 이해하고 예측할 수 있었음에도 아내의 죽음에 대해서만은 그럴 수 없었던 검객(「대통령의 검술 선생」) 등등. 이들 모두 특수한 능력 혹은 재능을 가지고 있는 것처럼 보이면서도 동시에 일상적인 생활이나 인간관계에서는 수상할 정도로 모자란 면모를 보인다는 점에서 공통점을 지닌다. 그러한 까닭에 소설 역시 특정한 분야에 대해서는 과도한 정보가 제공되는 한편, 일상생활에서 이루어지는 판단에 동원되는 정보들에 대해서는 넘치는 부족함이 초래된다.

넘치는, 그리하여 모자란. 혹은 과잉과 결여의 중첩 상태. 이갑수의 소설에서 등장하는 위트란 이 과잉과 결여 사이의 낙차로 인해 발생한다. 가령 「우주 시점」에서, 우리는 전지전능해 보일 정도로 엄청난 능력을 지닌 외계인 집단과 그에 비해 한껏 덜떨어져 보이기만 하는 주인공 사이에서 역량의 낙차를 발견한다. 모자란 주인공의 시선에서 외계인들의 능력과 모습이란 그 과도한 역량으로 인해 채 파악할 수 없는 존재로 그려지는데, 문제는 이 소설 또한 일인칭의 구도를 채택하고 있기에 그 '미처 다 파악할 수 없는 끝 모를 역량' 역시 과도하게 부족한 '나'의 시선과 언어를 통해 재현되어야 하는 운명에 놓인다. 즉, '외계인이 엄청 대단하긴 한데, 아, 모르겠다'와 같은 느낌이랄까.

두 시간 후에, 그들의 함대는 달과 지구 중간쯤의 위치에서 스물여섯 발의 핵미사일을 맞고 전멸한다. 종의 멸망이 걸려 있고, 초월적 존재가 경고했음에도 핵무기를 갖고 있던 나라들은 완전히 폐기하지 않고 몇 발씩 숨겨두고 있었다. 그들이 핵보유국으로 분류하지 않은 나라에서도 두 발의 핵미사일이 날아왔다.

거대한 폭발을 보면서 나는 어쩐지 허무한 기분이 들었다. 그들은 인사 대신 마지막 영상을 남겼다.

―우린 답을 찾을 것이다. 늘 그랬듯이.

재생시켜 보니 「인터스텔라」의 마지막 장면이었다.

―여러분도 답을 찾을 거예요.

나는 달을 보면서 그들에게 마지막 인사를 한다.

(「우주 시점」, p. 263~264)

그리고 이 낙차는 그토록 전지전능해 보였던 외계인이 그들의 목적을 이루려는 최종 순간, 상대적으로 덜떨어진 인간이 얼마나 덜떨어진 존재인지까지는 미처 파악할 수 없었다는 사실에서 극단에 이르게 된다. 때문에 그들의 "우린 답을 찾을 것이다. 늘 그랬듯이"(p. 263)라는 비장한 선언은, 이들이 직면한 실패 앞에서 정반대의 효과를 발생시킨다. 그것이 비장하면 비장할수록 오히려 우스꽝스럽고 짠하게 느껴지게 만드는 효과 말이다.

당연하게도 이와 같은 낙차는 종과 종 사이에서만 발생하는 것이 아니다. 이갑수의 소설에서 이 특수한 낙차가 가장 극단화되어 발생하는 것은 앞서 언급했던 일인칭 소설의 화자, 주인공에게서다. 다만 이 주인공에게는 어딘가 특별함이 있다. 가령 「이해학 개론」에서는 수많은 이론과 공식을 섭렵하고 있으며 "공식에 적용해서 사물과 현상을 생각하는 버릇"(p. 70)을 지닌 주인공이 등장한다. 그는 "논리적으로 이치를 따져보면 세상의 모든 일을 이해할 수 있다"(p. 70)고 말한다. 하지만 그는 정작 자신의 주변에서 벌어지는 사건과 현상들에 대해서는 아무런 지식도 갖고 있지 못하다.

　—난 이해할 수가 없어. 그렇게 동전을 모으는 이유가 뭐야?
　나는 돈이 든 봉투를 테이블 위에 올려놨다.
　—이유 같은 건 없어.
　희재는 봉투를 손가방 안에 집어넣었다.
　—아니, 모든 일에는 이유가 있어. 우리가 이렇게 카페에 마주 앉아 있는 이유, 네가 카페에 오면 홍차를 자주 먹는 이유. 동전을 모으는 이유.
　내가 말했다.
　—그렇게 모든 것이 당위적이진 않아. 그냥 하고 싶은 것도 있어. 이유를 잘 모르지만 한 사람을 사랑하기도 하고.
　희재가 말했다.
　—지금 당장은 모르더라도 나중에는 알게 될 거야. 내용을 볼 수 있는 형식을 찾지 못했을 뿐이야.

희재는 나의 논리를 받아들이지 못했다. 얼마 후에, 그녀는 말도 없이 한국으로 돌아갔다. 나는 동전을 이해할 수 없었다.

(「이해학 개론」, p. 84)

예컨대 그는 자신을 제한 '현실'을 얼마든 조망해낼 수 있는 관점과 능력을 가졌지만, 그 '현실'이라는 그림에 '나'라는 얼룩이 포함되는 순간 아무것도 이해할 수 없는 무능력한 인간으로 전락하는 존재이다. 그렇기에 그는 아버지의 죽음에 대해서든, 혹은 희재가 자신을 떠나간 이유에 대해서든, 그 현상 속에 자신이 포함되는 순간 아무런 이해도 갖지 못하게 된다. 그런 이유에서, 「이해학 개론」에 등장하는 주인공은 너무 많은 것을 알고 있는 탓에 아무것도 알지 못하는 모순적인 상황에 처해 있다. 그리고 이는 이갑수의 소설에서 등장하는 주인공들이 공통적으로 앓고 있는 증상이기도 하다.

한 인간에게서 발생하는 지식과 능력의 낙차, 그리고 아이러니는 소설적 인물로 하여금 너무나 평범한 일상적 실수를 하게끔 만든다. 앞서 제시한 모든 단편들에서도 낙차는 동일하게 발생하며 이는 소설을 이끌어가는 하나의 원동력으로 작용한다. 조금 에둘러 말하자면, 이와 같은 넘침과 모자람이 한 사람에게서 동시에 발생한다는 사실이 소설의 중심 구조를 구성하는 것이다. 그러니 소설을 읽는 독자는 당황스러울 수밖에. 일인칭의 시점으로 인해 발생하는, 특정 분야의 지식에 대한 과잉과 그러한 과잉 지식으로 구성된 관점 속에서 해명될 수 없는—그러나 독자의 시선에서는 너무나 자연스럽고 당연해 보이는—사태란 보는 이로 하여금 '얘가 이래 가지고 이 험한 세상을 어떻게 살아가려나' 하는 짠한 당혹감을 만들어내기 때문이다.

그리고 이를 플롯의 스케일로 확장시키면 우리는 다음과 같은 결론을 얻을 수 있다. 이갑수 소설의 플롯이란 이처럼 모자란 인간이 자신의 과잉과 결여를 어떻게 받아들이고 균형 상태를 이뤄가는가에 대한 이야기이다(다만 그 균형은 마음의 평온과 같은 완전한 평형 상태가 아니라, +와 −가 뒤섞여 만들어내는 결과론적인 균형이다). 예컨대, 한 종류의 지식에 매몰된 인간이 경험할 수밖에 없는 시각의 맹점을 어떻게 받아들일 것인가. 따라서 소설 속 주인공은 다음과 같은 경로를 거친다.

1. 부정: '그럴 리가. 내가 아직 '알지' 못하는 거지, 뭔가 이유가 있을 거야.'

2. 부정에 대한 부정: '뭐야. 내가 다 알고 있는 것 같은데, 근데 왜 이래?'

3. 부정 자체에 대한 부정: '아, 모르겠다. 어쨌든 지구는 멸망하지 않았고, 내 직장도 무사해. 그냥 시간만 흐르지 않을 뿐이야.'

그래서 이 소설적 인물들의 삶은 왠지 모를 위트를 발생시키는 한편 어딘지 모를 짠함 또한 발생시킨다.

사실 나는 이 짠함이야말로 이갑수의 소설에서 나타나는 유머보다 먼저 해명되어야 하는 요소가 아닐까 싶다. 사실 그의 소설에서 어딘가 문제가 있어 그로 인해 고통스러워하는 —약간 모자란— 정상 인간의 활용은 그가 등단 이후부터 계속해서 보여온 하나의 증상적인 면모이기 때문이다. 이러한 증상적 요소에 주목해서 살펴보자면, 그의 소설은 한편으로 아리스토텔레스가 『시학』을 통해 제시한 희극의 형식을 충실하게 따르고 있다고 할 수 있다. 앞선 설명에서 제시하였듯이 이갑수의 작품은 이 보통 이하의 인간이 마주하는 일상적 상황에서의 촌극을 소설의 주된 서사적 얼개로 동원하고 있기 때문이다. 가령 직전의 출간작인 장편소설 『킬러스타그램』만 하더라도, 이 소설의 주인공인 '나'는 더 나은 세상을 만들기 위해 살인에 종사하는 킬러 집안에서 근접 살인의 기술을 연마해야 하지만 정작 '나'는 살인에는 영 재능이 없다. 이와 같은 인물의 '모자람'은 소설의 주된 얼개와 그 속에서 인물이 행해야 할 바에 대한 중요한 참조점을 구성하게 되는데, 사정이 이러하다 보니 다소 모자란 인물들의 모습은 말 그대로 짠해질 수밖에 없고, 그것을 바라보는 독자들 또한 과도한 목표와 그것을 이룰 수 없는 인물의 모자란 능력 사이에서 당혹감을 느낄 수밖에 없어진다. 정말이지, 애들이 이래서야 이 험한 세상을 어떻게 버티려고 하는 느낌이랄까.

그리고 이 '짠한 당혹감'은 반대로 말하자면 읽는 이가 인물에 대해 갖게 되는 감정의 주된 토대이기도 하다. 원래 사람이 그렇지 않은가. 더 나은 이를 시기하고 질투하고 욕할 수는 있어도, 더 모자란 이를 시기하고 질투하고 욕하지는 않는다. 물론 간혹 그 모자란 인간이 '나'보다 더 많은 물질적인 부를 소유하게 되면 시기와 질투의 대상이 되기도 하지만, 다행스럽게도(?) 이갑수의 소설에서 그런 예는 등장하지 않는다. 그러한 관점에서 바라보자면 이갑수 소설의 인물이 가지는 전형이란 이런 것이다. '엄청난 능력을 가지긴 했는데 애가 좀 그래. 근데 애는 착해.'「수문장」이나「시간의 문법」그리고「달인」에 이르는 주인공들을 떠올려보라. 얼마나 애들이 착하고 성실해. 근데 왜 이렇게 짠해. 어휴, 진짜.

당연한 말이겠지만, 이갑수의 소설이 갖는 힘이란 단지 그가 모자란 이들을 모방하고 재현한다는 사실에 있지 않다. 이모자람으로, 그들이 모종의 특수한 시선을 소유한다는 사실에 있다. "모든 현상과 사물에는 기원과 유래가 있다"(p. 85)라고 믿는, 그렇기에 자신이 아는 "공식에 적용해서 사물과 현상을 생각하는 버릇"(p. 70)이 있는「이해학 개론」의 주인공은 얼핏 세상의 모든 현상과 사건을 자신의 지식 체계로 환원하는 근대인의 초상처럼 느껴진다. 하지만 역설적이게도 이처럼 눈앞의 현실을 환원하는 태도는 눈앞에 벌어지는 대개의 사건과 현상을 불가해한 것으로 느껴지게 만든다. 우수한 능력, 그러나 그로 인해 초래되는 일상 감각의 부족. 역설은 이 과잉과 결여가 '나'라는 화자 한 명에게서 일치된다는 사실이고 그로 인해 주인공인 '나'는 조금은 이상하면서도 특별한 시선을 소유하게 된다. 예컨대, 눈앞의 모든 사건을 공식으로 환원하려는 태도는 보통 비극을 초래하곤 하지만, 이갑수의 인물들은 오히려 이 요소가 대개의 사건과 현상이 인간의 지식 체계로는 완전히 환원될 수 없다는 사실을 파악할 수 있게 만드는 특수한 사실로 전환시키는 시선을 구성하게 된다는 것이다.

이때의 핵심은 "그렇게 모든 것이 당위적이진 않아. 그냥 하고 싶은 것도 있어. 이유를 잘 모르지만 한 사람을 사랑하기도 하고"(p. 84)라는 희재의 대사이다. 핵심은, '나'의 지식 체계 속에서는 이해될 수 없는 이 명제를 어떻게 받아들일 것인가에 있다. 소설은 그 핵심을 모호하게 애둘러 가는 것 같은 제스처를 취하면서도 정면으로 마주한다. 물론 '나'는 그러한 희재의 말에 "지금 당장은 모르더라도 나중에는 알게 될 거야. 내용을 볼 수 있는 형식을 찾지 못했을 뿐이야"(p. 84)라며 그것을 즉각적으로 받아들이기를 거부한다. 하지만 최종적으로는 자신 또한 마땅한 당위 없이 "한동안 아버지의 유골을 가지고 있어야겠다고 생각"(p. 98)함으로써 바로 당위적이지 않은 인간의 마음을 이해하는 것이 아니라 받아들임으로써 마무리된다.

조금 에둘러 말하자면, 처음에 '나'는 이와 같은 인간의 태도가 원인과 결과 사이의 과정을 방해하는, 그 과정을 흐리게 만드는 불순물과 같은 것이라 이해한다. 하지만 도리어 그 불순물과 같은 것이 한 인간의 핵심임을, 그리하여 그것을 자신의 행동 속에서 '반복'함으로써 완전히 받아들이게 되는 것이다. 그렇기에 그는 아버지의 죽음과 희재의 떠남에 대해 처음에는 이해할 수 없다는 부정의 제스처를 취하는 한편, 바로 그 이해할 수 없는 인간의 지점이 '그'의 인격의 핵심적인 부분임을 깨달을 때에는 자신도 동일한 방식으로 행동한다. 기존의 지식 체계로는 환원될 수 없는 실재의 작은 조각이 바로 그 인간보다 더 그 인간다운 핵심이라는 통찰은 '말'을 통해 그 이해를 드러내는 것이 아니라 '행동'을 통해 보여지는 것이다. 그렇기에 '나'는 종국에 이르러 "Q.E.D."를 선언하며 새로운 지식 체계를 확립한다. 혹은, 좀더 인간적인 언어로 말해보자면 타인의 이해할 수 없는 행동을 고스란히 반복하는 것, 그것은 마치 사랑과도 같아 보인다.

여기에서 나타나는 인식의 전환은 사실 생각보다 복잡한 것이다. 그것은 원인과 결과를 흐리게 만드는, 그리하여 예상 외의 결과를 초래하고야 마는 불순물이 동시에 인간의 핵심이기도 하다는 것이다. 다른 말로 표현하자면, 특정한 지식의 관점에서 소화시킬 수 없는 불순물이 바로 그 지식의 관점에서 그토록 찾아 헤매던 진리, '인간의 이유'인 것이다. 그리고 이와 같은 인식의 전환은 오직 이갑수의 소설 속 주인공이 남들보다 모자란 자이기에, 바로 그 모자람으로 인해 자신의 결여와 부족함을 늘 상기하고 있다는 사실로부터 초래된다.

만약 이처럼 인식의 전환이 벌어지지 않는다면 어떻게 되는가. 그것이 바로 「우주 시점」에 등장하는 외계인의 사례이다. 그들은 세상의 모든 현상을 이해할 수 있는 지적 능력을 갖추고 있으며, 이를 기반으로 근미래에 벌어지게 될 필연적인 사건 또한 얼마든 예측할 수 있는 존재들이다. 그런데 이 과잉된 능력에도 불구하고 그들은 자신들이 이해할 수 없는 불가해한 과잉과 결여가 존재의 핵심이라는 사실을 이해할 수 없기에 그로 인해 자신들이 내내 어린아이 취급을 해왔던 인간에 의해 종말을 맞이하고 만다. 그들은 완벽한 존재가 아니라 자신의 존재론적인 결여조차 파악할 수 없는 수준의, 선불리 완벽을 선언한 존재들에 지나지 않는 셈이다.

그리고 여기까지 읽은 독자들이라면, 이 해설을 읽으며 다음과 같은 결론에 도달하게 되었을 것이다.

'아닌데.'

과도한 지식과 그로 인해 발생하는 맹점. 이로 인해 넘치는 모자람이란 비단 이갑수의 소설 속 인물에게만 발생하는 것이 아니라 소설 바깥의 인간에게도 동일하게 발생함을 알 수 있다. 박사면 뭐 하나. 웃기는 얘기도 잘 못하고 웃기는 설명도 못해서 이렇게 장황한 이야기나 펼쳐놓으며 웃지도 못하는 얼굴로 "이게 왜 재밌냐면 말이지" 하는 소리나 하고 있는 걸. 때때로 한 분야의 달인이란 동시에 한 분야의 바보이기도 하다는 걸 이제 이 글을 읽는 당신도 인정할 수밖에 없을 겁니다. 왜냐면, 제가 지금 이렇게 글쓰기로 몸소 보여드리고 있지 않습니까? 이 해설 또한 한 분야에 대한 과도한 지식을 지닌 인간이 자신의 관점에 나타난 맹점을 어떻게 이해하고 받아들일 것이냐에 대한 과도한 집착이 만들어낸 실수라고 이해해주셨으면 좋겠습니다.

하지만 이건 이갑수의 소설이 다만 소설에 지나지 않는 것이 아니라는 이야기이기도 하다(대개의 해설에서 이런 말은 더 이상 할 이야기가 없을 때 나오곤 한다). 즉, 그의 소설적 진실이란 보이는 것보다 우리의 일상에 훨씬 가깝게 밀착되어 있다는 말. 하지만 그보다 중요한 건 당신이 이갑수의 소설을 편한 마음으로, 이해보다는 그냥 웃으면서 읽고 짠함을 맘껏 느꼈으면 좋겠다. 얘들 좀 봐봐. 얼마나 성실하고 얼마나 착해. 에휴. 그런데도 이 짠한 인간들이, 스스로 짠함을 맛보게 되는 그 한계 지점에 이르러 어떻게 살아가고 있는가에 좀더 집중해줬으면 좋겠다.

그러니 결론은 이러하다. 이 모든 상황을 우리가 가진 지식 체계를 통해 '이해'하고 '해명'할 필요는 없다. 세상에는 그와 같은 이해와 해명이 불가능한 사물과 현상도 존재하는 법이다. 특히나, 그게 내가 사랑하는 사람이라면 얼마나 괴롭고 슬프겠는가. 그때, 당신의 지식 체계를 보전하기 위해 그 불합리함을 거부해야 할까? 아니면 똑같이 불합리한 행동을 반복함으로써 그것을 받아들여야 할까. 예컨대, 당신은 지식을 지키기 위해 사랑을 버릴 수 있을까? 당신은 정말 그럴 수 있을까? 그러니 인간이란 얼마나 짠한가. 하지만 그 짠함이 우리를 다른 결론으로 이끌어갈 수 있게 해주는 것이라면, 이는 사실 '지혜'의 다른 판본이 아니겠는가. 넘치는 모자람과 모자람이 만들어내는 넘침. 예컨대, 낙차가 만들어내는 웃음과 짠함의 세계.

Q.E.D.

이상이 이갑수의 소설에 대한 나의 증명이다.

옥수수와 나

나의 스승은 멀리 떠나며 내게 씨앗을 줬다. 무슨 씨앗인지는 말해주지 않았다. 마침 적당한 땅이 보여서 씨를 뿌렸다. 주인이 없는 땅이었고, 아주 넓었다.

내가 씨를 뿌린 지 얼마 안 되었을 때, 사람들이 몰려와 공사를 시작했다. 무슨 협회에서 나왔다고 했다. 그들은 땅을 파고, 고르고, 잔디를 심더니 잔디 위에 선을 긋고 골대를 세웠다. 공사가 끝났을 때쯤, 나는 스승이 준 씨앗이 무엇인지 알았다. 옥수수였다.

그들은 마지막으로 관중석과 중계석을 만들고, 축구를 시작했다.

―여기서 옥수수 키우시면 안 됩니다.

옥수수밭에 물을 주고 있는데, 해설가라는 사람이 와서 그렇게 말했다.

―여긴 주인 없는 땅인데요.

나는 그렇게 대꾸하고 계속 물을 줬다. 해설가는 매섭게 나를 노려보더니, 중계석으로 돌아갔다.

꼬리를 길게 빼는 호각 소리와 함께 경기가 시작되었다. 나는 다 자란 옥수수를 수확하며 가끔 공이 오가는 것을 지켜봤다.

―다들 열심히 뛰는구나.

허리를 펴며 감탄하고 있는데, 심판이 내게 달려와 레드카드를 내밀었다. 나는 카드를 받고, 심판에게 옥수수를 하나 주었다. 심판은 고맙다는 말도 없이 다시 경기장으로 돌아갔다.

그에게 말해주고 싶었다. 나는 당신이 심판인 경기의 선수가 아니야. 여기는 축구장이 아니야. 너희가 멋대로 축구장을 세우고, 시합을 하고 있을 뿐이야. 여기는 드넓은 대지야. 여기서는 뭐든지 할 수 있어. 종이비행기를 날리든, 노래를 부르든, 농사를 짓든 각자 자기 마음이야. 너희가 축구를 좋아한다고 축구를 하라고 강요하지 마.

―그러면 저희가 해설을 할 수가 없잖아요.

해설가가 내 마음의 소리를 들었는지 중계를 하다 말고 그렇게 말했다.

―그냥 맛있게 먹어요.

나는 해설가에게도 옥수수를 하나 줬다.

스승이 내게 씨앗을 준 이유를 생각해본다. 어쩌면 스승이 준 건 다른 씨앗인데, 내가 키워서 옥수수가 자란 것인지도 모른다. 애초에 뭔가 착각한 것은 아닐까.

—축구공을 줬어야죠.

그랬으면 저기서 같이 경기를 뛰었을지도 모르잖아요. 나 축구도 무지 잘하는데.

하지만, 옥수수 키우는 것은 재미있다. 누군가는 해야 하는 일이기도 하다. 아무리 월드컵이 인기가 있다지만, 이 드넓은 대지에 모두가 축구를 하고 있으면 그건 너무 슬픈 일이다. 스승은 내 성향을 잘 알고 씨앗을 줬을 것이다.

루브르박물관에서 뭔가를 할 기회가 생기면 아마도 나는 브레이크댄싱을 출 테니까.

2023년 봄

이갑수